homem de papel

homem de papel
joão almino

1ª edição

EDITORA RECORD
RIO DE JANEIRO • SÃO PAULO
2022

CIP-BRASIL. CATALOGAÇÃO NA PUBLICAÇÃO
SINDICATO NACIONAL DOS EDITORES DE LIVROS, RJ

A455h

Almino, João, 1950-
Homem de papel / João Almino. – 1ª ed. – Rio de Janeiro: Record, 2022.

ISBN 978-65-5587-396-2

1. Romance brasileiro. I. Título.

21-73718

CDD: 869.3
CDU: 82-31(81)

Camila Donis Hartmann – Bibliotecária – CRB-7/6472

Copyright © João Almino, 2022

Todos os direitos reservados. Proibida a reprodução, armazenamento ou transmissão de partes deste livro, através de quaisquer meios, sem prévia autorização por escrito.

Texto revisado segundo o novo Acordo Ortográfico da Língua Portuguesa.

Direitos exclusivos desta edição reservados pela
EDITORA RECORD LTDA.
Rua Argentina, 171 – Rio de Janeiro, RJ – 20921-380 – Tel.: (21) 2585-2000.

Impresso no Brasil

ISBN 978-65-5587-396-2

Seja um leitor preferencial Record.
Cadastre-se em www.record.com.br
e receba informações sobre nossos
lançamentos e nossas promoções.

Atendimento e venda direta ao leitor:
sac@record.com.br.

Agradeço aos amigos Jorge Schwartz e Maria Dulce Silva Barros por seus comentários inteligentes a uma versão anterior deste romance. A minha mulher, Bia Wouk, um agradecimento todo especial pelas sugestões fundamentais.

Para Letícia e Elisa Wouk Almino.

"A morte é uma hipótese, redarguiu Aires, talvez uma lenda."

Machado de Assis, *Esaú e Jacó*

"O olho do homem serve de fotografia ao invisível, como o ouvido serve de eco ao silêncio."

Machado de Assis, *Esaú e Jacó*

"[...] não odeio nada nem ninguém, — *perdono a tutti*, como na ópera."

Machado de Assis, *Memorial de Aires*

"Certamente ainda me lembram coisas e pessoas de longe, diversões, paisagens, costumes, mas não morro de saudades por nada. Aqui estou, aqui vivo, aqui morrerei."

Machado de Assis, *Memorial de Aires*

Sumário

1. O pecado pouco original e a dor do joelho 15

2. Mordido por Fidélia 21

3. Ansiei por ser emprestado, alugado ou vendido 29

4. A primeira carona 35

5. Fui substituído por um gato e um cachorro 39

6. Não há como um grande segredo para ser divulgado depressa 45

7. Não tente imitar o conselheiro 53

8. Dona Cesária e um ponto de interrogação 59

9. O juiz de paz foi o cão 67

10. Meus olhos deveriam entrar em dieta absoluta 71

11. Com qual dos dois? 79

12. Um piolho de Sultão foi esmagado 87

13. Em que aparecem os dentes afiados de uma senhora 93

14. Estou por acaso alucinando? 99

15.	Hotel Nacional	105
16.	Nada mais material do que dinheiro	111
17.	A Floresta dos Sussurros	119
18.	O martírio das visitas	127
19.	O diplomata vidente	133
20.	Nem toda ideia vitoriosa é certa	141
21.	Amizade a distância	147
22.	Senti suas patas sobre minha cabeça	151
23.	A caneta de JK	157
24.	Prefiro as caleças tiradas a burros	163
25.	Por que falar da febre do amor?	169
26.	Relatório secreto	175
27.	A estupidez é apressada	181
28.	Deus não pagava por tão pouco	187
29.	A olho nu, uma constelação	195
30.	Orelha em pé	203
31.	Tudo é carnaval	209
32.	Sugeri um salmão	215
33.	O sacana me viu nua	221
34.	As caras feias ficaram mais feias	227

35. Quem se mete no meio recebe os disparos 235

36. Se tivesse que fazer algum reparo, seria o de defender a Lua 243

37. Firme mesmo era o patamar da janela 251

38. Meu reino por um charuto 259

39. O animal quase pisou no meu pé 267

40. A Escola da Anta 275

41. A produção de merda 281

42. Não vá comparar com as baratas 285

43. A morte é uma hipótese 291

44. O futuro é improvável 297

45. Um irreal perfeito 305

46. Havia me cansado de viver de ficção 311

47. A realidade era um lugar desagradável 317

48. Pouco adiantava falar de meu paletó surrado 323

49. Talvez eu conseguisse ser general 331

50. Difícil provar sem o cadáver 339

51. Recusaria as algemas, mesmo se lindas 343

52. Já fui capaz de atravessar paredes 349

53. Sonhei com jacaré 355

54. A crueldade é tipicamente humana 361

55. Quem são as antas? 367

56. Ao vírus do amor ninguém é imune 375

57. O princípio do excepcionalismo 381

58. É o que o povo quer 387

59. O brilho da televisão ofuscou meus
pensamentos 393

60. Não ia lhes contar 397

61. Parti sem ruído 403

Posfácio, por Abel Barros Baptista 411

1
O pecado pouco original e a dor do joelho

Flor me colocava numa estante baixa entre uma cômoda de três gavetas e uma escrivaninha coberta de papéis desarrumados. Não quero valorizar essas minúcias, que não deveriam me ocupar quando me concentro na história principal. Se é que lhes conto uma história. Se ela tem enredo, eu deveria lhes falar sobre um rapaz alto, elegante, que Flor encontrou quando decidiu fazer o concurso para diplomacia. Era primeiro-secretário e se chamava Zenir Ussier, de apelido Zeus. Numa troca de olhares Flor e Zeus pensaram saber tudo um do outro, defeito dos apressados. Recitavam minhas frases de cor. Assim, dos livros à cama foram poucos passos. Vamos aos passos. Zeus a convidou para uma festa. Se não reproduzo o diálogo é porque nada há de original nos prolegômenos do sexo. Muitos anos depois, ela tentou transcrever a longa conversa para um conto nunca publicado. Preservou do original uma troca de impressões sobre mim e sobre a carreira que abraçaria. Editou o texto, preencheu lacunas e criou uma linearidade que não aconteceu, pois houve momentos de hesitação, de silêncio e palavras se superpondo.

Num sábado nublado, Zeus trouxe ao apartamento de Flor, no bloco C da 307 Sul, as edições que tinha de minhas memórias e as apostilas de matérias do concurso para o qual Flor se preparava.

Não sobrou nada da aspirante à diplomacia, porque ele a devorou com os olhos. Examinava-a de alto a baixo enquanto ela examinava as apostilas.

Foi brutalmente jogada contra a estante, que começou a tremer. Embora eu quisesse reagir com naturalidade, caí fechado. Nada vi. Ouvi suspiros prolongados e gritos respondidos por outros mais altos. O prazer seria maior se rompesse a barreira da decência. Não vinha sem risco, mas que risco seria esse? Não era como ir à guerra, sobreviver na selva ou sequer enfrentar um posto de sacrifício.

O sexo foi violento e consensual.

Fechado estava e assim fiquei, no chão, calado. Não por pudor. Não podia falar.

"Jura que você era virgem?"

Não juro que a pergunta fosse feita diante do sangue no lençol, porque não vi, mas não era expressão de dúvida nem de inquietação.

Vocês poderão pensar que não caberia a mim, velho conselheiro, me imiscuir na vida privada de quem quer que fosse e menos ainda torná-la pública. Não faria isso se esse encontro não tivesse tido consequências que até

HOMEM DE PAPEL

hoje, quando Flor vive num país distante, se comentam nos corredores da chancelaria.

Não devo me adiantar. Como passar disso àquilo? Da dor da perda da virgindade à alegria de ser bem classificada num concurso difícil? É questão de fechar os olhos e mudar de assunto. Já usei antes esse truque? Não posso me limitar por temas nem por encadeamentos da história, se na vida as coisas não se sucedem de maneira linear; se é feita de prazeres fugazes e longos sofrimentos, de planos e surpresas. Quanto mais num relato de memórias ou o que mais vocês queiram chamar o que lhes conto; relato no qual a memória é permeada de alheamentos provocados por páginas fechadas.

Apresso-me em fazer uma digressão. No Rio, com a idade, todos os meus ossos doíam. Reumatismo, que eu sentia sobretudo num joelho. Ah, a velhice... Ainda assim, tão logo melhor, eu caminhava da praia de Botafogo à do Russel.

Pois bem, um alívio. Em Brasília o reumatismo acabou. Não pela cidade nem por milagre; porque passei a ter papel no lugar dos ossos.

O joelho de Flor tampouco doía e, se alguma vez doeu, foi aliviado pelo namorado, Cássio, bom de cama e cozinha.

"O que o senhor me aconselharia, o senhor que é conselheiro, hein, conselheiro Aires?"

Flor acendeu um cigarro com isqueiro de ouro, presente de Zeus, reclinada sobre a janela que dava para a parte interna da quadra, onde crianças brincavam.

Cheguei a pensar que os telefonemas e as flores de Zeus, que acabava de ser removido para um posto na Europa e me parecia o mais enamorado, fossem suficientes para a decisão. Sem querer, eu continuava a aproximá-los. Mas nela as ideias e o desejo raramente coincidiam. Ela recusava com indignação suas investidas e acabava se rendendo a seus carinhos. Num pulo passava do gozo ao arrependimento. Não era racional um sentimento dúbio, volátil, ela sabia. Mas aquela não era matéria a ser submetida à razão.

"O senhor vai me acompanhar pelo resto da vida", Flor me disse. "Confio no senhor."

Tive que aceitar. Ela fazia o que queria comigo, o que não era muito. Tudo se limitava a palavras.

"O que o senhor me aconselharia, conselheiro?"

Se eu pudesse falar, diria ser retrógrado mulheres sofrerem pelo marido e considerarem a dor coisa divina. Seria injúria insinuar que a carreira que ela abraçaria era a do casamento, o que ocorreria se seu namorado Cássio não abandonasse a profissão para segui-la.

Meu julgamento estava defasado. Recém-formado em engenharia e sem trabalho, Cássio estava disposto a não trabalhar. Contentava-se em ser marido. Faria o mercado e se ocuparia da casa e da comida.

Seria paixão o que ela sentia por Zeus? Era outra coisa. Relação intensa, de altos e baixos. Coincidiam no interesse por mim. Ela admirava seu gosto por cinema e fotografia.

Hesitou em aceitar sua proposta de um ensaio fotográfico. Fotos em preto e branco, disparadas da forma

HOMEM DE PAPEL 19

mais tradicional, com uma Leica, e reveladas no laboratório caseiro que ele compartilhava com um amigo. Serviram para melhorar a autoestima de Flor. Seu corpo resultou em beleza para ela inesperada. Incomodou-se com algumas fotos, que quis destruir, ela numa rede em nu frontal, ela de costas na cama...

Havia encontrado homens atraentes, sensíveis, inteligentes, mas nenhum em quem vislumbrasse um companheiro para toda a vida. Existiria esse homem? Carinhoso? Compreensivo? Bonito? Cássio não era tudo isso? Não era quem lhe propunha casamento? Apareceria alguém melhor? Que qualidades excepcionais seu homem ideal deveria ter? Chegava a pensar que para a carreira talvez fosse melhor ficar solteira. Ela não tinha vocação para casamento.

"Por que se casar, conselheiro?"

Leu em mim orgulho e honra. Traduziu minhas atitudes de moderação e sensatez em possibilidade de se casar com Cássio. Poderia conviver com ele. O homem ideal não existia. A decisão era apenas entre se casar e não se casar.

Talvez vocês tivessem discordado. Tivessem querido aconselhá-la a adiar o casamento, a se casar com um terceiro ou a não se casar. O casamento foi na Igreja Nossa Senhora de Fátima, coberta de azulejos de Athos Bulcão e conhecida como Igrejinha. O padre, de tão contente, aparentava ser o próprio noivo. O noivo, ele, vestia-se de solenidade e timidez que se confundiam com respeito e admiração pela noiva. Imagino, e não posso jurar, que contribuiu para a decisão de Flor, que, mais do que ser compreensivo e amoroso, Cássio era um homenzarrão de corpo atlético, exibido em raro momento num terno cinza impecável e de listras verticais. A noiva havia tido na adolescência tendência a engordar, mas quando a conheci já era apenas gorda de ideias. Não trazia um vestido de noiva tradicional. De cor menta, descia ao meio das pernas e deixava nus os belos ombros. Vocês poderiam imaginá-la uma figura sonhadora, pálida, de rosto bem desenhado, um desses personagens românticos do século XIX. Não, e não apenas porque havia aplicado um rosado leve nas bochechas. A imperfeição de seus traços revelava a fortaleza de sua personalidade. A doçura que transparecia na boca pequena e bem desenhada pelo batom contrastava com o nariz aquilino e a curiosidade, firmeza e brilho dos olhos grandes. Seus dentes muito brancos eram bem alinhados. E, se eu não a conhecesse de perto, juraria que havia feito balé, tal a pose ereta e a leveza ao caminhar, cheia de graça.

Eu já disse a vocês que não falava, mas me esqueci de acrescentar que sentia odores. Nas primeiras noites após o casamento, de sêmen. Flor tinha 23 anos, Cássio 22, e daí a seis meses nasceu Daniel, que não foi prematuro.

2
Mordido por Fidélia

A qualquer custo ou ao custo de se inebriar com minhas memórias, Flor queria seguir meus passos ultrapassados. Eu era o que ela não era e queria ser.

Na primeira vez em que me levou ao ministério, presenciei uma discussão sua com um funcionário da administração, então segundo-secretário. Polida, meticulosa e exigente, ela sempre tinha um jeito doce, porém firme, de falar. Reclamava da sujeira dos banheiros, do defeito do ar-condicionado e do número de computadores.

"Se não, me mande um calígrafo. Vamos passar a fazer belos ofícios como antigamente."

O secretário, de cabeça oval, rosto nobre e inexpressivo, mal disfarçou sua irritação. Deixou de atender a seus telefonemas. Ela empregou sua característica habilidade para pôr suas queixas num memorando que, com um "salvo melhor juízo" e outras fórmulas da linguagem diplomática, convenceu o chefe de seu desafeto. A vitória era dos insistentes e, como chegarei a contar, traria seu estrago.

Flor era meticulosa também na organização dos papéis e na correção de seus despachos. Angustiava-se quando seus chefes adiavam decisões. Um deles, a título pedagógico, lhe mostrou o armário onde guardava as pilhas de papel que invadiam sua mesa. Do lado esquerdo, STR, Só o Tempo Resolve. Do lado direito, NTR, Nem o Tempo Resolve. Havia também um cemitério de papéis para informações inúteis.

Não fui diferente. Resolvia tudo nos prazos. A vantagem era que as notícias, quando chegavam, chegavam tarde. Se cometi erros por distração, tratei de corrigi-los, como quando comemorei num dia 3 o aniversário do ministério Ferraz, inaugurado num dia 10.

Além de por vezes me levar ao ministério, Flor me fez acompanhá-la em viagens a serviço. Assim, eu compensava as que perdi na ativa. Queria ter integrado as missões do imperador à Europa, aos Estados Unidos e ao Oriente Médio. Não sei se o que me faltou foi merecimento ou insistência.

Num dia 16 de outubro caminhei ao lado de Flor por um trecho da orla do lago Paranoá há pouco recuperado. O vento me trazia a recordação do mar do Flamengo. Aqui também havia ondas que iam e vinham, muito menores, concordo com vocês.

Era, eu dizia, 16 de outubro, e eu fazia anos no dia seguinte. Perdi a conta do número de anos, não sei se

disse que nasci em 1825. Vejamos, eu tinha 62 em...
Deixemos de lado. "conselheiro, vou levar o senhor pra passear e ver ópera. Numa cidade que já foi do senhor, Viena." Zeus lhe havia pedido que passasse por Paris, onde servia. "Não posso ficar só na companhia daquelas fotos que fiz de você." Que viesse a Viena, Flor retrucou. Na volta, ela o acompanharia. Tomaria o voo para o Rio a partir de Paris.

Notei o cuidado com que Flor fez as malas, separando como nunca as maquiagens, escolhendo peça por peça de roupa, combinando cores e olhando-se no espelho. Não encontramos Metternich. Não fomos a nenhum Congresso de Viena nem à ópera. Somente ouvi Mozart pelo rádio do quarto de hotel. Não valeria a pena narrar encontros na Academia Diplomática, eu dentro de uma pasta. Então passemos diretamente ao Zentralfriedhof, o cemitério Central de Viena, aonde Flor me levou.

Minha mulher estava noutro cemitério, o Sankt Marxer Friedhof, o cemitério de São Marcos, que Flor me disse ser agora um jardim tombado onde seria possível visitar a sepultura de Mozart. Não sei se cheguei a comentar, morei com minha mulher em Viena como adido de legação na década de 1850.

No cemitério Central, Flor procurava a tumba de Beethoven, cujos restos, antes próximos aos de minha mulher no São Marcos, haviam sido transferidos para ali.

Desde o casamento de Flor, eu me sentia mais solteiro do que nunca. Melhor dizendo, com vontade de me casar. Ainda não está certo. Devo ser preciso: quem não havia encontrado em Brasília era uma mulher que me lembrasse Fidélia.

Não sei se vocês ouviram falar em Fidélia, a viúva Noronha. Fui com Flor ao cemitério da Esperança, em Brasília, na falta do São João Batista onde primeiro a tinha visto, num dia 10 de janeiro de 1888. Ali encontrei igualmente miosótis e perpétuas, sobre campas mais simples do que as que eu havia conhecido no passado. Olhei em todas as direções. Não enxerguei ninguém que pudesse de longe ou de perto lembrar a viúva.

Dividido entre o livro onde me encontrava e o mundo exterior, de Fidélia haviam sobrado para mim Beethoven e Fidélio, que eu ainda escutava. Só na memória. Quem sabe pudesse um dia Fidélia me reaparecer antes de se casar.

Em Viena ainda me perseguia o verso de Shelley que no passado me tinha deixado paralisado: "I can give not what men call love." Era inegável que eu havia estado mordido por Fidélia. Poderia a viúva ainda se casar comigo? A questão não era despropositada. Se eu tinha podido sobreviver, a viúva também.

Tinha com ela uma história, para mim, longa. Para ela, talvez inexistente. Era bela, gentilíssima, como ouvi dizer de outras em Roma, uma das cidades onde morei. Já a chamei de saborosa. Hoje não faria o mesmo. Não por ter perdido o paladar. Apenas para não ser acusado de usar palavra inapropriada ou de coisa pior, nem ter de me desculpar por vir de outro século.

Por Fidélia pensei em me congelar para evitar a mudança de 1889. Ficaria parado para sempre numa esquina a vê-la caminhar, falar com o cocheiro, mostrar uns poucos centímetros do tornozelo ao subir ao carro e partir em direção a Botafogo.

A mudança de 1889 de que falo não é a de 15 de novembro, que trocou a Monarquia pela República. É a de 2 de janeiro, quando tive a certeza de que havia perdido Fidélia para um outro.

Em vez de ficar no Rio de Janeiro a observar as marinhas que ela pintava, pondo cor e movimento na água, eu ficava em Brasília, em cima da escrivaninha, onde os primeiros rabiscos de um livro de poemas de Flor me fizeram companhia. Ela quis que eu lhe soprasse inspiração. A pouca que tive guardava ranços parnasianos que presumo tenham contaminado seus versos livres.

Se os versos não lhe servissem, havia a música, e nisso Flor evocava Fidélia. Nesse campo se identificava comigo. Não sou compositor nem toco piano. Mas a música me acompanhava na rua ou na estante. Repetia-se, contumaz, nos meus ouvidos. De Schubert, Offenbach, Schumann, Mozart, Beethoven... Sem falar que *Tristão e Isolda*, além de *Ernani*, sempre me perseguiram.

Quem sabe tenha sido erro não ter trocado a diplomacia pela música? Só gostaria que ela não me entrasse pela janela vinda de um bar da entrequadra. Como podia imaginar que quase me furasse os tímpanos, já tão frágeis por serem de papel? Se ainda fosse polca... Fiquei chocado. Então me reconciliei com meu passado, com Fidélia no seu piano e até com meus péssimos exercícios ao violino. Se eu soubesse tocar bem... Preferia a música à leitura, que me estragava a vista.

Agora em Viena, uma senhora de preto, diante de flores violeta e amarelas que margeavam a frente do túmulo de Beethoven, contemplava o monumento triangular, um pequeno obelisco, por assim dizer.

Primeiro a vi de costas. Usava não um vestido armado como os que eu estava habituado a ver nos meus velhos tempos, mas uma calça comprida ajustada ao corpo. Era como se visse Fidélia, a viúva Noronha, de preto e diante do túmulo do marido no cemitério São João Batista. Só não digo que aconteceu do mesmo jeito para não dar a impressão de que o presente copia o passado e de que eu não podia ter uma vida nova. A vida a gente constrói.

Se não ponho as cores nem os humores é porque pouco acrescentariam à narração. Embora a repetição estivesse na minha memória, havia diferenças, claro, e são elas que eliminam o plágio.

Chovia em Viena, não aquelas chuvas torrenciais de janeiro e do Rio de Janeiro. Chuva fina, que desenhava uma cortina aveludada e um perfil impressionista na mulher de preto. Quando ela se virou e mostrou seu rosto, era para mim a própria viúva que eu havia conhecido no século XIX. Equilibrava nas mãos um buquê de flores e um guarda-chuva. As rugas na testa, os seios não tão rijos, a mecha branca e artificial nos cabelos curtos, tudo isso indicava que tinha muito mais de metade dos meus anos conservados em minhas memórias.

3
Ansiei por ser emprestado, alugado ou vendido

Eu não sabia se as flores eram para Beethoven ou para o túmulo do marido. Pensei em ler a resposta nas suas feições, quando começou a caminhar com a mesma graça vagarosa de Fidélia. Outras pessoas passaram na frente de Flor. Quando tentamos nos aproximar, já não encontrei a mulher de preto e então desconfiei que minha impressão havia sido apenas produto de um desejo de encontrar a saudosa viúva. E se ela fosse a própria? Claro que não, a prova era a calça comprida.

Deu-me vontade de regressar a meu passado. Era o dia 9 de janeiro de 1887 quando voltei definitivamente da Europa, aposentado. Um ano depois vi no cemitério a viúva. Eu tinha 62 anos e ela usava um vestido preto. Vim a associá-la a Beethoven, ou melhor, a *Fidélio*, não só porque seu nome era Fidélia, mas também porque era fiel a seu marido morto, assim como veio a ser a seu marido vivo.

Voltamos, Flor e eu, ao hotel, eu fixado na visão da mulher de preto. Não podia ter sido miragem. Pensava sobretudo que, tal como eu, Fidélia, personagem de um livro, poderia me ser trazida por uma leitora ou leitor. Teríamos a oportunidade de um novo encontro. Não no cemitério. Depois de todos os cemitérios, quando já não caberia nenhum jogo, nenhuma disputa e tampouco nenhum temor. Foi então que algo inesperado aconteceu. Flor ao subir no elevador abraçada com o livro, eis que, diante de nós, a mulher de preto se abraçava a outro livro onde supostamente eu também me encontrava. Era uma tradução e por isso não me reconheci logo. Questão complexa de identidade.

A descrição de sua magreza sadia, boca estreita, olhos miúdos dentro de óculos de armação escura não definiria o essencial sequer de uma primeira vista. Ela tinha uma dessas belezas que enchem todo um ambiente. E o elevador era pequeno. Vim a saber que era filha de um diplomata da missão da Argentina e professora universitária. Havia se especializado no personagem conselheiro Aires. Tínhamos, assim, em comum, a fidelidade a nossos papéis.

Ao reparar no livro nas mãos de Flor, quis saber que edição estranha era aquela.

"Exemplar único, Leonor."

"Não é possível. Posso ver?"

Não esperou a resposta. Retirou o livro das mãos de Flor e abriu-o em mim. Tomei um susto.

"Então existem as memórias completas do conselheiro? Havia muito eu procurava este livro. Busquei em toda parte, na Biblioteca Nacional Mariano Moreno, na Biblioteca Nacional do Rio... Até na Biblioteca

HOMEM DE PAPEL 31

do Congresso em Washington. E nada. Que preciosidade. Você me empresta?"

Ansiei por ser emprestado, alugado ou vendido. Meu nome, não sei se terão adivinhado, é José da Costa Marcondes Aires. Nasci no Rio de Janeiro às seis da tarde em 17 de outubro de 1825 e acordei em Brasília confundido por siglas. Mesmo sem ser aristocrata, me infiltrei na aristocracia quando passei em 1852 num concurso para a Secretaria de Estado dos Negócios Estrangeiros. Depois de hesitar se aceitaria uma encarregatura de negócios junto à Gran Colombia, onde havia estado um visconde conhecido meu, fui enviado a Viena.

Quando Flor me despertou, minha integridade estava naquele livro de edição única que juntava um total de dez cadernos. Tinha capa simples, de papelão marrom-esverdeado. O narrador era eu mesmo, meu nome escrito com "y", ou seja, Ayres. Eu era o livro e o livro era eu. Não era da editora H. Garnier como vocês haverão pensado, nem de editora alguma. Era composto quase de ar, tão leves e finos haviam se tornado seus tantos cadernos. Mas as letras se expandiam quando Flor percorria suas páginas.

"Minha filha, esta edição rara é minha companheira de toda a vida. Melhor do que marido", Flor disse a Leonor no elevador, ao recuperar o livro.

Quando chegou ao quarto, me ameaçou:

"Não ouse, senão jogo o senhor no fundo do túmulo de sua mulher."

No dia seguinte levou-me para o encontro com Zeus. Pude observá-lo: tinha queixo triangular, olhos castanhos, torso sem barriga e outras edições dos livros em que eu aparecia.

Falaram sobre minhas memórias e, depois, de poesia, porque Flor queria reunir seus poemas em livro. Foi assunto breve. Houve discussões. Gritaram como da primeira vez. Discordaram ardentemente, mas encaixaram as discordâncias sobre o amplo colchão. Houve gemidos e novamente gritaram. Ardentemente.

As consequências daquele ato provam que os atos têm consequências. Que vocês suspendam a curiosidade até que eu conte um novo encontro entre Zeus e Flor quase dois meses depois.

Ainda em Viena, quando Flor, deitada, fumava um cigarro, ele perguntou, de pé e nu:

"Você consideraria deixar seu marido para vivermos juntos?"

Um choque a pergunta feita de chofre.

"É complicado. Tem Daniel. E tenho de confessar, não me arrependo de nosso encontro, mas gosto do Cássio. Se ele fosse um filho da puta, ficava fácil."

"Dona Flor e seus dois maridos."

"Por que não? Só que nenhum dos dois está morto. Faz parte da fantasia", disse para parecer ousada.

Como não ter percebido o perigo em que se metia? Foi o que continuou se perguntando. Por anos e anos, sentia-se horrorizada quando pensava naquele dia seguido de outros. Ela ter sido sincera, ter falado de fantasias. Eu mesmo, presente ali, se pudesse pediria que se calasse. Mas no máximo eu poderia gerar uma divagação a partir de uma frase que lesse em mim.

Em resposta à ameaça de me jogar no fundo do túmulo de minha mulher, pensei em recriminar Flor por não ter sequer encontrado aquele túmulo. Ela não chegou aos excessos prometidos. Não me enfiou no fundo de um túmulo, porém me confinou ao fundo de sua maleta de mão. Ali fiquei sufocado por roupas íntimas e perfumadas durante o voo a Paris, Zeus a seu lado.

Os dois seguiram de táxi do Charles de Gaulle ao 7e arrondissement, onde Zeus morava. Ele precisava ir à embaixada, na Cours Albert Ier, ela aproveitaria para ver uma exposição no Museu d'Orsay e se encontrariam no final da tarde para um chá, antes que ela tomasse o voo.

Flor executou à perfeição um plano havia muito preconcebido. Quando se encontrou mais tarde com Zeus, avisou:

"Queimei tudo. As fotos e os negativos. Se quiser, deixo as cinzas com você."

Ela havia feito uma busca minuciosa e os havia encontrado dentro de um envelope numa gaveta de arquivo.

Um alívio. Só de pensar naquelas fotos sentia-se penetrada não apenas pelo olhar dele, mas também do amigo com quem ele havia compartilhado o estúdio de fotografia.

"Jura que ele não viu?", havia perguntado a Zeus.

"Deixei secando pelo tempo mínimo. Tenho quase certeza de que não."

"Pena", disse Zeus agora. "Essas imagens sempre vão ficar guardadas na minha memória."

4
A primeira carona

Quando nos aproximávamos da costa brasileira, sentimos um impacto causado, depois soubemos, por um urubu. O avião fez menção de cair. Flor desapareceu para ceder lugar ao susto.

Se um burro menosprezaria o poder de seu patrão por não conseguir lhe retirar a liberdade de teimar, o urubu desafiava um poder maior e não apenas de forma passiva. Naquele momento podia se vangloriar de sua capacidade de derrubar a maior das aves inventadas pelo homem. Morreria com certeza, mas morreria heroicamente, como os terroristas convencidos de serem recompensados por virgens no paraíso.

Eu poderia aqui narrar minutos de suspense. Vamos saltar as rezas, os vômitos e a descida dramática no Rio antes de seguirmos para Brasília.

Já estávamos de volta à Asa Sul quando Flor lamentou que eu não fosse capaz de ver o mundo em transformação, nem de falar com ela.

"conselheiro, queria conselhos do senhor, mas o senhor não vê nada, não ouve nada", queixou-se, fumando um cigarro e caminhando comigo da entrequadra ao bloco C da 307.

"É como se não passasse de um livro", completou, risonha.

Eu não era a pessoa indicada, se é que fosse pessoa, para dar conselhos, apesar de conselheiro. Mas como podia ela dizer que eu não via nem ouvia depois da aventura vienense?

Se eu pudesse falar, descreveria o que via naquele momento: as flores da barriguda sobre o caminho cimentado, crianças pedalando suas bicicletas, os pilotis, os cobogós, o corredor imenso do bloco, a luz refletida no chão de mármore e seu abraço a Daniel ao entrar no apartamento.

"Longe de mim querer subir a qualquer custo. Mas por que passar na minha frente o mais boçal da turma? Que Zeus esteja fazendo carreira rápida, vá lá. Pelo menos está vários anos na minha frente. Discordo dele num porrilhão de assuntos, mas não é um imbecil como este. Por que essa carona?"

A explicação era fácil. A família dele tinha ligações antigas com um governador. Ela levou carona, era o termo usado.

A falta de critério não abalaria a impressão que ela tinha de si mesma: de não ter vaidade e ser indiferente às competições.

"Meritocracia até certo ponto. Na entrada com certeza, no exame em que você se saiu tão bem. Depois tem de jogar pelas regras do jogo", Zeus a havia alertado em Viena. Para aliviar qualquer possível queixa de Flor, se eu pudesse lhe descreveria aspectos leves da diplomacia. Participei de muitas conversas agradáveis e, mais que agradáveis, afáveis. Até mesmo de conversas amigáveis entre dois representantes de países inimigos diante de guerra iminente. Discutiam hipóteses, quem sabe, se o governo mudava, o novo estaria mais disposto a um acordo. Assim eram os diplomatas que conheci. Eu acreditava que ainda havia muitos assim, que cumpriam suas instruções dispostos a separar as razões de Estado de suas relações pessoais. E estas, é preciso reconhecer, podiam servir de ponte para novas razões e relações de Estado.

Eu não precisava falar. Tudo isso Flor poderia ter deduzido de suas leituras do livro. Mas teriam sido inúteis quando suas preocupações tomavam outro rumo. Cabe aqui cumprir minha promessa de expor uma consequência da viagem de Flor a Viena e, assim, dar um exemplo de como uma questão íntima pode se sobrepor com vantagem a uma profissional.

Zeus veio a serviço a Brasília. Seu chefe havia protestado, a embaixada não conseguiria funcionar a contento com apenas dez diplomatas, quando deveriam ser onze como num bom time de futebol. Mas Brasília estava mais necessitada, pois o Brasil assumia a presidência de uma cúpula de chefes de Estado. E a alta reputação de Zeus como funcionário ágil compensava sua inexperiência em cerimonial.

Foi assim que, naqueles dias, ele e Flor discutiram, sem querer discutir, a consequência mais dramática do encontro de Viena. Primeiro desviaram o assunto para mim, ou melhor, para mais uma comparação entre aquela edição única de Flor e os exemplares que ele trouxe ao bloco C da 307. Era um sábado, Cássio em viagem ao Rio e Daniel passando o dia no Lago Sul em casa de uma colega aniversariante. Flor havia posto um vestido branco, muito leve, que contrastava com a camiseta azul de Zeus.

Ela olhava um quadro na parede pintado por um amigo e a lâmpada sobre a mesinha ao lado do sofá, com o pensamento noutro lugar. O calor não ajudava, estava abafado, e o céu que aparecia pela janela era escuro.

5
Fui substituído por um gato e um cachorro

"Quer beber alguma coisa?", Flor perguntou a Zeus.

"Só água."

"Tem água de coco."

"Ótimo. Aceito."

Ela voltou da cozinha com o copo d'água e o pôs sobre a mesinha de centro.

"Estou pensando em você", ele disse.

"Pensando?"

"O que você decidiu?"

"Não vamos falar disso."

"Mas vejo você preocupada."

"Não, não estou."

"E o seu livro de poemas?"

"Não sei. Ainda estou fazendo a seleção. Se for publicado e dez pessoas lerem, fico no lucro. Dez não, cinco. Talvez duas. Ou uma. Você?"

"Parabéns. Quero ler. Que poetas você acha que influenciaram você?"

"Nenhum. Tem, claro, o conselheiro Aires, um exemplo para mim. Não só na carreira. E não digo que na poesia. Num certo humor que admiro."

"Vejo sobretudo os méritos literários desses livros. Modelo para a profissão, não sei. Até porque, para ser franco, com esses poucos anos de carreira, já perdi o entusiasmo do começo. Encaro agora como emprego. Se conseguir uma boa oportunidade na iniciativa privada, salto fora."

Flor achou-o esnobe e displicente, o que não diminuía seu charme.

"Quero dizer o seguinte: apoio você em qualquer decisão", Zeus voltou ao assunto.

"O que você sente por mim?"

"Precisa perguntar?"

"De fato, não."

Ele parecia compreensivo, sem compreender seu coração. Ele a amava? Teria outra namorada? Mas ela nem sequer era uma namorada. Nunca haviam usado este termo.

"Se você decidir, consegui uma informação. Lugar seguro, no Guará. Claro que eu acompanharia você. Também entendo se seus princípios religiosos não permitirem."

"Não tem nada a ver com religião."

"Se quer minha opinião..."

"Não, não quero."

"Podemos conversar mais. Repito, fico com você todo o tempo. Conte comigo. Sempre. E, se a decisão for outra, não vou desaparecer. Assumo a paternidade."

HOMEM DE PAPEL   41

Eu soube pela própria Flor muito tempo depois, ele
parecia-lhe um homem bom, disposto a ajudá-la, mas as
palavras que pronunciou foram insuficientes. Soaram-
-lhe frias. Distantes. Não eram de quem a amasse. Ela o
amava? Não podia tampouco dizer isso.

No dia seguinte, olhava da janela, enfiando os olhos
na dúvida, para cima e para baixo. Um casal passava de
mãos dadas. Outro, sentado na grama, beijava-se apai-
xonadamente. Uma jovem mãe levava o bebê num carrinho. Pássaros chilreavam numa árvore em frente.
Tomaria a decisão por medo? Qual a decisão cora-
josa? Seria mãe solteira? E a carreira? Decidindo uma
coisa ou outra, ela seria apenas metade dela mesma.
Num caso seria livre e egoísta. Noutro, toda a história
de uma criança, irmã de Daniel, era jogada fora. Se Zeus
tivesse pelo menos pronunciado aquelas palavras mági-
cas, eu te amo.

Antes ela era uma, inteira. Depois, um ser pela metade. Pela metade, não: sentia-se vazia.

Eu continuava em silêncio, um silêncio que não
podia ser nem mesmo silvado; que permanecia silêncio, sem ecos do próprio silêncio ou de qualquer ruído.
Num país barulhento, aquele silêncio absoluto era minha contribuição à concentração e à poesia de Flor. Mas
ela queria mais. Folheava minhas memórias buscando
respostas. Por senso comum, resolveu me abandonar.
Afinal, quem era eu? A leitura de minhas páginas não
levava a lugar nenhum.

Resolveu me deixar no gelo, palavra que emprego
no lugar de um depósito ou uma prateleira calorenta

de estante. Fui substituído por um gato e um cachorro, Sultão e Quincas Borba.

Cássio era afeiçoado a gatos, ela, a cães. Que peso no universo teria essa pequena diferença? O cão e o gato não iam viver como cão e gato. Ela e Cássio os ensinariam a se dar bem.

Quincas Borba, nome em homenagem a um filósofo e um cachorro famosos, era um boiadeiro-australiano de cor vermelho-salpicado. Entrava na sala abanando o rabo e cheirando as pernas dos donos e depois se deitava sob uma fresta de sol.

Sultão era persa e malhado. Pulava de um móvel a outro e miava alto, protestando contra a atenção excessiva a seu inimigo, mas Cássio era calmo e conseguia acalmá-lo.

Flor passou anos no exterior, no Brasil e de novo no exterior sem precisar de mim para encher memorandos sobre como proteger o país de ameaças comerciais e minutas de despachos telegráficos com instruções sobre tratamento especial e diferenciado, desarmamento nuclear, integração regional, a multipolaridade, a nova ordem mundial ou resoluções sobre o Oriente Médio. Não a assaltavam dúvidas comuns entre diplomatas sobre ser especialista ou generalista, cuidar de temas bilaterais ou multilaterais, porque gostava de tudo. Nesse tudo ela levava em conta os espinhos que, como agulhas, alinhavavam os pontos. Eram as grandes potências. Se algum dia ela havia desejado ter experiência profissional, agora podia dizer que não lhe faltava.

HOMEM DE PAPEL 43

Enquanto isso suas diaristas, num e noutro lugar, tiravam pó do livro. Sultão de vez em quando pisava em cima, e eu temia que mijasse na minha cabeça. Falei de páginas fechadas em depósito. Não é força de expressão. Durante vários anos, poucas vezes Flor me desencaixotava, me lia ou me abria aos hóspedes. Disse que nesses anos ela não precisou de mim. Faço uma ressalva. Numa quarta-feira me retirou das prateleiras e do esquecimento. Não mantenho que o fez num momento crucial para o Brasil, porque cruciais eram todos os momentos deste país. De qualquer forma, a razão não era a mãe-pátria. Era o filho.

Angustiada, precisava encontrar em mim amizade e compreensão. Estava em serviço provisório num posto africano quando Cássio, de viagem a Brasília, lhe comunicou que Daniel, então com vinte anos, havia sido apreendido com ecstasy.

Daniel era o típico adolescente em rixas com os pais, mas, que consumisse drogas, Flor não sabia. Tão alto quanto Cássio, tinha temperamento explosivo e mais de uma vez havia chegado em casa com ronchas nos braços como resultado de brigas no futebol. Os olhos negros e o nariz aquilino que tinha herdado da mãe faziam sucesso com as moças e mesmo com as que já não eram tão moças. Uma vez Flor havia encontrado um caderno em que ele desenhava nus de colegas da escola, desenhos que ela presumiu serem imaginados até que flagrou no seu celular fotografias semelhantes.

A enorme compreensão de Flor para com o filho mal cabe no meu estilo contido. Ela havia concordado com o que ele queria: ficar em Brasília num pequeno apartamento alugado na 406 Norte, enquanto Cássio a acompanhava em um posto no exterior. Flor veio ao Brasil de férias emendadas com uma licença de dois meses para tratar do caso de Daniel, que ela contornou com conselhos, repreensões e gastos com advogado. Só não pôde evitar duas notinhas de jornal, que felizmente não a citavam por nome. Em Brasília, negociou sua volta para chefiar uma divisão.

6
Não há como um grande segredo para ser divulgado depressa

Num dia de sol inclemente recebeu um convite de Zeus. Além de Daniel, é ele quem me faz dar um salto nesta narrativa, deixando de lado os melhores anos de Flor como profissional.

Até que coincidissem em Brasília, ela sempre tinha morado longe de Zeus. Viveram dramas, separações e reencontros em Viena, Paris, Nova York e Brasília. Tudo em segredo, mas não há como um grande segredo para ser divulgado depressa, como os telegramas secretos da chancelaria. Corria de boca em boca como boato verdadeiro.

"O senhor acha que esses encontros foram apenas sexo casual?", Flor me perguntou.

Como vocês sabem, eu não podia responder, neste caso não só por não falar, também por não conhecer a terminologia. Que termo empregar para encontros sexuais de longos intervalos num caso que havia durado tantos anos?

Não sou bom para datas. Sei que era uma sexta-feira, não sei se sexta-feira 13. Flor estava de volta a Brasília para morar na 213 Sul, apreensiva com a chegada e cercada de coisas adquiridas nos países onde havia morado, inclusive um piano de cauda. Tinha se sentido um pouco estrangeira em todos eles, como agora se sentia no seu próprio país.

Quanto a mim, sentia-me bem na Asa Sul, onde moravam muitos velhos da idade que eu tinha quando cheguei ao Rio aposentado da diplomacia. Portanto, não me angustiava a idade, apenas a situação. Minha face não queimava com o sol. Eu permanecia na cor do papel, que havia adquirido o cheiro e a pátina do tempo. O futuro é difícil de prever, mas eu havia previsto que num aspecto ele viesse a ser como o encontrei. Que a República não desse certo.

Flor, sem adivinhar o que se passava por minha cabeça, teve compaixão por mim e julgou que deveria se desculpar por não me levar para Botafogo.

"O senhor não ia querer. Está diferente, cheio de prédios altos, carros circulando em alta velocidade", disse, tirando baforadas do cigarro.

Era um bom argumento, sobretudo o dos carros, pois eu preferia as seges.

Eu tinha vícios antigos, reler Shelley e Thackeray, fumar meus charutos, vestir-me com roupas de época, trazer no bolso um pequeno espelho oval com moldura de prata, tudo isso na imaginação. E com a vantagem de não ser ouvido, bem como de não pegar vírus, nem os antigos que me deixavam em cama, nem os novos, pois,

HOMEM DE PAPEL 47

refugiado no papel, eu não me expunha a espirros nem a hackers. Meus joelhos andavam por lugares estranhos. Devo acrescentar que não fisicamente. Se Flor entrava na minha mente, por que eu não poderia entrar na sua? Através de seus olhos negros e grandes, comecei a ver. Ao andar com ela, olhava não para os céus lisos, lugar-comum, mas para os chãos rachados. Aprendi a ser amigo de prédios de seis andares. De gramados imensos. De bancos solitários nas aleias margeadas de árvores.

Era julho, plena seca. Cássio era caseiro, sociável apenas por redes sociais. Falava pouco e, quando falava, evitava entrar nas discussões preferidas de Flor, sobre livros e filmes. Era como se tivesse dificuldade em descobrir do que gostava, o que ele próprio era. Sentia medo de seus sentimentos, que escondia de si. Contentava-se em exibir a beleza da mulher quando muito excepcionalmente a acompanhava a jantares e recepções. Tinha orgulho de estar a seu lado. Porém evitava ir a festas de gente da Casa, como chamavam o Itamaraty. Tanto mais se era a convite de Zeus. Embora não soubesse da relação íntima que havia tido com sua mulher, reprovava que ela o considerasse amigo. Calorento, e nu da cintura para cima, ficaria na companhia de Daniel e do Facebook.

Franzi a testa à informação que Flor me deu, preocupada. Os resultados de pesquisa pelo meu nome no Google nos últimos dez anos haviam decrescido de quarenta mil para trinta mil. Sinal de desprestígio. Ela queria corrigir a percepção sobre mim pelo menos entre os melhores profissionais do Itamaraty. Afinal, eu havia sido diplomata e conselheiro e, a seu ver, ainda era. Se eu pudesse falar, ponderaria que aceitava a prova de minha irrelevância.

Antigamente, quando me convidavam para uma festa, tinha dúvidas se o convite era ao homem ou ao ministro. Agora não era a um nem a outro. Se alguém me visse, seria ficção.

Flor me levou abraçadinha, como havia feito muitos anos antes em Viena. Subiu comigo ao apartamento no terceiro andar do bloco K da 116 Sul. Nem bem havia assinado um livro de visitas na mesa de entrada, apareceu Lili, a dona da casa, de sorriso e cabelo exagerados. Era a primeira vez que Flor se encontrava com a mulher daquele homem que continuava sendo importante na sua vida. Era o segundo casamento dele, recente. O primeiro tinha durado dois anos e acabado havia oito.

Lili aparentou prazer em perceber que Flor reconhecia os nomes dos autores dos quadros nas paredes de cor pêssego, duas aquarelas, três gravuras e meia dúzia de pinturas, a maior parte geométricas. Havia um nu, um Bacon tropical e uma tela que Flor juraria ser um Volpi se a data não fosse visível. Um desenho em bico de pena retratava a dona da casa.

Olhei à socapa. A sala ampla abrigava preciosidades ou velharias, segundo o ponto de vista: móveis de estilo império, aparelhos de Sèvres e baixelas de prata, vasos italianos, um samovar ao lado de um Buda sobre um móvel com incrustações de madrepérola e tapetes que não eram de Esmirna e sim de Bukhara. Admirei os cristais que não garantia serem da Boêmia. As marionetes, ouvi, vinham de Praga. Um baú com pinturas em laca, do México.

Havia decotes, tailleurs, uma saia curta, alguns blazers, várias camisas de mangas compridas arregaçadas, sapatos pretos e brilhosos, marrons, um ou outro vermelho, dois amarelos, distintos penteados e um vozerio confuso. Sobre a mesa, velas acesas num candelabro de prata. No aparador e na mesinha de centro, bibelôs e arranjos de flores. O vento quente batia nas cortinas. Ninguém estava sentado no sofá com desenhos de pássaros vermelhos sobre fundo amarelo.

Amarelo também era o vestido da mulher que entrou com ar compenetrado e carteira de couro, que depositou sobre uma cadeira.

"Pegou uma virose terrível. Se desculpa com vocês. É a secura desta época do ano", ouvi-a dizer a Lili.

Eu não devia ter vindo, Flor pensou, ainda trazendo-me nas mãos. Quase não conhecia os convidados. Só de ver Zeus ao longe, perto da última cortina, sentiu brincar com fogo. Ele tinha alguns cabelos brancos, os mesmos olhos castanhos e uma barriguinha. Conversava com ar de gente importante, um dedo no queixo triangular, olhar enviesado por trás de óculos de armação redonda, pose de intelectual diante de um rapaz inquisitivo.

Era Reginaldo, com quem Zeus tinha compartilhado o estúdio de fotografia havia muitos anos. Ela lembrou-se do jovem esbelto, cabelos encaracolados, três anos mais novo do que ela, um pouquinho tonto. Um dia, no estúdio, a tinha beijado com gosto de maconha, e quando quis colar seus corpos fazendo descer as mãos ágeis por suas costas, ela se afastou com gargalhadas. Ficaram nisso. Nunca falaram do assunto.

O olhar de Flor e o de Zeus se encontraram, ela sorriu e se acercou. Cumprimentou os dois com beijinhos no rosto. Ela logo recolheu a mão que Zeus havia segurado e me depositou sobre uma cadeira ao lado da bolsa de couro da mulher de amarelo.

"Você por aqui e nem avisa a gente", disse Reginaldo.

Ela notou pela primeira vez quão peludo era o peito dele, escancarado por sua camisa semiaberta. Não o via desde a época em que ele compartilhava com Zeus o estúdio de fotografia. Tinha ouvido falar que havia aberto um escritório de advocacia.

"Já chegou", Lili informou com orgulho, como se dissesse: "Está vendo? Ele veio."

Zeus imediatamente se dirigiu à porta, acompanhado por olhares reverenciais de alguns dos convidados, que não se aproximavam do recém-chegado e continuavam suas conversas se fazendo de indiferentes à sua presença, embora fosse óbvio que ela invadia toda a sala, foi o que até eu senti a partir de meu estreito ponto de vista.

"Puxa, você não mudou nada", disse Reginaldo. "E se vê mais magra. Digo como elogio. Está ainda mais…"

Se a frase fosse minha, eu a teria completado com o adjetivo "graciosa". Flor o interrompeu com uma alternativa:

"Baixa. Com o tempo, encolhi."

Ela olhou para os lados. Não queria ouvir galanteios.

Quando Zeus seguiu para uma segunda sala, separada da principal por um arco, alguns dos convivas o

HOMEM DE PAPEL 51

acompanharam, entre eles Reginaldo, e lá fizeram uma roda à parte, que somente vi ao longe.

Cinco garçons vestidos de branco serviam um vinho argentino a um grupo de mulheres, de pé, em círculo. Entre elas, eu já conhecia Gabriela, que olhou o rótulo do vinho e elogiou o ano. Seus cabelos castanhos desciam aos ombros e afunilavam ainda mais o rosto comprido. Havia escrito para um jornal de Brasília uma resenha sobre o livro de poemas de Flor, recém-publicado por uma editora que ela havia indicado e cujo peso eu conhecia, pois dez exemplares haviam repousado em cima de mim na estante. Ali afirmava que os poemas curtos da autora eram enganosamente confessionais.

Gabriela era má poeta e boa amiga. Havia se mudado para o Rio, onde fazia carreira como atriz de televisão.

"Adoro ler poesia. De todos os grandes, Bandeira, Drummond, Cecília Meireles, Cabral, Murilo Mendes e sobretudo Vinicius. Escrevo poesia nas horas vagas. Não de maneira séria como você", disse agora a Flor.

Ouvi frases que não associei a nomes — afinal, apenas reconhecia Gabriela —, mas a cores.

"São viciados em redes sociais. Mas, olha, a filha adolescente tem interesse em livros", disse a de amarelo.

"Se o livro está no programa da escola, os alunos torcem o nariz", acrescentou uma de vestido lilás.

E dirigindo-se a Flor:

"Você se vê ótima com esse corte de cabelo."

Flor virou a cabeça de um lado para o outro e deu uma volta ao corpo, como se, ao desfilar, chegasse na ponta da passarela.

7
Não tente imitar o conselheiro

A cidade havia mudado em dez anos, mais restaurantes, Gabriela comentou, e então trocaram impressões sobre um árabe, um italiano, um japonês, e sobre padarias da Asa Norte e da Asa Sul.

Lili se juntou ao grupo quando comentavam sobre alguém:

"Ela é muito especial. Está casada com um diplomata há anos, mas tem horror a tudo o que vem do Itamaraty. Diz que ali só há mediocridades."

"Inclui o marido nisso?"

"É o que me pergunto."

"Os diplomatas são uma raça à parte", disse Lili, "todos iguais, todos certinhos, pensando igual, vestindo-se iguais, com iguais temperamentos."

"Você está brincando..."

"E as mulheres? Também iguais", continuou Lili.

As amigas riram, percebendo a ironia.

"O que não dá para negar é que estão sempre atrás de influências — não digo pistolões, porque não sou maldosa —, no Congresso, entre amigos do presidente, gente bem colocada na campanha eleitoral...", disse Lili.

"Não é meu caso", defendeu-se a moça de lilás.

"Nem o nosso", retrucou outra.

A campainha tocou, e Lili deixou o círculo.

"A Lili não é mulher de diplomata à antiga. Veja que informalidade, que maneira de se vestir", disse a de amarelo.

"Ela de fato tem gostos muito particulares", disse Flor, com um sarcasmo que somente eu captei.

"Tem belas peças asiáticas."

"Zeus serviu na Ásia. Foi lá que se conheceram."

Em torno de uma mesa, falava-se sobre filmes, uma peça vista em Nova York, um romance coreano, a desordem internacional...

"Vocês estão proibidos de falar de trabalho", Lili ordenou de dedo em riste.

"Só um comentário muito breve sobre a negociação com a Argentina", disse Zeus.

Flor se serviu de uma segunda caipirinha.

Talvez eu conseguisse acompanhar a conversa a partir de meu conhecimento de negociações sobre a Bacia do Prata.

Ouvi algo sobre a Crimeia. Disso eu entendia ainda mais. As notícias da Guerra da Crimeia chegavam atrasadas, por barco, se discutia de quem era a razão, se da aliança entre a França, a Grã-Bretanha e o Império Otomano ou se da Rússia. Havia que preservar a integridade do Império Otomano, diziam uns, impedir que os russos avançassem sobre Constantinopla. Não haviam entrado, que eu soubesse, e podia ser que não soubesse, pois estava desatualizado.

Tão logo possível, Flor apresentou a Zeus partes de mim, sentados os dois num canto da sala. Ele me observava de soslaio sobre a página em seu colo.

Recomendou:

"Definitivamente não tente imitar o conselheiro. A gente tem de ser assertivo. Combativo. Acabou aquela história de rapapés, ambiguidades e punhos de renda."

Aproveitou minha presença para ficar juntinho a Flor, me lendo e comentando.

Lili olhou. Tinha de disfarçar o ciúme com um ar de aprovação.

O jantar estava servido. Flor me deixou entre o Buda e o samovar e levou seu prato à salada de quinoa e abacate e ao vatapá com farofa de dendê.

Um garçom serviu-lhe uma taça do vinho tinto argentino.

"Mas os espumantes brasileiros são os melhores, viu?", disse a mulher de amarelo.

"Concordo", Flor respondeu, não por influência minha, pois, entre os espumantes, eu só bebia champanhe e já fazia tempo.

"Os melhores vinhos continuam sendo os franceses, me desculpem se discordarem. Pode ser paladar adquirido. Nada contra nossos hermanos. Até servi em Buenos Aires, cidade que adoro", comentou a moça de vestido lilás.

Lili acercou-se:

"Diplomatas gostam de conversar sobre comidas exóticas."

"O que há de mais exótico do que uma feijoada?", respondeu a mulher de amarelo.

"Ou uma farofa?", disse Flor.

"Esta aqui está uma delícia", afirmou a de amarelo.

Flor começou a caminhar pela sala com o prato e a taça de vinho. Ouvi frases sem continuidade cuja fonte não consegui identificar. Frases que se superpunham, vozes desencontradas e pontilhadas por barulhos de pratos e taças.

"No Brasil é diferente. O critério não devia ser racial."

"Não sei por que defender a família. Por acaso está ameaçada? Agora contra casal gay, sim, discriminação..."

Resolvi me desligar. Quando voltei a mim, Flor comia uma crème brûlée de milho e mal equilibrava sua terceira taça de vinho.

Ouvi uma discussão.

"Sim, por que não?"

"Até você é golpista?"

Houve discordâncias ferrenhas. Zeus se acercou, tendo a seu lado o homem importante, e deu sua opinião. Os ânimos arrefeceram. Não era boa política ter opiniões tão marcadamente divergentes sobre política. Difícil prever o futuro. E se um deles, no lado oposto, assumia um cargo-chave?

"Você, o que acha?", perguntou Zeus à moça de vestido lilás.

Diante de uma pergunta indiscreta, ela engoliu a resposta junto com o vatapá.

Sempre que eu ouvia desavenças políticas, corriqueiras, menos corriqueiras e de todos os tipos, eu pensava em Pedro e Paulo, irmãos gêmeos, um monarquista e o outro republicano, que já brigavam na barriga da mãe. Vocês fiquem tranquilos, jamais darei tanta importância a eles neste meu relato. Não vou substituir suas paixões pelas dos partidos azul e vermelho, nem os colocar a defender e condenar o golpe, embora o tenham feito em 1889. Não os convidaria para estes papéis novos por uma razão fundamental: um e outro abdicariam, como fizeram no passado, de suas paixões políticas por outra maior. Escreveriam suas constituições pessoais, acima da Monarquia e da República, para conquistar o amor de uma moça que acabaria morrendo de indecisão.

Perto de uma hora da manhã, Flor falava de maneira desordenada e sincera. Não sei se presenciei tudo ou se ela me contou depois, crendo que havia se excedido e pondo a culpa no vinho misturado ao reencontro com Zeus.

"O sentido às vezes vem precisamente de palavras sem nexo", ouvi alguém dizer.

Não asseguro que a crítica era dirigida a Flor, mas o olhar era.

Observei os modos, não só dela. Os diplomatas meus contemporâneos competiam em fineza. Agora talvez não tivessem o mesmo tempo para isso. As boas maneiras, segundo meu conceito ultrapassado, quem sabe estivessem menos boas. O que tinha levado séculos para ser construído, com costumes próprios ou importados, estaria sendo destruído?

Não exagero ao falar de séculos. Os hábitos que consideramos civilizados não existiam na Idade Média. Cruzaram o Atlântico a vela ou a vapor, foram chegando, se aprimorando e pelo menos alguns sobreviveram em meio à sujeira do meu Rio de Janeiro. Outros, e de outras civilizações, aprendi que já existiam aqui quase desde sempre.

Eu estava disposto a aceitar prova contrária a meu temor de que a falta de educação passasse a ser valorizada até entre profissionais das boas maneiras. Será que eu errava por ser antigo? Não percebia as novas formas de elegância, sutileza e dignidade? Por que Flor tinha me trazido para aquele futuro e me tornado mais extemporâneo?

Ela bateu com o braço num vaso japonês, que se espatifou.

"Não se preocupe", Lili a tranquilizou.

Dois garçons começaram a recolher os cacos.

"Repetem bobagens dos jornais ou telegramas e ficam alarmados quando ouvem coisa original. Já sei, fui inconveniente, além de desastrada", Flor me confessou quando descíamos no elevador, entre orgulhosa e arrependida de sua coragem.

8
Dona Cesária e um ponto de interrogação

Por que Dona Cesária não tinha vindo àquele jantar? Digo Dona Cesária porque foi assim que o editor de meu livro de memórias a chamou. Seu verdadeiro nome era Eulália e era mais conhecida como Dona Lalá. Porém vou chamá-la de Dona Cesária, seu nome literário, digamos assim. Sempre havia sido minha melhor companhia nas festas. Era capaz de alegrar um funeral. Com sua língua ferina, teria feito rir o mais circunspecto dos convivas. O que ela diria ao espiar aquelas cenas? Senti saudades da utilidade da inutilidade.

Se quisesse encher estas páginas com a má língua, as encheria às centenas com as pilhérias de minha velha amiga. Como vocês não conhecem os objetos das pilhérias, digo apenas que me deleitava em ouvi-las, eu que sou, como eu mesmo me defini, um velho maldizente, embora prefira que o mal seja dito por outros, sobretudo quando falam mal muito bem, e que seja dito sobre outros, que a miúdo o merecem. Dona Cesária era espirituosa, e se não digo que também sempre gorda é porque gostava dela, e as gorduras combinavam com sua malícia. Gostava do que me dizia não por ser agradável. Por ser maligno. E eu apreciava sua maledicência não por ser perverso. Porque era humano.

Achei que Flor não tinha sido correta comigo nem com ela mesma ao me mostrar escancarado no colo de Zeus. Decidi acrescentar uma interrogação ao meu texto por escárnio. Na minha cabeça — se é que vocês possam admitir que tinha cabeça —, surgiu uma interrogação. Colocá-la no papel não causaria riso, mas espécie. Assim fiz. A interrogação saiu da linha, esdrúxula e exata, ao final da frase: "D. Cesária pensa realmente o mal que diz."

Coisas estranhas aconteceram, que não vou contar para que vocês não duvidem de mim.

Deveríamos nós, incluindo vocês, pensar todo o mal daquela cena em que Flor mostrava o livro a Zeus? Provavelmente sim, se levadas em conta as dúvidas que Flor tinha sobre como se comportar diante daquele que jamais havia tido coragem de deixar.

Quando chegou em casa, Cássio estava deitado, inteiramente nu e ainda com o celular nas mãos. No banheiro, diante dos pôsteres de filmes, com fotos de atrizes e atores de cinema, ela chorou um choro sem ruído. Lágrimas sentidas desciam por seu rosto e borraram o rímel. Havia muito ela tinha esquecido como era bom pôr para fora tantas lágrimas, que molhavam sua blusa.

Algo íntimo a angustiava e não podia comentar com ninguém. Abraçou-me, e suas lágrimas encharcaram uma das páginas do livro, a tal ponto que fiquei molhado, quase desfeito numa passagem. Embora avesso à melancolia, invadiu-me naquela hora um pouco de tristeza, que involuntariamente injetei na tristeza de Flor. De novo escorriam lágrimas de seus olhos, mas éramos desiguais, eu não conseguia chorar.

Ela ouviu um barulho do outro lado da porta. Pensou que Cássio fosse entrar, o que a fez enxugar lágrimas de maneira artificial. Digo "artificial" porque por dentro escorriam ainda mais.

Deitando-se na cama, ainda com o livro nas mãos, seus olhos estavam presos a mim. Ela via palavras, linhas, parágrafos inteiros, mas seu pensamento e sua compreensão não seguiam o caminho dos olhos. Viajavam longe.

Foi por casualidade, portanto, que observou o símbolo que acrescentei a uma frase, ou seja, aquela simples interrogação. Símbolo que desestabilizava mais do que uma frase. Ela própria se desestabilizava.

Maldade minha, vocês pensarão. Como compensação e para alegrá-la, acrescentei palavras que a encantaram e uma frase que a desviava do assunto principal. Dizia: "Pedro e Paulo, um monarquista, outro republicano, hoje seriam o quê?" Não era frase escolhida ao acaso. Já falei daqueles gêmeos.

Ela estranhou: "Monarquista?"

"Monarquista?", repetia em voz alta.

Eu a ouvia sem dizer nada, como era de meu feitio, mas conseguia influenciar o que ela pensava. Ideias que ela supunha suas eram minhas. Nossas memórias se fundiam. Resultado de nossa convivência.

Não perguntei o que ela faria com relação a Zeus. Ela ouviu a pergunta que não fiz, pois refletiu sobre aquilo por um bom minuto. Voltou à interrogação e à frase que eu havia acrescentado. Antes de dormir, decidiu que tornaria conhecido o fato extraordinário de que em seu livro, que era o livro de minhas memórias, exemplar único, começavam a aparecer frases que dialogavam com ela.

Cedo na manhã do dia seguinte, Cássio irrompeu pela porta da sala. Chegava vestido com sua roupa de ginástica. No escritório, apertou um botão no computador, cuja tela começou a brilhar, e entrou no quarto.

Quando voltou, de jeans, seu uniforme de sempre, Flor lhe disse:

"Notei uma coisa estranha no meu livro. O conselheiro... Que fique aqui entre nós..."

"Por quê?"

"O conselheiro faz mudanças no livro."

"É que seu livro fica sempre aberto. Feche, é como tela de laptop. E esse sujeito vai desaparecer."

"Ele não é só personagem num livro."

"Já lhe disse. Esqueça esse cara. É só fechar a porra do livro. Ou jogue fora. Ponha fogo nessa merda."

Dirigindo para o trabalho, Flor não conseguia se concentrar no noticiário nem no caminho. Fez longa volta e se atrasou.

Logo que chegou ao ministério, ligou para o editor de seu livro. Ele a ouviu, menos como a poeta em cujo talento já não confiava, e mais como a diplomata em cargo talvez de importância.

"Isso é uma piada."

Porém depois profetizou:

"Você vai ficar famosa. Pode ser bom para a publicidade do seu livro, que só vendeu cinquenta exemplares."

Depois de refletir, ela foi à sala de Zeus. Queria compartilhar o que presenciava no livro.

"Ninguém jamais ouviu falar em coisa parecida", ele disse, depois que ela relatou o acontecido e mostrou as páginas onde ele não via mudanças. "Um personagem de livro não é uma pessoa. Evidente. Ponha isso na cabeça. Repouse, tire férias. Você pode estar alucinando. Deveria ver um especialista. A conversa fica entre nós."

Ele tomou-a nos braços e deu-lhe um beijo no rosto. Depois quis beijá-la na boca. Flor virou a cara e saiu às pressas. Não foi intencional bater a porta com força.

Recolhi-me às bordas do papel, quase caindo fora do livro. Pensei em me corrigir. Porém erro feito e perfeito, melhor deixá-lo, pois a correção provocaria borrões ou marcas incompreensíveis.

Por meio de um amigo, uma emissora de televisão de Brasília interessou-se por entrevistá-la. Flor certificou-se várias vezes de que não era alucinação. Ali estavam a interrogação e as palavras a mais, fora da linha. Levou o livro.

Antes da entrevista, passava o noticiário:

"...uma das vítimas, executada, havia saído para comprar remédio."

Pozinho no rosto para retirar o brilho, e ela passou ao estúdio.

"Não olhe para as câmeras. Só pra mim", disse o entrevistador, um rapaz de bigode estreito e boca larga.

Enquanto Flor contava a história, procurando dar-lhe um toque de humor, uma das câmeras dançava de um canto a outro das páginas e focava em frases que ela repetia. Tratava-se de uma edição rara, reconheceu o entrevistador, mas nada demonstrava que o texto dialogava com a leitora; que palavras ou mesmo uma interrogação a mais aparecessem de repente.

"Artistas, há os que confiam no que veem e tentam interpretar da melhor forma aquilo que veem e os que preferem inventar ou imaginar. Qual é o caso da senhora?"

"Apesar do que o senhor possa imaginar, não é um caso clínico. Meu trabalho mais criativo é o da poesia."

"Como a senhora reagiria se a chamassem de charlatona?"

"Eu pediria para desligarem as câmeras e voltarem para o noticiário policial."

Já fora do ar, ela repetiu a leitura de palavras antes inexistentes no livro.

"Admito, aparecem só pra mim. Por isso a câmera não as capta."

Multiplicaram-se comentários nas redes sociais. Fama e infâmia para Flor.

O próximo passo teve uma ajuda de Gabriela, que poderia fazer um contato com os produtores do programa *Fantástico*. Cássio, que havia cruzado com ela no calçadão de Ipanema, foi contra.

"Você tem certeza do que está fazendo?"

Desta vez a entrevista foi mostrada em todo o país, e a câmera não se aferrou à prova de que Flor alucinava. O entrevistador pediu que expusesse minuciosamente o que via a mais no livro. Era fantástico!

Ter amizades com as celebridades seria o equivalente, em minha época, de amizades com a aristocracia. Havia semelhanças entre os novos e os velhos aristocratas. Nem uns nem outros eram aristocratas por sangue. Os do meu tempo eram nomeados pelo imperador, viessem de onde viessem. Os novos haviam tido sucesso ou, caso de Gabriela, feito uma ponta apimentada numa novela.

O final inesperado tanto para Flor quanto para mim, recebido em tom de burla nas redes sociais, teve origem, como vocês percebem, em incidente trivial, eu nem sequer havia saído do livro.

Cássio foi compreensivo com o suposto estado psicológico da mulher.

"Por que não faz análise?"

Era o que Zeus tinha lhe dito com outras palavras.

9
O juiz de paz foi o cão

Passaram-se dias iguais uns aos outros em sua monotonia, até que um foi diferente.

"Você não disse que ia ficar até tarde?", Cássio perguntou quando Flor chegou do trabalho.

"É o que eu devia ter feito. Fiquem à vontade. Não sou eu que vou atrapalhar. Ciao."

"Não. Espere. Não é o que você pensa."

"Sei", ela cruzou os braços, batendo nervosamente com a ponta de um dos sapatos no chão de madeira.

"Gabriela estava aqui falando sobre você e a repercussão do programa."

"Sei", repetiu.

"É verdade. Gostei da apresentação. Pensei em lhe telefonar. Mas como vinha a Brasília…"

"Vocês nunca mais vão me ver."

"Vamos jantar, os três", Gabriela sugeriu.

"Fiquem aí. Divirtam-se. Depois façam pipoca e assistam ao jogo juntos."

"Gabriela chegou hoje, ligou…"

"Seus lábios estão vermelhos. Mas não é de batom, não é? Homem não usa…"

"De vinho. Tomamos duas taças de vinho", Cássio explicou.

"É, vinho com batom. Cor bonita."

"Não seja ridícula."

"Olhe, me desculpe se…", Gabriela ensaiou uma frase.

Era razoável que Flor não fosse razoável. Se o ciúme não se exprime num coração que ainda pulsa e numa situação como aquela, quando?

Mais tarde, as desavenças passaram de Gabriela à marca do sabonete e, em minutos, ao que não havia sido dito ao longo de duas décadas.

"Você não me ouve, nem nota a roupa que eu ponho."

'E você nunca valorizou o trabalho que faço."

"Que trabalho?"

"Quem cozinha? Quem faz todos os consertos?"

"É o mínimo."

Ouvi isto e muito mais. Como enfrentar aquelas palavras? Eu não era favorável à bondade das palavras. Naquele caso, talvez concordasse com os dois ou discordasse deles, salvo se concordássemos em discordar. Eram hipóteses fúteis, pois eu não havia sido convidado para ser juiz de paz.

O juiz de paz foi o cão Quincas Borba, cuja morte também trouxe outro tipo de paz, pois ele havia sido um problema para Flor a cada mudança. Ela e Cássio ficaram compenetrados diante do túmulo improvisado no terreno de um conhecido à beira do lago Paranoá. Embora Quincas já não latisse para as capivaras, seu latido ainda podia ser ouvido na memória dos donos e na minha. Ao vivo somente ouvíamos o miado de Sultão, que Cássio achou por bem trazer, afinal os dois animais haviam se tornado amigos.

Fechei a página sobre o túmulo. Nem miados nem latidos. Como era frequente comigo, preferia o silêncio. Mas os miados e latidos tinham entrado em minha cabeça e prognosticavam êxito para o juiz de paz.

Uma razão prática contribuiu para ofuscar o ciúme de Flor: que outro homem poderia se dispor a segui-la mundo afora? Dependendo do conceito que se desse ao amor, sabia que aquele homem pacato, bondoso, que havia deixado sua profissão para acompanhá-la, era mais amoroso do que muitos maridos.

Passada uma semana, ela e Cássio já se falavam e me levaram ao Clube das Nações para o almoço.

Fazia sol. Algumas mesas estavam ocupadas por famílias. Crianças pulavam na piscina. Flor distribuiu sorrisos e palavras gentis a quem conhecia.

"Aquela mesa tem mais brisa", apontou.

Ficava ao fundo e mais próxima ao lago.

Nem bem voltavam à mesa, cada um com uma salada, apareceu Zeus.

"Sente-se", Flor disse.

Notei o prazer com que aceitou o convite.

Tudo correu bem enquanto o picadinho e a caipirinha eram consenso. Depois, para cada frase de Zeus, Cássio tinha um argumento contrário.

As discordâncias se tornaram prosaicas com a segunda caipirinha e filosóficas com a terceira: haveria conciliação possível entre os princípios da liberdade e da igualdade?

"Quem passa fome pode abdicar da liberdade para comer. Já os ricos preferem a liberdade, que não obriga a distribuir", disse Cássio.

Discordaram se deveria haver ruptura política no país, o que me dava bocejos. Vocês podem me acusar de indiferente. Mas até hoje creio que a indiferença é tolerante e serve de antídoto aos fanáticos.

Flor mostrou as vantagens de uma ou outra posição ou de uma intermediária, fruto do que julgava ser um espírito de conciliação aprendido comigo.

"Nos dois casos são justas. Como uma calça apertada. E vocês podem ser desculpados pelos excessos de gordura", ouvi-a dizer.

Nesta hora não era principista. Era racional de uma racionalidade sensível à história e às circunstâncias.

Parte da discordância entre os dois era muda. No íntimo, Cássio reprovava menos as ideias do que a maneira como Zeus olhava para Flor.

Provavelmente estavam empates, pensei. Viveriam triângulos amorosos superpostos, como numa estrela de Davi.

10
Meus olhos deveriam entrar em dieta absoluta

Daniel foi buscar Leonor no hotel.

"Você soube, não é? Ele se manifesta", Flor disse a sua amiga na sala de nosso apartamento com o livro aberto no colo, as duas no sofá branco, cafezinhos sobre a mesa de centro e fumaça saindo de um cigarro no cinzeiro.

Meu contentamento me deixou à vontade. Atiçou-me o desejo de falar. Eu precisava apenas escolher o melhor momento. Flor ainda temia os blogs e jornais, que poderiam reproduzir suas revelações sobre minha presença em sua vida. Assustou-se ao perceber meu novo impulso e ameaçou fechar o livro sobre mim. Se o fizesse, não evitaria que eu ressurgisse noutra década, noutro lugar, para outro leitor ou leitora. Poderia aparecer para sua amiga, foi o que eu lhe disse sem dizer.

Sultão entrou na sala e ficou nos vigiando a distância, plantado na ponta do sofá branco. Sentia-se mais solitário do que nunca depois da morte de Quincas Borba.

Leonor, rosto suavemente iluminado pela luz vespertina da janela e já transformada em leitora atenta daquele exemplar único do livro, enxergou a ameaça que Flor me fazia. Com expressão severa, exigiu minha permanência. Queria minhas frases de um século antigo que ela conhecia de cor e as novas, ainda desconhecidas.

"O senhor já fugiu de mim uma vez. Não fuja de novo", me disse, categórica, com o rosto sobre o livro.

Não era por escrúpulo que minha língua estava presa. Eu precisava soltá-la. Já disse que não perdi o toque de galanteria do passado. Mantinha, para Leonor, a mesma flor eterna na botoeira.

Nunca fugiria dela, eu disse, calado, de papel para papel. Era o que me cabia. Tinha de esperar o dia em que fosse possível viver plenamente no sonho para substituí-lo pela realidade, embora temesse que a realidade me levasse a um terreno obscuro, pois era um paradoxo que estivesse tão cheia de falsidade e dissimulação. Deveria eu não apenas tentar falar, mas também ultrapassar aquela barreira da ficção para encontrar Leonor noutro terreno, obscuro que fosse? Mudos, Leonor e eu nos entendemos.

Meus olhos deveriam entrar em dieta absoluta. Era melhor deixar claros os limites entre um personagem real e outro fictício.

Suponhamos o seguinte. Não, não suponhamos nada. Isso não digo, ou não digo ainda, pois nem tudo se deve dizer, é o que penso com minha mentalidade antiga. Pararia a história aí se não fossem outros encontros com Leonor e principalmente se neste ponto o livro não tivesse me transportado de Leonor a Zeus.

Não é uma transição indevida na história, como vocês poderiam supor. Apenas sigo o caminho do livro. Ele havia passado o resto da tarde sobre a mesinha de centro, sob a vigilância de Sultão, que, solitário, caminhava displicente, abanando o rabo. Chegou, numa ocasião, a pular sobre mim, como se eu fosse uma peça a mais numa corrida de obstáculos. Já à noite o livro se encontrava sobre uma mesa coberta com uma toalha branca, de linho bordado, no segundo andar de um restaurante da 105 Sul.

Meses depois, recordando aquela situação, eu especulava que os rumos da história teriam sido outros, se, em vez de ficar sobre a mesinha de centro do apartamento de Flor, o livro tivesse seguido com Leonor.

Percebi com nitidez que uma vez mais eu tinha servido de pretexto, quando, após a partida de Leonor, Flor recebeu uma chamada de Zeus.

"Queria muito que a gente se encontrasse. Ver de novo o livro. Estranhas essas mudanças, não? Mas acredito em você. Aceita meu convite para jantar?"

"Na sua casa?"

"Não. Podemos sair."

"Lili vai ficar contente, não é?"

"Viajando. Depois lhe explico."

Ela abriu a porta do quarto de Cássio. De camiseta, bermudas e chinela de dedo, ele estava com os olhos grudados num canal de esportes.

"Só pra informar que hoje tenho um compromisso de jantar."

"Não havia me dito. Com quem?"

"Uma amiga."

"Que amiga?"

"Você não recebe uma amiga em casa sem me avisar? Por que cobra com quem saio?"

Felizmente não havia conhecidos no restaurante meio vazio.

"Me acompanha numa garrafa de vinho?"

"Tomo uma taça", ela respondeu.

"Tinto ou branco?"

"Prefiro tinto até com peixe."

Zeus pediu uma garrafa de vinho português.

"Esse foi um excelente ano para os vinhos do Douro", ele disse.

Chegaram as entradas, casquinha de siri para ele e salada de funcho com laranja e grão-de-bico para ela.

"E Lili?"

"Quero já de cara lhe fazer uma confissão. Não sinto por ela o que sempre senti por você."

Ela olhou nos olhos dele.

"Quer ver o livro?"

Ele folheou. Tudo indicava ser o mesmo que ele já tinha visto, edição antiga, na essência não tão distinta das que ele possuía.

"Continuam aparecendo palavras?"

"Melhor nem falar."

O interesse não era o livro, que ele devolveu.

"E se eu convidasse você para um fim de semana?"

Ela tomou um gole do vinho.

Chegaram os pratos principais, um bobó de camarão com arroz branco para ela; um medalhão de filé-mignon em crosta de ervas com purê de batata-baroa para ele.

"Eu lhe digo com sinceridade. Não estou feliz no casamento. Você está?"

"Cássio é gente muito boa. Compreensivo."

"Você sabe que nunca perdi meu tesão por você."

"Li suas declarações", ela disse.

"O que achou?"

"Equilibradas. E você escolheu bem a gravata."

Ele sorriu, contente.

"Ouvi grandes elogios à sua atuação na negociação do acordo", ele disse. "E a exposição de motivos é um primor."

Às vezes estive com Flor nas reuniões. A troca do verbo "refletir" por "ser proporcional a" ou uma mera vírgula eram suficientes para criar nas frases um sentido mais próximo à sua posição negociadora. Uma observação sua provocava riso, que desanuviava o ambiente. Diplomacia era principalmente linguagem para quem, como ela, sabia usar com propriedade. Sua acuidade captava com rapidez a intenção do outro, o que lhe permitia responder antes de ouvir a pergunta.

"Fiz o que pude."

"Não, de jeito nenhum. Você acumulou como poucos uma bagagem de conhecimento dos assuntos. Não pensa em mudar de setor?"

"Estou bem onde estou. Prefiro não me expor demais. Discordo de muita coisa, como você sabe."

"Se você está nesta profissão, é melhor se acostumar aos governos."

"Eu sei, mas na dose certa. Não é obedecer mecanicamente. Não quero ter de me recusar a cumprir uma instrução."

Ela respeitava a hierarquia, mas a envolvia com a ética, o rigor e a sinceridade.

"Quando a gente recebe uma instrução, deve abdicar de opinião pessoal", Zeus falou. "Um diplomata profissional deve saber se adaptar. Mais importante do que a inteligência é a lealdade aos chefes e à instituição."

"Não somos só papagaios ou mensageiros. Houve uma época em que o ministério era isento com governos de passagem. Chanceleres diziam que esta era uma carreira de Estado e não de governo. Já outros..."

"Os diplomatas não são só profissionais de Estado. Devem ouvir seus governos. Assimilar as novas orientações. Os próprios princípios devem se adaptar à realidade."

"É um ponto de vista. Existem vários. Que se deve ouvir o povo, o homem da rua ou ainda os representantes no Congresso. Ou que não se deve ter ideologia. Só quero deixar claro o seguinte: não sou carreirista, sirvo ao Estado e obedeço à Constituição. Não abdico de meus valores diante de inferiores nem de superiores. E não entendo o país segundo o governo da vez. Afinal, o samba deixa de existir se muda o governo? Você deixaria de admirar a Espanha ou a França porque o governo mudou?"

"Acho que muitos mudaram de opinião sobre o país quando o governo era de Franco ou de Vichy."

"É possível se dedicar a questões que ultrapassam as circunstâncias políticas. Ou será que não?"

"Respeito sua posição."

À medida que a conversa girava em torno do que acontecia no mundo e no Brasil, regada pelo resto do vinho e mais uma garrafa, eles concordavam sobre o mundo e discordavam sobre o Brasil. Finalmente coincidiram na mousse de chocolate com frutas vermelhas.

11
Com qual dos dois?

"Sabia que é afrodisíaca?"

"Não, não é", ela respondeu.

Depois arrependeu-se de sua rispidez.

"Fim de semana onde?"

"Onde você quiser. Goiás Velho. Pirenópolis. Você se lembra do Reginaldo, não é? Sempre oferece a casa dele de Pirenópolis."

Na saída, perguntou se ela queria tomar um digestivo no apartamento.

"Não, obrigada."

Ele se achegou para um beijo, que antes que ela recusasse foi flagrado por um flash.

"Filho de uma mãe. Corra atrás."

O fotógrafo ia longe.

"Não se preocupe. Não sou celebridade."

"Mas eu sou", ela disse.

Não aceitou que ele a levasse em casa. Pediu um Uber e, antes de chegar, me acusou:

"O que o senhor está pensando? Quer chantagear meu marido, não é?"

Desconfiava que eu soubesse de tudo. Eu sabia e vim a saber muito mais, que ela vivia uma crise moral e que sua atração por Zeus não havia diminuído. Não se tratava mais de uma admiração por seu físico ou de um desejo de tê-lo como um objeto. Passou a ser uma loucura sublime, que misturava prazer e remorso e que a devorava como um monstro.

"Desculpe, conselheiro, sei que o senhor não deseja nada de mau pra mim. Mas que situação", me olhou balançando a cabeça.

Esboçou um sorriso, que se completou com dificuldade, mesclado à sua inquietação.

Retribuí com um sorriso mais completo, sob a forma de um emoji. Era como se eu tivesse me tornado moderno. Acrescentei uma frase para protestar por ela ter-me tachado de chantagista:

"Vou registrar o que ouvi há pouco dessa leitora que saiu de si."

Maldade minha, vocês pensarão de novo. Se era maldade, desta vez era maldade jocosa, que não pretendia ferir, apenas fazer cócegas.

Flor olhou para mim, questionando se eu de fato a ouvia. Recordava-se vagamente de uma frase que dizia respeito a uma personagem do meu livro de memórias, talvez Dona Cesária, que eu citava com frequência. Começou a folhear minhas memórias para encontrar a passagem. Ao fazê-lo, sua mente viajou longe, a Cássio e a Zeus, e seus olhos me contaram segredos de maneira mais clara do que se fossem capazes de falar.

"Quem saiu de si foi o senhor", me respondeu, e o motorista se virou para trás.

"Sou um adivinho", eu disse minhas primeiras palavras audíveis, como se fosse um audiolivro.

"O que o senhor adivinhou?"

"Hein?", perguntou o taxista.

"Que quer me revelar um segredo", respondi.

Flor ficou espantada, não sei se porque adivinhei ou porque o fiz em voz alta.

"Não, não adivinhou nada. Ou talvez um pouquinho."

O motorista conformou-se que Flor falasse sozinha. Não era a primeira bêbada que transportava.

"Me explique esse pouquinho com palavras fáceis", pedi.

O motorista não me ouvia.

"Claro, quero pedir um favor ao senhor."

Eu preferia não contar a vocês o resto da conversa. Mas a história tem dessas coisas, às vezes nega meu livre-arbítrio e me conduz para onde não quero ir. Eu poderia ter virado a cabeça para o lado ou colocado os dedos nos ouvidos. Mas foi mais fácil manter a cabeça onde estava, sem torcer o pescoço nem mexer os dedos.

"Meu marido desconfia que tenho um amante. E o pior é que quase tenho", disse, suspirando sobre mim, para que o motorista não a ouvisse.

"Quase?"

"A gente só se via a cada não sei que número de anos. Sempre adoramos fazer sexo. Não pense mal de mim. Ele foi o único. A maluca da mulher desconfia de nosso caso.

Não sei se é por isso que estão se separando. Enfim, meu amigo, a situação está enrolada."

Continuei frio e raso como um papel diante do que não era novidade.

"Meu amigo, com qual dos dois devo ficar?"

O motorista se virou novamente para trás.

Com outras palavras ou talvez as mesmas, ela já me havia feito aquela pergunta. Só que antes de se casar. Fiquei incomodado, coisas de velho. Além do mais, velho de outro século, quando essas mesmas coisas aconteciam mais escondidas. Mas é bom negar desde logo e de uma vez por todas que ela fosse namoradeira, pois foi isso que ela mesma fez ao carregar o substantivo com tintas mais fortes.

"Não vá pensar que sou uma devassa. Não sou de ficar saracoteando por aí. Só existem e sempre só existiram esses dois. Mais ninguém."

Até onde eu soube, ela nunca havia embarcado noutras aventuras, não por moralismo, mas porque, por lógica dedutiva, já conhecia o quanto podiam comprometer sua paz de espírito.

Chegando ao apartamento, ainda na sala, reclamou:

"O senhor se mostra incapaz de ter respostas sinceras para minhas dúvidas."

Ela tinha raiva de si mesma por não conseguir se desfazer de um impulso incontrolado. Seria amor o que sentia por Zeus? O que ainda sentia por Cássio, apesar de tudo? O que era amor? Ela era capaz de amar um verso e incapaz de amar um homem? De acreditar nele suficientemente para fazer a escolha? Já era tarde para essa escolha. Escolhas dessa ordem aconteciam às cegas, quando as dúvidas se apagavam na escuridão.

Esse resumo reconstituí depois, com base no que ela mesma me dizia e quando a tempestade já estava montada. Eu entendia seu drama, pois o demônio da dúvida fechava as portas de qualquer saída, e quem duvidava, como planeta à deriva, enfrentava um drama maior do que quem tomava uma decisão errada.

"A senhora quer respostas definitivas, quando no mundo, de definitivo, só existem a dúvida, a morte..."

Quando percebi que minha frase agravava seu estado, acrescentei:

"... e o jogo de futebol, que Cássio não perde."

Pensei em Rita, minha irmã, tão fiel ao marido, mais do que Fidélia, a ponto de deixar na tumba, como cheguei a escrever nas minhas memórias, mechas de seus cabelos, que lá ficaram ainda pretos, quando os que eu via na sua cabeça estavam brancos.

"Com qual dos dois?", Flor repetiu, entrando pelo corredor.

Temi que Cássio ouvisse.

"Não confiaria a mais ninguém o que vou dizer. O senhor é meu maior confidente. Tudo que eu disser deve ficar entre nós."

"Pode confiar em mim."

"Eu preciso dos dois."

Era o que ela já tinha dito havia muitos anos em Viena.

Eu não tinha ouvido falar em poliamor. Por isso não a aconselhei a perseguir esse caminho. Nem um nem outro a mereciam, nem ela merecia ficar sozinha. Eles eram em tudo diferentes, menos no gosto essencial de gostar dela.

Já Flor não disse que os amava. Precisava deles, foi o que escutei. Fechou-se no quarto comigo. Avisou a Cássio, do outro lado da porta, que ia tomar banho. Levou-me ao banheiro e, ao sair do chuveiro, ainda nua, me disse, envolta em vapor de água:

"Para fugir desse grosseirão quero ainda mais a companhia do senhor. Se o senhor aceitar ser meu capacho, claro."

Fiquei mudo.

Passou seus cremes, levou-me ao quarto e me deitou na cama.

Olhou-se no espelho. De costas. De frente. Segurou um seio com a mão esquerda, o outro com a direita. Examinei seu perfil. Pareceu-me clássico. Corpo bem equilibrado sob um pescoço longo, uma coluna reta e pernas bem torneadas. Voltando-se para a janela, afirmou:

"Cássio pode ser violento."

Sempre havia me parecido pacato. Mas era possível, com aquele corpanzil…

"Se a senhora se sentir ameaçada, me avise", eu disse, sabendo que nada poderia fazer.

"É o que espero, que o senhor me ajude. Nenhuma Lei Maria da Penha basta. Ele desconfia que tenho um amante. Veja só. O pior é que… Bom, tenho. Ao senhor não vou negar."

Constatei que ela havia eliminado o "quase" de sua confissão. Andava de uma ponta a outra do quarto.

"Será que ele gosta mesmo de mim?"

Arrisquei expressar minha intuição, presumindo que se referia ao amante:

"Não há dúvida de que gosta. Para namorar. Para casar-se, prefere a carreira."

Eu continuava sendo um conselheiro ou amigo fiel, apesar das diferenças de século. A esse papel eu poderia acrescentar o de psicanalista. Era simples. Bastava fazer o que eu já fazia, falar pouco, ouvir muito e colocar alguma interrogação entre as frases.

Sempre fui discreto, por temperamento e dever. Ouvindo as histórias de Flor, devia ser ainda mais discreto do que um psicanalista. Não mereço que vocês considerem isso virtude, pois o que eu podia fazer, senão ser discreto? Se ainda estava relegado ao livro?

"Estou numa sinuca de bico", ouvi-a dizer.

Se fosse o voltarete eu poderia opinar, mas não sabia jogar sinuca.

Cássio entrou, de cuecas, exibindo o corpo alto e musculoso.

"O conselheiro agora começou a falar", ela revelou.

"Isso tem um nome: alucinação auditiva. Quero só relembrar que amanhã cedo viajo ao Rio."

"Vai se encontrar de novo com aquela perua?"

"Boa noite."

Bateu a porta.

12
Um piolho de Sultão foi esmagado

"A Casa de Rio Branco tem tradição de excelência, mas não tem sabido aproveitar seus melhores talentos", Flor lia num artigo de jornal juntamente com a avaliação sobre o estágio atual das relações internacionais, o papel de alguns atores-chave, a conjuntura excepcional no Brasil e no mundo, posições da política externa a partir de uma visão realista do país e de seus interesses permanentes e questões de ordem institucional e administrativa no ministério, entre as quais ressaltava a dificuldade de ascensão dos diplomatas mais jovens. No melhor cenário, encerrariam as carreiras no nível de conselheiros.

Deveria ela se contentar então que já havia chegado a conselheira?

Era uma segunda-feira, eu em cima de sua mesa de trabalho no terceiro andar do Anexo I do Itamaraty, ela com o cotovelo apoiado sobre a mesa, a mão segurando o queixo.

"Já falei com Cássio e Daniel. Os dois aprovam a ideia da remoção. Daniel porque quer ficar sozinho. Deve ser por causa das namoradas", ela me disse.

"Não interfira, Flor, num direito que é dele."

"Por que o senhor está reivindicando esse direito?"

"Não reivindico direitos de outros. Deixo que eles os concebam, reivindiquem, conquistem e inventem novos. O único direito que reivindico é o de contar o que vivi."

"Chega. Visualize o globo. Pra onde ir?", me inquiriu, como se eu fosse o I Ching.

"Posso ir a qualquer lugar."

"Mesmo?"

Sou homem de todos os climas, talvez já tenha dito a vocês. Quarenta graus no Rio ou graus abaixo de zero em cidades europeias não me assustaram. Viajando no tempo ou na geografia eu continuava sendo eu mesmo. O critério fundamental, que é o de fazer amigos, não privilegia climas nem estações, é o que ainda creio. Corrijo-me. Talvez favoreça os climas vividos na juventude. Por isso, e apesar da febre amarela, eu havia escolhido o Rio quando me aposentei.

"Pense. Se o senhor pudesse escolher, iria pra onde?"

Pensei em Fidélia. Estaria ainda em Lisboa?

"Para Portugal."

"Portugal? Coisa de brasileiros antigos. Ou dos que hoje fogem de assalto."

"Poderíamos morar na Lapa vendo o Tejo. Ou na Alfama. Seria estupendo."

"Estupendo" não era termo que eu empregasse, vocês sabem que evito superlativos. Mas o momento e Lisboa exigiam um superlativo.

"Não importa que o senhor seja alienado. É a única pessoa que pode me aconselhar", ela disse, ao abrir a janela e acender um cigarro.

"Pessoa?"

"Pessoa, personagem, o que for."

Persona, máscara, pensei. Que máscara poderia ser eu para ela? A cada momento em que voltei ao Brasil era um homem diferente e, no entanto, igual ao que sempre fui. Ex-ministro, conselheiro aposentado, talvez me dissessem embaixador. Não ocupei os postos que mais desejava e dos quais grandes nomes do Império me julgaram merecedor, só que na ocasião errada, quando as mudanças de gabinete reduziam seu prestígio. Desencontros, portanto, além de ter procurado manter minha independência numa carreira em que, por seu sentido de hierarquia, a dependência era total.

Fora do prazo e para não esperar pelo plano até o próximo semestre, Flor teria de submeter seu pedido de remoção ao ex-pequeno funcionário da administração que ela derrotara havia muitos anos munida da arma de um memorando.

Ele a recebeu às dezesseis horas daquela segunda--feira, com a mesma cabeça oval, um sorriso amarelo e o olhar desbotado.

"Esses postos não são viáveis. Quando você chegou a Brasília? Tem gente aqui há oito anos."

Ela não quis citar colegas removidos com pouco tempo ou os que, embora no serviço exterior, evitavam o exterior para se manter próximos do poder e, portanto, da promoção. Precisamente o caso de seu interlocutor.

"Esses já estão prometidos", esclareceu sobre a segunda lista que Flor lhe apresentou. "Vamos pensar numa solução viável."

Ela tentou uma palavra com a chefe do ex-pequeno funcionário, repetindo o procedimento adotado com sucesso nos velhos tempos. Recebeu a resposta de um assessor: enviasse seus pleitos por e-mail ao funcionário competente, aquele mesmo com cara de ovo.

Quando eu ainda não falava, havia tido a intenção de realçar para Flor aspectos agradáveis da carreira. Agora me dava conta de que deveria alertá-la de que os aspectos agradáveis vinham acompanhados de outros, desagradáveis. Como disse no meu *Memorial*, "a diplomacia me ensinou a aturar com paciência uma infinidade de sujeitos intoleráveis que este mundo nutre para os seus propósitos secretos". Intoleráveis havia entre meus colegas dos Negócios Estrangeiros. Um deles, quando trazido por um amigo comum a minha casa, onde lhe servi minhas melhores palavras e iguarias, foi respeitoso porque me via como futuro chefe. Mas a sorte e as relações com um novo gabinete o fizeram meu superior. Encontrei-o, assim, uma segunda vez, uma medalha no peito, os pés sobre a mesa e um cachimbo na boca. Olhou-me de cima sem me reconhecer. Não estava disposto a me enviar para onde eu queria. "Não com este gabinete", foi sincero. Esse tipo de comportamento eu julgava que não havia mudado. Ou será que eu, que não havia mudado, não percebia as mudanças?

Flor me cobriu com o manto negro baixado sobre ela. O livro fechou-se. Um piolho de Sultão foi esmagado logo à primeira página, e me senti como aquele piolho. De novo fiquei relegado a um fundo de estante, às vezes sozinho, vez por outra ao lado de Sultão, que envelhecia enquanto eu mantinha a mesma velhice. Creiam-me, eu fazia esforço para aparecer, sobretudo quando começou a crescer a concorrência aos livros em papel. Mas nada de Flor.

Dançaria conforme a música, mesmo que não fosse valsa, e até ao ritmo de funk. Se aparecesse um jogador de videogame, jogaria com ele. Como ninguém apareceu, continuei acrescentando palavras a minhas memórias sem saber para quem.

Dançaria conforme a música, eu dizia, só que não podia dançar com meus pés presos ao livro.

Do que eu dizia a Flor, o óbvio, ela descartava como inútil; o inusitado, como afronta.

"Se a senhora ainda quer meu conselho…"

"Ora, conselheiro, vá tomar banho."

Isso eu não podia. Não queria me desfazer na água.

13
Em que aparecem os dentes afiados de uma senhora

Não reputei má ideia que Flor me vendesse a um sebo. A amizade já havia cumprido seu tempo de validade. Agora eu podia dizer: "Flor foi minha amiga."

O sebo, conhecido como Sebinho, ficava na 406 Norte. Fui vendido a preço módico e fiquei durante algumas horas no alto da estante mais alta. Acostumado à proximidade de Flor, me senti solitário, cercado de centenas de outros livros, além de camisetas, almofadas, cangas, toalhas de mesa e cartões. Eu não conseguiria viver para sempre naquela solidão, pois de solidão a gente se cansa.

Percebi que não apenas poderia continuar modificando o livro. Podia sair dele, pelo menos daquele exemplar de uma determinada edição; experimentar uma *out of body experience*. O nome vem em inglês não por esnobismo; porque quem primeiro me propôs foi um americano que conheci quando Flor, delegada a uma conferência das Nações Unidas, passeava com ele em Nova York.

A *out of body experience* consistia em conseguir sair do próprio corpo por meio da meditação. Poderia significar palavras ao ar ou meras letras flutuantes. Ainda assim arrisquei. A mim não faltava meditação, feita às vezes durante meses, entre um ponto e a margem branca da página.

Um garoto esperto e magro, de rabo de cavalo e bermudas coloridas, folheava livros e já me via cá fora.

"Que livro é este?", disse e, olhando-me nos olhos, acrescentou: "Se quiseres desaparecer, volta para este livro ultrapassado. Ninguém vai te encontrar. É o melhor esconderijo."

O argumento era persuasivo. "Bene vixit qui bene latuit", dizia Ovídio. Mas, no embate entre um sentimento novo de exibicionismo e a antiga discrição, o primeiro venceu. A palavra também venceu o silêncio, e acabei contando-lhe minha vida de maneira sintética, realçando o principal.

"Moral da história", ele disse. "Tu perdeste a mulher e não conseguiste paquerar a viúva. Aqui já temos tristezas demais. Não tragas as tuas."

Ele me abandonou, mas quem não me abandonou foram meus companheiros de livro.

"Não nos deixe, conselheiro. Que graça ficarmos sem o senhor?", Dona Cesária me perguntou.

"Como a senhora sabe, eu já não tinha cabeça nem mesmo pés para permanecer no livro. Vivia com a atenção voltada para fora."

"Pelo menos a gente sabia que o senhor estava ali protegido pela capa."

Era tentador voltar para me manter ocupado com a minha frivolidade. Mas, pesando os prós e contras, respondi:

"A senhora não sabe o que é não ter vida fora do papel. Não ser bem considerado por ninguém, nem mesmo pela mulher que herdou essa edição do livro."

"Mas o senhor quer desaparecer num momento crucial: eu acenderia um charuto nesse fogo para o senhor. Posso lhe dar um?"

Ela sabia o quanto eu apreciava os charutos e o quanto sentia falta deles. Mas que sentido podia ter um charuto naquele momento? Afinal, eu talvez pudesse experimentar outros tantos, e muito melhores, fora do livro.

"Não zombe comigo! Isso é como pôr mais lenha na fogueira. Quero sair do livro, isso é tudo."

"Mas por que escolher este momento de crise, conselheiro?"

"Crise é normal por aqui. Vivi sempre em épocas de transição. Do Império para a República. Da sociedade escravagista para..."

"Olha, conselheiro, este exato instante é quando o senhor se sentava à mesa para conversar com dois irmãos gêmeos. O senhor deve ficar no livro, é o que lhe digo. Nem Machado de Assis consegue permanecer como grande escritor sem a presença do senhor. Fique, conselheiro. O mundo lá fora, como está, não merece o senhor."

Para evitar delongas, não quis reclamar que ela me oferecesse o charuto na hora errada nem lhe explicar que Machado não era M. de A., nenhum dos dois responsáveis pelo que escrevi. Meu impulso para sair já estava dado, e a memória do livro de que eu vinha começava a enfraquecer.

Do que escrevi nos meus lazeres do ofício e depois de aposentado, há partes nunca publicadas. É que M. de A., citado por Machado de Assis, editou minhas memórias, intituladas *Memorial de Aires*. Quis que abrangessem só dois anos: 1888 e 1889, talvez porque tivessem que ver com uma abolição que não aboliu a miséria dos escravos e com o golpe de Estado conhecido como Proclamação da República. Mesmo essa pequena parte ele decotou de circunstâncias, anedotas, descrições e reflexões. O último caderno, publicado como romance com uma advertência que afirmava erroneamente eu haver falecido, recebeu o título de *Esaú e Jacó*, alusão aos irmãos gêmeos Pedro e Paulo, dos quais já falei. Meu próprio *Memorial* ficou desbastado e estreito. Não sei se M. de A. pensava no meu despertar quando apontou que o resto poderia aparecer um dia. Para quem quiser ler inteiro, em vez de pegar a barca de Petrópolis, que pegue o metrô de Taguatinga.

O que afirmo agora a vocês, de viva voz, sem gastar tinta nem papel, é que não fui o mesmo para cada leitora ou leitor. No começo dependia de uma única leitora, Flor. Não posso dizer que todas as minhas palavras viviam. Viviam para ela, com brancos de décadas. Já eu vivia de ouvir os outros e me adaptava às melodias que me chegavam.

Ficava calado, o que não significa que não fosse entendido, pois a gente entende mesmo o que não é dito.

Nem sempre conseguia ver. Tinha a limitação imposta pelo papel. Estava preso ao livro, o que convinha a meus hábitos quietos por temperamento.

Preso à história e personagem de um só exemplar de vários cadernos, eu não sabia o que havia começado antes da primeira página, nem o que aconteceria depois da última. Ficava mudo, preso à estante, um sevandija. Apesar disso, não me revoltava, porque como pode ser revoltado um ser amorfo, imune a tudo, menos aos fungos e às traças?

Não sei se exagero. Nem sempre estive abandonado. Comigo Flor tomava certas liberdades. Colocava-me no colo, me dizia o que bem queria e me devolvia à estante a qualquer momento. Levou-me a bares e a restaurantes, embora eu não bebesse nem comesse.

Não apenas fui um para cada leitor. Fui um para cada leitura e, assim, único para cada leitura de Flor, muitas na cama, eu apoiado sobre um travesseiro, ela lendo até relaxar de seu dia intenso. Mas eu não devia me limitar a ela, como tampouco queria regressar à limitação ainda maior que havia me imposto meu editor.

"Voltar ao passado? Para quê?", foi o que consegui dizer a Dona Cesária.

"O tempo não passa. Estamos sempre no mesmo tempo. As coisas não mudam."

Nunca havia imaginado que eu fizesse tanta falta a ela. Seus dentes afiados, prontos para enfiarem-se nas costas de alguém, precisavam de ouvidos serenos. Eu preferia ouvi-la a jogar pôquer com seu marido. Como eu gostava de dizer, com a língua não se perde um vintém. Dona Cesária era linguaruda, falava por mim e assim me fazia economizar vinténs e palavras.

14
Estou por acaso alucinando?

A velha amiga que tanto admirei falava mal até de Fidélia. Acho que eu ainda não tinha revelado a vocês que perdi a viúva para um certo Tristão. Por causa dele é que afirmei que *Tristão e Isolda* sempre me perseguiu. Ele, eu poderia definir por um amontoado de adjetivos: jovem, belo, educado, ameno, conversado, talentoso, correto, simples, aos quais prefiro um substantivo. Não é "médico", como diriam aqueles entre vocês que o conhecem. É "rival". Sim, meu rival. Era o que, passado tanto tempo, eu abertamente admitia. Com que armas o enfrentar? O que me desarmou então foi a idade. Mas o que seria agora minha idade quando me diziam ser possível viver uma eternidade?

Dona Cesária não via outras qualidades na Isolda daquele Tristão senão ser rica, e por isso supunha que o amor de seu pretendente fosse interesseiro. Eu trocava sua explicação dos defeitos da viúva pela do significado do blefe, o nosso velho conto do vigário acrescido de patacas, cruzados, réis e vinténs.

"Quero ter outras vidas. Experimentar a liberdade da nova era."

"O senhor vai se dar mal", prenunciou. "Cair num século turbulento... Depois, o senhor vai deixar o livro incompleto, criar um vazio."

"Não é difícil encher papel, Dona Cesária. A senhora sozinha encontraria matéria."

Em verdade não faltava matéria para seu divertimento em falar mal da vida alheia, foi o que pensei. Com tempo falaria mal de todos os humanos.

"Se o senhor sai do livro, a história não caminha."

"Há muito me cansei, Dona Cesária, de dizer sempre as mesmas coisas. Os experimentos que fiz até agora ainda ficaram presos ao livro. Quero viver para contar outra história."

Já fora do livro, eu continuava ouvindo o que se passava lá dentro.

"Como assim?", perguntou o marido de Dona Cesária, enfadado.

"É o que lhe digo. Saiu do romance."

"Não me venha com essa. Isso é impossível."

"Coisas impossíveis sempre acontecem por aqui."

Quase voltei para dizer que o impossível era o que movia a história.

Será que Fidélia também sentiria minha falta? Era como se ainda a visse, em seu vestido escuro e afogado, as mangas presas nos pulsos por botões de granada.

Os personagens permaneceram lá, amarrados ao século XIX, encarando uns aos outros sem minha intermediação. O mundo deles se tornou maçante quando deixei de me calar na hora certa, de questionar sem ofender e de concordar com todos para que pudessem discordar entre si.

Já eu permaneci várias horas no sebo, deitado numa prateleira baixa, contemplando o exemplar do qual havia saído, ainda indeciso sobre se encarava o novo mundo ou voltava para o velho. Aqui fora é que não encontraria nenhuma Fidélia. Nem sequer tinha a opção de reaver minha companheira de história ou especulação, Flor, que havia se desfeito de mim.

Notei que uma senhora de tênis brancos e vestido rosa-claro de corte elegante folheava o livro, jogado sobre outros numa mesa.

"Como este livro veio parar aqui?", perguntou Leonor a uma vendedora.

"Uma freguesa nos vendeu."

Admirei seu batom roxo-escuro e seu cabelo esvoaçante agora pintado de azul. Comprou o livro onde eu estava. Quando sumiu de minha visão, invadiram-me as saudades dos personagens e de suas histórias. Arrependi-me de ter-me distanciado deles e supus que Leonor fizesse um estudo original sobre a ausência do personagem central no livro.

Passada uma hora ela voltou.

"Faltam muitas páginas. E noutras há espaços em branco. Desapareceu todo um personagem. Havia um conselheiro aqui. O livro não faz sentido sem ele. É o narrador."

O livreiro não sabia o que responder.

"Que pelo menos me devolva o dinheiro."

O garoto de bermudas coloridas quis continuar a conversa comigo, agora sobre Leonor, que ele conhecia.

Troquei com ele algumas frases sobre as qualidades da professora, mas não quis me demorar. Agarrei o livro, levei-o abraçado ao peito e caminhei várias quadras atrás dela. No meio de uma entrequadra Leonor parou para o sinal em pose ereta. O vento me traspassava carinhosamente. Continuei seguindo-a após cruzarmos a entrequadra. Eu não queria assustá-la como aparição do outro mundo, mas, se ela parasse novamente, eu me emparelharia. Eu vivia uma situação nova e não sabia como me comportar. Na próxima entrequadra, ela deixou-se ficar por uns bons minutos em frente a uma vitrine de lingerie. Mantive minha distância.

Continuou sua caminhada e eu também, como um detetive ou espião. Observei o movimento delicado de seus ombros, a dança de seu corpo vibrando sob os desenhos de sombras que o sol compunha por entre galhos. Então, no meio de uma aleia, abriu a bolsa. Estaria para retirar uma chave? Entraria na prumada do prédio ao lado? Olhou na minha direção.

Já a seu lado e aparecendo só para ela, eu perguntei: "Posso acompanhá-la?"

Se eu quisesse, poderia também entrar no livro ou apenas esconder-me de vergonha embaixo de sua capa.

Para minha surpresa, inicialmente ela não pareceu surpresa. Acelerou o passo, como se não me visse ou tivesse sido abordada por um intruso.

Porém, olhando uma vez mais na minha direção, ficou estarrecida. Por mais que me conhecesse em profundidade, não reconheceu de imediato minhas feições. A parte aparente de mim dizia pouco diante da invisível, que somente as palavras impressas podiam exprimir.

"O que é isso? Estou por acaso alucinando?"

Avistamos um banco rachado e coberto de musgo. Leonor seguiu na minha frente e convidou-me a sentar. Não consegui me desfazer dos velhos hábitos, neste caso um cumprimento formal, que não deve ter estranhado.

"Tenho de ir embora, Daniel me espera", disse, como que arrependida.

"Não espero por nada nem ninguém, mas queria saber o que a senhora vai fazer comigo."

"Tenho de passar pelo hotel pra pegar minha bagagem. Estou de partida."

Daniel passaria para levá-la ao aeroporto? Preferi não perguntar.

"Como pode ser? Nem sei o que dizer ao senhor."

Leonor levantou-se. Por fora começou a rir e, por dentro, que eu conseguia ver, estava perplexa. O riso era uma forma de enganar aquela perplexidade.

Fiquei sem jeito, e isso também eu teria de disfarçar. Seria fácil com a ajuda de meu charuto, mas não havia um só no meu bolso.

Creio que ela gostou de seu próprio riso, porque, enquanto retomou o caminho, começou a gargalhar como se a situação fosse absurda.

Um transeunte a tomou por uma louca que ria sozinha.

15
Hotel Nacional

Suspeito que alguns de vocês também riem, por não acreditarem em mim.

Um riso vale por uma desculpa, por uma discordância ou ainda por uma concordância. Os interlocutores compreendem. A assistência também. Espero que seja o caso de pelo menos parte de vocês.

Peço que não riam de mim.

Retomamos a conversa, eu caminhando a seu lado.

"Tenho uma curiosidade, conselheiro. Fora do livro a história do senhor se repete? Ou o senhor se reinventa?"

Não quis lhe dar a única resposta que me ocorreu: o que eu estava vivendo não era repetição e eu havia sido desencarnado na hora errada, quando ela partia.

Seguimos. O sol despedia-se preguiçoso no horizonte avermelhado.

"Nunca vi um pôr do sol como este", ela disse.

"Eu, sim. Uma tarde na praia de Botafogo", e emendei com o recurso a minha memória recente, de minhas caminhadas com Flor:

"Temos que nos contentar com o Paranoá, que poderia competir à altura se víssemos um Pão de Açúcar."

Olhei para o horizonte. O sol acabava de baixar. Dei razão a Leonor, não havia pôr do sol como aquele. Eu já tinha visto aquelas cores num fim de tarde, mas não as nuvens assim, um branco brilhoso de manchas rosadas e purpúreas, mostrando-se com um intenso amarelo no centro.

Margeávamos o Setor de Diversões Norte. Haveria também um setor de tristezas?

"A senhora acha que aqui existem diversões?", perguntei, prevendo que a resposta seria uma comparação com Buenos Aires.

"Muito mais do que posso aproveitar."

"Teatro?"

"Nunca fui ao Martins Pena."

"Ópera?"

"Está maluco?"

Talvez eu estivesse, mas por outra razão.

"Saí do livro num ponto crucial, quando me sentava à mesa para conversar com dois irmãos gêmeos, um republicano e outro monarquista."

"Monarquista? Isso hoje não tem importância nenhuma."

"Deve haver coisa semelhante."

"Partido xis contra partido ípsilon?"

"Conservadores e liberais. Deve ser a confusão de sempre."

"Para mim o que é confuso é o que acontece exatamente agora. O senhor é real?"

"A senhora sabe melhor do que eu."

"O que fez o senhor sair do livro? Me explique com clareza."

"Simples. A senhora me chamou com tanta vontade que vim encontrá-la", brinquei a sério.

"O senhor sabe que não chamei", disse ela, séria, sem brincar.

Chegamos a um bar no primeiro andar de um prédio de dois andares. Vazio, todas as paredes cobertas de veludo negro.

Nem bem ela tomou um gole de vinho branco, ouvi que ligou para Daniel. Depois pediu um carro pelo aplicativo.

Como se me contasse um segredo:

"Olha, aqui entre nós: se o senhor vai sair do livro, talvez tenha de atualizar a linguagem."

"Pergunto à senhora: seria então prudente combinar com o editor, embora a escrita seja minha?"

"Nem pensar... Não só ele já morreu, como qualquer coisa que tenha feito está há muito no domínio público."

"A senhora aceitaria meu convite para jantar?"

Espantou-se com meu atrevimento.

"O senhor por acaso tem dinheiro para me convidar?"

"Claro que tenho."

Creio que só por curiosidade ela aceitou meu convite, mas tinha de pegar a mala e poderíamos ir juntos para o aeroporto, comeríamos por lá.

Ainda no carro, acomodei-me embaixo da capa do livro. Chegando ao hotel, Leonor recolheu-me com suas mãos finas. Hospedava-se no Hotel Nacional, que ainda guardava algo do grandioso e belo edifício desenhado por Oscar Niemeyer.

No quarto, abriu o livro, porém mantive minha discrição, para que ela se sentisse à vontade.

No começo da conversa e no rosto de Leonor, divisei que eu havia falado demais. Logo inteirei-me de que havia falado de menos. Ela me interrogava sobre questões existenciais e se desnudou de corpo e alma na minha frente.

"O senhor não lamenta não ter se casado com Natividade?"

Já lhes falei de minhas namoradas? Das que não tive? São nomes que vão e vêm, não vale a pena enunciá-los. Na verdade, apenas vão. Às vezes dos antigos namorados fica uma ponta de ódio, mágoa ou desprezo. Noutros casos pode restar um resquício de intimidade, real ou imaginária, que cria uma possibilidade de diálogo sincero, um entendimento recíproco que pode dispensar palavras. Foi o que aconteceu na relação com minha quase namorada Natividade. Quando eu era secretário de legação, em licença para vir ao Brasil, gostei daquela jovem. Mais tarde, nos meus encontros sociais, foi uma senhora distinta, mãe dos dois gêmeos rivais, Pedro e Paulo, dos quais tenho falado.

"Foram arroubos de juventude, coisa do século XIX. Minha ideia das mulheres já é outra", expliquei a Leonor.

"Interessante. Qual será essa ideia nova que o senhor tem das mulheres?"

"Só um solteirão como eu pode dizer que conhece as mulheres em sua variedade. Por exemplo…"

"Eita. Isso é machismo."

"Sempre as preferi ao jogo, ao bridge, ao voltarete."

"O senhor é realmente sem noção."

"A senhora estranha que eu me chame de solteirão? Um viúvo sem filhos, como eu, vale por um solteirão. Já escrevi isso, a senhora, que é especialista em mim, sabe muito bem. Aos sessenta anos, quando encerrava minhas memórias, já valia por dois solteirões."

"O senhor então nunca amou sua mulher?"

"O que eu não amava era o casamento. Casei-me por necessidade do ofício, como disseram de mim. Era melhor ser diplomata casado do que solteiro. Pedi a mão da primeira moça adequada a meu destino. E que sabia eu do destino? Embora digam que polos contrários se complementam, não havia complemento em temperamentos tão distintos. Vivendo com meu oposto, vivia só. Desconfio que a mulher que deixei embaixo do chão em Viena nunca gostou de mim. Foi assim que não conheci o amor pelos critérios dos grandes romances."

"O que é, então, o amor para o senhor, conselheiro?"

16
Nada mais material do que dinheiro

"Será que existe sem dor? Sem desentendimentos? Pode ser cultivado? Pode durar uma vida?"

"O senhor só pergunta ou tem uma resposta?"

"Amor existe mesmo é na complicação. Como tudo na vida, nasce, cresce e morre. Seu sentido muda. Não é o mesmo na juventude que na idade adulta."

Ela estreitou os olhos como se quisesse entender melhor.

"Exige mistério, sobretudo que a gente não conheça o outro em sua face real. Quando as caras se mostram, vai embora", continuei.

"O senhor disse que não conheceu o amor pelos critérios dos grandes romances. Mas, pelo que vejo e por qualquer critério, não amou ninguém."

"Não como queriam os românticos, mas talvez tenha amado e tenha sido amado. Amei sem que o ser amado reconhecesse que amei suficientemente. Ou fui amado sem sentir que o amor era maior do que a cobrança e o ciúme."

"Amou quem?"

Não quis mencionar Fidélia.

"Prefiro não explicar meus sentimentos à senhora, porque tenho a impressão de que me conhece melhor do que eu mesmo."

"Sempre achei o senhor perfeito. Depois que a cara se mostrou, para usar os termos do senhor, me surgiram dúvidas."

"Com o tempo que tenho, poderia me dedicar à perfeição se acreditasse nela. Somente é possível atribuir perfeição ao que não existe."

Eu havia aprendido que uma maneira de ser cortês era mudar o tema da conversa, embora não soubesse se isso ainda era apreciado. Quase falei das chuvas e da cor da grama. Decidi não mudar de assunto:

"Ninguém é perfeito. Ou, se é, é porque é inventado. Perfeição é o que não se envolve com o cotidiano, com o presente ou com o que está em construção. Somente existe no vazio ou na página em branco. A realidade sempre é outra."

"Estou me lixando para a realidade. Quero um mundo mais perfeito. O que o senhor dizia antigamente era perfeito."

"Não. O único atenuante era que era imperfeito como o mundo. Ou como a própria vida, que nos surpreende apesar de nossos planos."

O mundo não tinha sido criado para ser perfeito. Era forjado com o recurso à maldade, e não era verdade que a maldade existisse para servir ao bem.

"Não adianta ser perfeito se não for real. Além disso, a senhora sabe, mesmo na minha ficção o mundo é imperfeito."

"Prefiro a irrealidade, entendeu, conselheiro? Eu teria prazer em acompanhar o senhor no seu mundo, onde tudo é possível e onde existe virtude, honra e desprendimento."

"Não existo, Dona Leonor."

Cito esse diálogo de memória. Talvez Leonor não tenha usado aquelas exatas palavras. Mas o diálogo teve lugar, e os fatos eram fatos, o que é dizer muito nos dias que correm. Por erro de cálculo, eu quis arrematar a conversa com a pergunta que não calava:

"Que tipo de relação pode haver entre um ser real e um ser fictício, que, no entanto, pode ver e falar?"

Ela se assustou, não sei se com a pergunta ou com minha revelação de que, embora dentro do livro, podia ver. O próximo ato foi a capa se fechar sobre mim, e tudo ficar escuro.

Do hotel seguimos de táxi. Não quis lhe perguntar se havia desistido de Daniel. Debaixo de seu braço, eu cheirava seu perfume.

Ao chegarmos ao aeroporto, tornei-me visível. No restaurante, Leonor pediu uma mesa num canto, de onde olhava para mim e a parede. Embora de frente para os demais fregueses, eu era visto e ouvido somente por ela. Quando me dirigia palavras, baixinho, pessoas ao lado estranhavam.

Vamos a fatos tão materiais quanto uma pepita de ouro. Na hora de pagar a conta, coloquei o dinheiro sobre a mesa. Eu tinha feito um estoque de moedas de quatrocentos réis depois da Proclamação da República. Nada mais material do que dinheiro, embora pura convenção. Esse dinheiro, pensei, me salvaria em qualquer imprevisto. Ao sair do livro verifiquei que uma parte guardava nos meus bolsos.

"Esse dinheiro não vale, a não ser por seu valor histórico. Para mim, melhor do que bitcoin", ela disse.

Eu, que pensava que dinheiro nunca se perdia, só mudava de dono, me enganei. Fiquei sem jeito, não porque o dinheiro não prestasse, mas por não saber o que era bitcoin.

"Não precisa saber. Sobe e desce de valor ao ritmo dos humores. O senhor não tem dinheiro real?"

Nunca tive tanto interesse por dinheiro quanto naquele momento. Não por qualquer dinheiro. Queria trocar meus réis por reais. Fiz menção de me dirigir ao caixa para indagar da possibilidade. Leonor me impediu.

"E se eu for a uma casa de câmbio?"

Antes havíamos passado em frente a uma.

"Também estou sem reais. Tinha para o táxi e fiquei com alguns euros. O resto troquei por pesos argentinos."

Leonor pagou a conta com cartão. Depois tentou me puxar pelo braço, e sua mão passava por um espaço vazado, sem carne nem osso. Ao perceber sua intenção, me deixei puxar e desci com ela as escadas. Ela queria me pôr num táxi antes de seguir ao setor de embarque.

"Tenho medo de voar", eu disse.

"Não estou sugerindo."

Ligou para Flor. Ouvi:

"Acredite. É o que estou lhe dizendo."

...

"Não. Então melhor ir para o Itamaraty?"

...

"Em quinze minutos."

...

"Obrigada. Ciao."

"Imaginei que pelo menos os mil-réis seriam aceitos", eu disse como desculpa, quando ela desligou.

"O senhor está perdido. Sem dinheiro não sobrevive."

E dirigindo-se ao primeiro taxista da fila:

"O senhor aceita euros?"

O terceiro aceitou.

"conselheiro, melhor seguir para o ministério. O senhor não teria como entrar em casa sem chave."

Leonor explicou o endereço ao taxista.

"Eu volto, conselheiro", me disse quando nos despedimos.

Flor apareceu pela saída do cerimonial do Itamaraty e me viu, ainda no táxi, em frente ao Ministério da Saúde. Foi a primeira vez que me senti em pé de igualdade com ela. Ela me via, não apenas me lia ou me ouvia.

"Então Leonor sequestrou o senhor? Entendo melhor o senhor do que ela. Ela sabe de literatura, não de diplomacia."

Prefiro não me demorar em descrições físicas, sobretudo porque o franzido de sua testa trazia uma mistura de raiva com culpa.

"O senhor me traiu, conselheiro. Mais um."

"Ao contrário, a senhora é que me vendeu. E barato. Se pelo menos eu tivesse direito a uma percentagem. Valho um zero à esquerda."

"E à direita também", redarguiu, contente. Havia encontrado o jeito certo de me insultar. "Por que fugiu de meu livro?"

Não adiantava discutir. Eu deveria provar minha independência na prática. Havendo saltado das páginas para cair na realidade sempre surpreendente do Brasil, concordei com o que Flor uma vez me havia dito, que eu era "mais real do que essa zoeira".

"O senhor está extrapolando em muito seu livro de memórias", disse-me já no escritório de seu apartamento, ao abrir o livro sobre a mesinha de centro.

"Tem sempre uma primeira vez. E não é só um conselheiro que pode acrescentar palavras em seu livro de memórias. São todos os conselheiros. E em todos os livros publicados. Cada um é diferente. Depende da leitora ou do leitor. Sou um para a senhora e outro para Dona Leonor. Sem falar do que pode ser dito e entendido nas entrelinhas."

"É a primeira vez na história", ela disse, ao olhar a primeira página, não por ver um piolho, o mesmo piolho de Sultão que continuava ali esmagado. Estranhava que eu pudesse aparecer não apenas para ela, mas também para Leonor. Em vez de dar entrevistas sobre o fato raro e de querer notoriedade como no passado, me acusou:

"Se o senhor continuar criando situações impossíveis, processo o senhor. Peço ao Ministério Público que intervenha."

Podia ser galhofa, como era de seu feitio. Como não entendi, não tive medo.

"Vai ficar mal para a senhora."

"conselheiro, imploro que as situações que o senhor anda criando parem por aí. O senhor sabe o carinho e o respeito que tenho pelo senhor."

Sultão, que nos observava, arqueou as vértebras, estreitou os olhos e eriçou os pelos sedosos.

As palavras de Flor me comoveram, razão para perdoá-la, não sei se já disse a vocês que sempre estava disposto a perdoar. Não por me considerar cristão. Continuava sem odiar nada nem ninguém, perdoava a todos, como canta o rei no terceiro ato de *Ernani*.

Prometi-lhe não fazer planos de aparecer para mais ninguém, a não ser ela e Leonor. Minha invisibilidade era sempre possível, desde que o livro estivesse a meu lado.

17
A Floresta dos Sussurros

Não pude evitar que ela me apresentasse a Rubinho, quando foi ao vernissage de sua exposição. Ele tinha sido seu colega de turma no secundário em Goiânia. Punha um toque de elegância nos seus jeans. Já então queria ser artista plástico. Morava na mesma rua do bairro de Campinas, na zona oeste. Tornou-se o melhor amigo quando Flor notou seu olhar desinteressado mesmo quando ela, recatada e arrojada, tímida e intrépida, tinha o hábito de puxar a minissaia para cobrir as coxas. Seus gostos eram semelhantes. Compartilhavam uma amizade carinhosa que não se contaminava por competições, interesses, ciúmes ou desejos.

"Além de culto, engraçado e ótimo artista, Rubinho me deixa tão relaxada quanto o senhor", ela me havia confessado. "A diferença entre os dois é que ele é bom cozinheiro, e o senhor, apesar de dizer que aprecia a boa cozinha, não pode sequer provar pratos que eu acho deliciosos."

Ela admirava a ousadia de Rubinho.

"Gosto dos extremos. Comigo é tudo ou nada", ele lhe havia dito um dia.

Era hoje seu amigo mais antigo, que considerava sincero e leal. Para se certificar de que estava com a razão, obtinha a confirmação dele:

"Você tem toda a razão", ele lhe repetia.

Quando a assaltaram dúvidas sobre o casamento, havia recorrido a ele.

"Claro que você deve se casar. Está apaixonada por Cássio?"

"Não."

"Pelo menos gosta dele?"

"Gosto. É um cara legal."

"Vai se casar porque é um cara legal?"

Ela não sabia responder.

"Será que está apaixonada por outro?"

"Não, isso não. Não dá pra chamar de paixão uma comichão."

O que ela não esperava era que ele acrescentasse:

"Também vou me casar."

"Você?"

"Por quê? Consigo manter uma família. Já estou me estabelecendo como artista."

"Com uma mulher?"

"Evidente. Você não me conhece."

Ela conhecia e não ia discutir.

Rubinho tinha sido o único leitor a comentar com ela os poemas. Ao caminharem pela galeria, elogiou o comportamento de Flor diante das câmeras:

HOMEM DE PAPEL

121

"Seu editor tinha razão. Foi ótimo para seu livro. O livro é maravilhoso, mas, você sabe, o autor precisa ser conhecido, aparecer. Foi a glória, pode estar certa."

"Certeza mesmo só tenho do escândalo."

"E Cássio, por que não veio?"

"Prefere ver a exposição noutro dia, não em meio a um coquetel."

Depois contou que o casamento havia passado por turbulência. Achava que Cássio continuava se encontrando com Gabriela.

"Você tem razão de desconfiar. Mas, calma. Quem disse que ele ama essa putinha?"

"Não seja maldoso. Você quis dizer poetinha. Acha mesmo?"

"Acho. Por outro lado, nenhum homem é confiável. Não vou lhe contar tudo porque você não aceitaria."

"Aceitaria o quê? Só não aceito ser enganada."

Rubinho não respondeu, o que a deixou preocupada. Combinaram de se ver para jantar.

"Vou levar o conselheiro comigo. Ele está aqui dentro. conselheiro, quero apresentá-lo a Rubinho."

Ela mostrou o livro, e eu me mostrei.

Uma semana depois, esperávamos por Rubinho no Clube das Nações para jantar. A penumbra permitia que Flor falasse comigo sem que dois grupos animados e em mesas distantes desconfiassem de que falava sozinha.

Somente aos poucos fui sabendo de tudo.

"Rubinho quis saltar da janela."

Morava no quinto andar do bloco J da 109 Norte.

"Se avisou à senhora, é porque não queria."

"Não sei. A história é sórdida. No lugar dele eu já teria saltado."

Começava na Floresta dos Sussurros, nas imediações dos estacionamentos um e dois do Parque da Cidade, próximos ao Pavilhão de Exposições.

"Não sei se devo contar", lhe havia dito Rubinho. "Sabe, prefiro homem. Homem de verdade. Que seja casado, tenha mulher e filhos. E que nunca dá. Apareceu esse sujeito boa-pinta. Chegou de carro, engravatado. Mostrou num belo antebraço a tatuagem de um coração partido. Queria sexo descompromissado. Exigiu que lhe mostrasse o corpo. Depois, anotou a placa do carro, conseguiu me localizar... Agora está infernizando minha vida. Homem não dá mesmo pra confiar."

"Quero seu conselho de pai", Flor me disse, ali diante de mim no Clube das Nações.

Não era a primeira vez que me via como pai. De pai eu não tinha nada, nunca quis ter filhos e lhes digo que até hoje não me arrependo. Há quem os tem e se separa deles, ou eles se tornam inimigos entre si. Noutras vezes ou nas mesmas a herança provoca disputas sangrentas. Nada disso aconteceu comigo. Quem disputaria uma herança de palavras?

Pressenti que a preocupação maior de Flor não era que Rubinho viesse a se jogar do quinto andar.

"Daniel admira o trabalho dele. Saem juntos. Me jura que são só amigos. E que não é gay."

A palavra eu não conhecia; a orientação sexual, sim. Creio que existiu sempre e em todo o mundo, mesmo quando não admitida.

HOMEM DE PAPEL

"Desconfia que Daniel é gay? Qual o problema?"

"O senhor não sabe. São maltratados, destratados, até assassinados."

"Se for isso, tem razão. Defenda então os direitos não só de Daniel, mas de todos."

"O senhor é uma gracinha. Vejo que não está tão desatualizado."

"Não, não sou gracinha. Sou velho, passei por coisas. E ignoro em que o mundo se transformou. Resta-me talvez um pouco de filosofia, que, como a senhora sabe, hoje de nada serve."

"O senhor pensa como um jovem."

"Como se tivesse trinta anos? Foi uma tese de minha irmã Rita, que não vejo há mais de um século."

"Daniel quer se mudar para Buenos Aires. Diz que Leonor conseguiu uma bolsa pra ele numa universidade."

"Flor, deixe seu filho viajar. Que viva, descubra o mundo por si só. Ah, as mães... Que idade tem?"

"Dois patos no Paranoá. Vinte e dois."

"É um adulto."

Respirou fundo.

"Obrigada, conselheiro. Como mamãe dizia, quem meu filho beija minha boca adoça."

Rubinho chegou, e não tocaram no assunto da Floresta dos Sussurros.

Diante do crescente de lua que brilhava sobre o lago Paranoá, Flor levantou a questão que a angustiava. Não havia atendido à chamada nem respondido ao WhatsApp de Zeus quando soube que ele havia assumido a secretaria à qual estava subordinada. Numa palavra, ele seria seu chefe, embora não imediato. O WhatsApp dizia: "Fiquei contente que esteja na minha secretaria. Quero convidá-la a permanecer."

"Tenho de mudar de secretaria", Flor disse a Rubinho. "Não posso continuar com a situação indefinida. Gosto dele, mas não quero ser pivô de uma separação. Também não estou preparada pra deixar Cássio. Casada, vá lá. Mas amantes na mesma secretaria é uma roubada. Se bem que amantes, não. Detesto o termo, que nunca mencionamos. Só falamos que vamos nos encontrar. Somos como esses jovens que ficam."

Ouvimos uma algazarra, pessoas conversando animadamente. Vinham de observar no píer capivaras à beira do lago.

"Ou você chuta o balde ou se aproveita", Rubinho aconselhou, tomando goles de sua cerveja.

"Nunca. Aproveitar o quê?"

"Você não estava descontente com…"

"Meu plano é esse, não é pular a cerca. É mudar de secretaria. Depois, insistir na remoção. Outros ares e outro Aires."

Não me senti ofendido. Era seu direito.

"É a saída que resta."

"Não entendo, então, por que mudar de secretaria. Zeus, que agora é seu chefe, não poderia ajudar na remoção?", Rubinho perguntou.

"Nunca pediria absolutamente nada a ele."

Perto da porta de saída do clube, no meio de um bambuzal, uma coruja havia feito um ninho.

"Detesto bicho agourento", Rubinho disse.

Passava das nove. Depois do segundo balão na via N1 Leste, antes da via Palácio Presidencial, três assaltantes nos pararam. Um nos mostrou um 38.

Um 38 dava para matar, embora não um livro. Eu havia me recolhido às minhas páginas. Um dos assaltantes me examinou, me folheou e o papel nem sequer tremeu.

Flor pediu a Rubinho, em tom macio e decidido, que acompanhasse dois dos assaltantes até uma agência do Banco do Brasil e retirasse todo o dinheiro possível. Anotou sua senha num pedacinho de papel.

"A agência do Itamaraty deve estar fechada. Melhor no Setor Bancário Sul."

Tive uma recaída. Pensei em oferecer minha conta do Banco do Brasil, conta antiga, do século XIX.

Foi ilusão supor que não roubariam o carro nem os celulares. Somente depois de dois quilômetros de caminhada, eu visível para quem nos enxergasse, encontramos um táxi.

18
O martírio das visitas

"conselheiro, preciso de outro conselho do senhor. Estou me lixando para o poder e não tenho grandes ambições."

Sábias afirmações. Afinal, quanto maior a ambição, maior a possibilidade de fracasso. Ela trabalhava à capucha, imune à competição comezinha.

"Mas vou ficar gramando em Brasília. Digo ao senhor e a mais ninguém, a tal solução viável que me propuseram é punição. Prefiro me enterrar aqui. E estou possessa que tenham enviado um filho da puta incompetente para um dos postos que pleiteei. Então, pelo menos que eu entre no quadro de acesso. Será que essas votações horizontais e verticais têm algum peso?"

Quadro de acesso? Depois eu soube, era uma lista de diplomatas aptos a serem promovidos à classe acima da sua. Que podia eu lhe dizer? Tirasse conclusões da leitura, se não de minhas memórias previamente publicadas, pelo menos dos cadernos que compunham seu livro exclusivo, aberto ali na mesinha de centro do escritório, onde eu podia me esconder a qualquer momento. Minha diplomacia, confesso a vocês, fiz com amor, sem me preocupar em ascender na carreira. Pus o país acima de tudo, vocês rirão do que declaro. Digo com sinceridade: acima de meu interesse pessoal. Talvez eu fosse, e ainda seja, papalvo. Não importa. Já passou. Não sei se fui injustiçado, desafortunado ou pouco entusiasta de tal ou qual gabinete. Não faz mal. Melhor dizendo, fez bem. Aqui estou sobrevivente.

Ajudou-me que existia uma carreira, que também existe para Flor. Se não fosse isso, eu teria acabado outra coisa. Da música já falei. Com sorte teria sido juiz, banqueiro, jornalista, professor ou arquiteto. Estive atento à subida dos novos ministérios. Se isso era por interesse pessoal será opinião de vocês. Para mim era obrigação, que atendia a finalidades maiores. Tive a sorte de que minha ideia do que eram causas nacionais não divergia da interpretação que lhes davam os Negócios Estrangeiros.

Que conselho ela esperava de mim? Se eu, ex-ministro, ainda tinha alguma proeminência, era associada a palavras que já não precisavam ser lidas nem ouvidas, enquanto ela enviava instruções, dava ordens sobre o que o Brasil devia fazer ou deixar de fazer. Claro que em nome e com a aprovação de outros.

Ela imaginava que minha experiência secular fosse poço de ensinamentos, quando era poço que se afundava em dúvidas. Eu sabia, por observação, que havia formas de acelerar a carreira: contar com amigos bem

HOMEM DE PAPEL

situados; com algum político... Não qualquer um, um bom padrinho no Senado ou na Câmara de quem dependesse o ministro. Atrelar-se a um chefe de prestígio. Ao ver que um candidato seria eleito, escrever matérias para a imprensa com clara fidelidade. Assumir uma função trampolim na presidência da República, no gabinete do ministro ou do secretário-geral. Jogar golfe, tênis ou pôquer com as pessoas certas. Ou ser extraordinariamente conhecedora de tema da agenda internacional.

Entre esses trunfos, Flor podia se valer do último se não fosse conhecedora, além dos seus, dos assuntos dos outros sem respeitar fronteiras. Digo "dos outros" porque havia na burocracia, como na academia, um sentimento de posse dos assuntos.

Ter opiniões próprias e demonstrar conhecimento podiam impressionar os estranhos e ofender os colegas. A admiração vinha misturada à inveja. Faltava a Flor a qualidade de parecer média, medíocre ou mesmo tola, porém disposta a apreciar um prato e proferir platitudes.

Uma das providências era fazer uma visita aos chefes da casa.

"A senhora os conhece?", perguntei.

"Evidente. Alguns, mais do que gostaria."

Ajeitou-se na cadeira em frente à mesa de trabalho de seu escritório, diante dos livros da estante onde eu repousava com frequência. Mexeu, agitada, nos papéis espalhados sobre a mesa, folhas impressas, anotações a caneta, a lápis, alguns recortes de jornal. Uma página caiu no chão. Não se moveu para apanhá-la. Achei que havia mudado de assunto quando me disse:

"Rubinho e eu discordamos em tudo."

"Ao contrário. Ele concorda com tudo o que a senhora pensa."

"Não temos a mesma opinião sobre nada. Somos radicalmente diferentes."

"Então ele tem medo da senhora. Quando a senhora diz uma coisa, ele confirma."

"Não é verdade. Me chamou de boba. Por ele eu fazia as visitas."

"No meu tempo", eu lhe expliquei, "fiz muita visita aos ministros, até mesmo depois de aposentado, quando a Secretaria de Estrangeiros ainda me encomendava trabalhos, que eu escrevia com prazer. Não deixei de apresentar minhas felicitações quando subia um gabinete. Por exemplo, ainda guardo na memória quando em março de 1888 o conselheiro João Alfredo organizou o seu. Fui o primeiro a cumprimentar o novo ministro dos Negócios Estrangeiros, o conselheiro Antônio Prado."

"Mas se eu discordo de tudo o que está aí... Nem mereço uma promoção agora."

"Seja promovida, não porque está de acordo com estes ou aqueles. Por tudo o que a senhora já realizou. Não devem ser tão diferentes uns dos outros. Uma pitadinha de cor aqui, uma palavra de comedimento acolá, e assim se fazem as nuances. Contam, no fundo, as relações pessoais."

"É o que não quero."

O vento gemia na janela.

"O senhor sabe como os conservadores chegaram ao poder?"

"Sei."

"O senhor pode saber de tudo, mas isso garanto que não sabe."

"O Partido Conservador surgiu em oposição ao regente Padre Diogo Feijó e chegou ao poder em 1837, quando ele renunciou. Ele era abolicionista, parlamentarista e favorável à relativa autonomia das províncias."

"O senhor não tem jeito, continua confundindo os tempos."

"Vou contar de minhas promoções", eu lhe disse, pois imaginei ser isso o que mais lhe interessava de imediato. "Nunca fui de me bater por elas. Primeiro por pressupor, com ingenuidade, que minhas qualidades eram reconhecidas. Nos primeiros anos, pode ter sido assim. Com o passar do tempo, quase tudo derivava da subida e queda dos gabinetes. Tive sorte de ter sido promovido a secretário de legação quando subiu em 1859 o gabinete Ângelo Ferraz. Eu não conhecia o ministro. Não tinha opinião sobre sua ortodoxia financeira. Não era conservador a ponto de ser aliado do gabinete. Durou pouco aquele período, pois Ferraz decidiu se demitir diante de uma Câmara hostil. Logo, em 1862, subiu a Liga Progressista. Naveguei sem fidelidades extremas. Isso me permitiu ter uma carreira respeitada por quem conhecia meu trabalho e manter-me em postos de razoável importância sem me colocar no centro das decisões."

De minhas palavras Flor concluiu que deveria se submeter ao martírio das visitas. Começaria pelo secretário-geral.

"Se é em relação a quadro de acesso, ele não recebe", avisou a secretária.

Então pediu hora com seu chefe de gabinete. Quando ele tivesse uma hora, ela seria comunicada. Teve a hora quando Flor estava em São Paulo a serviço. Ela tomou um voo para o encontro.

"Uma louca desvairada", ele disse a uma assessora, Flor soube depois.

No ministério circulavam comentários de que ela sofria de delírios. Os delírios tinham a ver com o que era conhecido de todos: sua relação comigo. Eu me comunicava com ela, ela falava comigo.

O que mais incomodava não era que tivesse visões estranhas. Era que quisesse tirar partido disso. Na burocracia não era bem-vista a exposição que não se originava nos ofícios, telegramas e despachos telegráficos, sequer em relatórios e memorandos. Era imperdoável que ela tivesse querido um reconhecimento fora do círculo profissional. Tinha infringido as regras do anonimato. Sua fama havia despertado ciúmes e víboras, embora tivesse sido breve e a tivesse levado ao ridículo.

Mais importante era seu orgulho, sua retidão, que reconhecessem seu trabalho se quisessem. Não ia bajular ninguém, nem deixar de se comunicar comigo, embora eu fosse a causa do que consideravam um desvario.

Olhou o imenso céu, a luz que descia sobre o planalto, a obra grandiosa dos arquitetos. Não era avessa à esperança. Tinha de confiar no país.

19
O diplomata vidente

Nada melhor para me adaptar à nova realidade do que explorar as redondezas sem a ajuda de Flor. Coloquei o boné e os óculos escuros de Cássio, que não consegui tornar invisíveis. Desci do apartamento no terceiro andar do bloco B da 213 e comecei a caminhar. Por precaução levava o livro embaixo do braço. Numa emergência, eu poderia me esconder nele. Tomei caminhos paralelos ao Eixinho e na direção do Eixo Monumental. Era a primeira vez que fazia isso sozinho. Meus tímpanos estavam sensíveis às vozes e aos ruídos das discussões na banca de jornal aos carros em alta velocidade.

Tentei me refugiar num bosque, assim chamei um conjunto de árvores crescidas num terreno entre duas superquadras. Ali encontrei um cego. Limpava o gramado com a ajuda de uma bengala e não acharia estranhos o boné e os óculos de Cássio, que continuariam a flutuar e dançar no ar mesmo que eu entrasse no livro.

Sentamo-nos num banco. Contou-me que perambulava diariamente desde sua quadra, a 205, até o final da Asa Sul. Tinha pouco menos de setenta anos. Eu era muito mais velho, vocês sabem, mas não aparentava, pois me congelei nos meus sessenta e poucos.

Depois da conversa e dos risos, ficamos menos velhos. Cego e fotógrafo, ele havia feito a fotografia para um livro de Brasília, *Ideias para onde passar o fim do mundo*. Usava uma camiseta com desenhos em preto e branco e escritos em inglês. Ele fez-me lembrar outra história de lixo. Quando eu morava em Roma, uma lata de lixo na rua bloqueava a via. Tive de parar minha sege. Da sege de trás desceu ninguém menos que Giuseppe Garibaldi, que depois de morar no estrangeiro voltava para participar das lutas pela unificação da Itália.

Quando disse ao cego, de nome Cadu, que eu era diplomata, ele me perguntou se conhecia Homero, também diplomata. O Homero que eu conhecia não era diplomata e havia escrito sobre a guerra de Troia. Cadu me exortou a que eu fosse com ele ainda naquela tarde ao apartamento do amigo, que além de diplomata era médium.

Fomos juntos na longa caminhada. Passamos pela 213.

"Imagine, já não é tranquila como antigamente. Num assalto à mão armada roubaram o carro de uma primeira-secretária que mora aqui", me apontou na direção de um dos blocos como se enxergasse.

Que eu, com o livro a meu lado, me tornasse invisível era indiferente para meu novo amigo. Subimos ao sexto andar do bloco G da 215.

Homero nos recebeu fazendo deferências com sua careca, vestido com uma veste oriental e bordada que descia à altura do joelho. Por baixo, calças largas e brancas.

A sala era de uma claridade ofuscante. Nas paredes, quadros expressionistas abstratos, todos brasileiros. Um toldo protegia do sol a varanda cheia de plantas. Num ângulo descia uma rede. Contando comigo e Cadu, havia oito convidados.

Nosso anfitrião citou Allan Kardec, experiências do Vale do Amanhecer e as suas próprias, que eram peculiares desde menino.

"Vejo as auras e os encostos de todos vocês."

Senti-me espremido entre tantos encostos, perdi a maior parte de sua preleção e me assustei ao ouvir:

"Aqui há também um convidado especial, um diplomata do século XIX. conselheiro aposentado como eu."

Será que Cadu havia tido tempo de lhe passar aquela informação?

Os presentes olhavam para todos os lados e não percebiam minha presença. Vantagens da invisibilidade. Estavam com as mentes tão concentradas em espíritos que julgaram corriqueiro que boné e óculos pudessem flutuar sozinhos no fundo da sala. Estas seriam reuniões mais divertidas do que aquelas a que eu assistia mais de um século antes.

Somente uma das convidadas me notou, e não apenas por causa do boné e dos óculos.

"O senhor é um espírito medieval", me disse Dona Zenaide.

"Não, não sou espírito."

"Não adianta negar. O senhor é uma alma do outro mundo. Conheço de perto a história do senhor. Se não fosse por mim, o senhor não estaria aqui. Este livro que o senhor tem nas mãos fui eu que entreguei a Dona Flor."

Logo me dei conta de quem era aquela senhora. Flor me havia contado em detalhes como tudo havia começado. Ao concluir o curso de direito, ela enfrentou uma crise vocacional. Um teste revelou aptidões que iam das matemáticas às humanidades. Num quarto sem janelas e iluminado por luz de vela, Dona Zenaide, alta, vestida de branco, faixa azul sobre o busto, colares de contas coloridas e pulseira de sementes escuras, observou, por trás de seus óculos de armação grossa:

"É acima de tudo sua personalidade que vai chamar a atenção dos homens. A senhora gosta de dizer e fazer o que quer. Por um lado, é bom. Por outro, arriscado."

No final da longa sessão, deu-lhe um livro que teria poderes mágicos, o livro onde eu me encontrava.

"Cousas passadas!", disse.

"Que coisas?", perguntou Flor.

Entregou o livro de maneira cerimoniosa e avisou:

"Fico à disposição da senhora para esclarecer qualquer dúvida sobre este livro. A profetisa de nossa comunidade mandou guardar. Nós íamos reconhecer a pessoa certa quando chegasse. Teria o nome de flor e a profissão do narrador do livro. A senhora já é a própria Flor. E pela leitura que fiz de seu futuro, vai ter essa profissão."

Agora, diante de Dona Zenaide, permaneci em silêncio, enquanto ela passava delicadamente os dedos pela capa do livro, como se quisesse sentir sua textura.

HOMEM DE PAPEL

"Por sinal, como vai Dona Flor?", me perguntou.

"Para dizer em poucas palavras…"

"Eu a alertei para que tivesse cuidado com um certo rapaz charmoso, que podia tanto ajudá-la quanto prejudicá-la."

"Quem?"

"O nome não sei."

"Insisto que a senhora se engana num ponto: não sou alma do outro mundo."

"O senhor é que pensa."

"Bom, meu mundo é outro."

"Tá vendo?", ela disse, contente que sua tese fosse confirmada.

Antes de sairmos, Homero quis me receber em particular. Levou-me a uma sala menor. Fechou a cortina e acendeu uma vela sobre a mesa de dois lugares.

"Uma mulher não sai da cabeça do senhor, não é?"

"Se foi uma que deixei noutro século e partiu para Portugal, por ela eu tinha mais do que admiração."

"Concentre-se."

E depois de dois ou três minutos:

"Às vezes os mitos, personagens inventados, cobram vida. Mas essa dama o senhor já perdeu. Prometo verificar se deixou descendente ou seguidora que possa ter atravessado o oceano e viva entre nós. Farei o possível para aproximá-la do senhor. Quem sabe o senhor encontre esse alguém de ideias semelhantes às dela…"

"Não precisa ter ideias semelhantes."

"Digo, de genes semelhantes aos dela, habilidades que o senhor admire, até físico que imite o dessa antiga… namorada?"

"Não, nunca foi... e é pena!"

Não saberia voltar a meu apartamento. Embora cego, Cadu se prontificou a me guiar.

Já escurecia. Ele, bengala na mão, olhava para os lados sem enxergar, preocupado com assalto. Vi um vulto ao longe. Cadu me levou a um prédio próximo e se dirigiu ao vigia de uma das prumadas.

"Me pareceu suspeito um cara que vinha em nossa direção."

"O senhor tem razão. Não dá pra relaxar."

Esperamos alguns minutos. O suspeito seguiu seu caminho, tranquilo, e nós seguimos o nosso, intranquilos.

Cadu despediu-se de mim com cartão, número de celular e promessa de novo encontro.

Quando cheguei ao apartamento, Flor estava reunida com amigos em torno do jogo de pôquer. Ninguém, salvo ela, viu que na entrada da sala a porta se abriu e fechou sozinha.

"Vou me juntar à senhora no jogo. Posso lhe passar informações preciosas", eu lhe disse. Somente ela me via e ouvia.

Pôquer, para mim, chegou a ser o novo jogo da moda. O que eu havia trazido da Europa era outro, o uíste, mas para ele não conseguia aficionados. O voltarete, sim, joguei muito, antes que a invenção americana, o pôquer, derribasse tudo.

Flor recusou minha ajuda:

"Desapareça da minha frente."

Os amigos olharam para onde ela olhava. Tinham ouvido dizer que Flor via fantasmas.

HOMEM DE PAPEL

Faltou luz. Ela abriu as janelas. Entraram o ruído dos carros e um morcego. Nada existe sem uma suficiente razão, e a razão do morcego era expulsar as visitas.

Depois que o porteiro, com um pano, conseguiu capturar o rato voador, Flor se queixou comigo:

"O senhor desapareceu e demorou a voltar. Estava preocupada. Só não chamei a polícia porque ninguém ia acreditar em mim."

Contei-lhe sobre a sessão espírita.

"É conselheiro como nós, aposentado como eu."

"Conheço. Sujeito estranho. Fui a uma das sessões."

"Encontrei lá também Dona Zenaide. Disse que tinha alertado a senhora sobre um rapaz charmoso."

"Se for quem estou pensando, continuo evitando entrar numa bananosa."

20
Nem toda ideia vitoriosa é certa

Flor havia posto seu gênio e sua diligência a serviço da profissão. Eu admirava que mantivesse sua altivez quando suas ideias eram vencidas e seus ídolos contestados por pessoas medíocres.

"Nem toda ideia vitoriosa é certa, conselheiro", ela me disse, enquanto se arriscava a ser atropelada por uma bicicleta ao caminhar numa pista à margem do lago.

Sua análise das promoções a fazia antever dificuldades para sua ascensão profissional. Na classe acima, o chanceler havia proposto ao presidente pular uma geração de diplomatas que podiam lhe fazer sombra e, assim, privilegiar os que lhe ficariam devedores e leais, como num sistema feudal. Ela não era suficientemente jovem para dar qualquer pulo nem velha demais para ir para casa. Na alternância entre gerontocracias e pedocracias, não haveria jamais espaço para ela. Mas, para que se preocupar com isso, se ela nem sequer havia entrado no quadro de acesso?

Zeus havia ligado para lamentar.

"Merecia, claro. Da próxima vez tem de entrar."

Ela preferiu não aceitar o convite para outro jantar.

"O êxito neste vespeiro, serpentário e confraria é dos carreiristas e puxa-sacos, conselheiro."

Não digo que não tive, como Flor, desgosto quando gente medíocre ocupou melhores posições do que eu. Os Negócios Estrangeiros não tinham conseguido criar critérios mais objetivos do que quão bem o candidato havia tratado o novo ministro depois da queda do gabinete; quão chegada era sua família ao imperador; o grau de intimidade entre sua mulher e o novo ministro; ou a qualidade do vinho ou dos charutos na última recepção que havia oferecido. Eu tinha de contar com minha capacidade de interpretar o que se passava em alguns países europeus e comentar livros que lia. Não tinha o dom de fazer inimigos, tampouco de fazer amigos íntimos. Entre uma recepção e a leitura de um livro, optava por esta. Resignei-me, embora sabendo que não era um condão resignar-me. Minha experiência não era consolo.

Quis ser solidário:

"Ninguém duvida que a senhora seja eficiente em tudo."

"Obrigada, conselheiro. A companhia que o senhor me fez me ajudou a tomar decisões cruciais. O senhor é o único que me diz verdades eternas."

Haviam-me acusado do contrário, e com razão. De quem me cobrava aceitar verdades eternas, tomando por verídicos os fenômenos sobrenaturais, para exigir que eu mudasse de opinião, eu me esquivava.

"Para que fazer elucubrações sobre o equilíbrio do poder? Os desígnios dos impérios velhos e novos? O impacto das questões globais sobre o futuro do país?"

Ela mesma respondeu a suas perguntas depois de uma pausa:

"Para ficarem mofando nos fundos dos arquivos."

Olhei para os lados. Depois de meses de estiagem, a grama estava seca.

"Também existe o mérito, estritamente o mérito, ou não existe, conselheiro?"

"No meu tempo nenhum mérito era maior do que amizade do imperador ou do presidente do conselho."

"Amizade com quem? O que o senhor quer insinuar?"

Eu associava Pedro II a nobreza, sabedoria, equilíbrio e dignidade. Será que me ocorreria um nome que reunisse tais qualidades?

"conselheiro, existe o mérito? Ou, no caso das mulheres, só demérito?"

Que mulher poderia no século XIX ocupar um cargo no serviço público? Ainda agora elas andavam em desvantagem. Apesar disso, não ia dizer a Flor que não existia o mérito.

"Existe. Existe, sim. A senhora terá a sorte de ser reconhecida, pois há exceções à regra."

"O que o senhor quer dizer? Que exceção a qual regra?"

Nenhuma solução que eu pudesse apresentar a Flor seria solução. Nenhuma alternativa, alternativa. E, no entanto, ela e eu sabíamos o que era preciso que fizessem e principalmente que ninguém queria fazer o que era preciso.

Pensando na minha própria experiência de aposentado, já sem os cansaços do ofício nem as esperanças da promoção, eu lhe disse:

"Por que não se aposenta?"

"Não me ofenda, conselheiro. Ainda sou apenas conselheira."

O que seria um aposentado? Talvez alguém que quisesse repousar; que tivesse um pé na morte ou que estimasse ter adquirido um novo grau de liberdade. Depois entendi que, para Flor, aposentar-se significava apagar-se diante de uma carreira à qual havia dedicado toda uma vida. Aposentada, ninguém a ouviria. Em relação a questões que lhe eram caras, ficaria limitada a informações da imprensa ou das redes sociais.

Fez-me uma confissão.

"Apelei para Dona Zenaide. Ela me incentivou a dar um grande salto para evitar o precipício."

Linguagem de médium, pensei. Que salto? Em sua carreira? Na poesia? No amor?

"Misterioso."

"Disso o senhor não entende. O senhor só entende de realeza. De Pedro II, gente fina, de aristocracia."

"Podemos ir a qualquer momento da história. À Primeira Grande Guerra. À Segunda. Assistir à Semana de Arte Moderna, ir à Revolução de Trinta, às ditaduras…"

Achei que seria uma chave para que ela se alienasse do presente, que a sufocava.

"Acho bom. O senhor tem de aprender a sair de seu mundo, o mundinho estreito de seu *Memorial*."

Não havia por que refutar. Era o que ela, com seu espírito crítico, devia mesmo me dizer. Devo acrescentar que a sugestão de que eu saísse do meu mundo me soprou ideias ambiciosas, que eu deveria amadurecer antes de pôr em prática.

21
Amizade a distância

Flor me fez uma sugestão, que só não julguei que mudava minha vida porque duvidava se vivia por mim ou apenas na cabeça alheia.

"Em vez de frequentar sessões espíritas, o senhor devia entrar nas redes sociais."

Eu tinha uma vaga ideia do que era.

"Se o senhor quer viver hoje em dia, tenha contas por exemplo no Facebook e no Instagram. Ou no Twitter, para saber o que pensam os presidentes de vários países."

"Obrigado, Flor. Por que eu haveria de me interessar pelo que pensam esses presidentes?"

"Experimente. Vai gostar."

Ela me deu um celular que já não usava. Informou-me os megabytes disponíveis e outras coisas incompreensíveis. O chip era novo. O CPF, falso, comprado de um site.

"Sem este cadastro de pessoa física, o senhor não existe. Não vamos ainda envolver o Cássio. Se necessário, mais adiante o senhor pode tirar dúvidas com ele. É especialista em sistemas informáticos. Até em realidade virtual."

"Só me importa a realidade concreta."

"Que é quase toda virtual. Minha vida também é virtual, toda a situação que estou vivendo, a relação do senhor comigo."

Aceitei o desafio. Com CPF será que eu passaria a ser reconhecido e respeitado como pessoa física?

Logo percebi que eu não precisava nem ser pessoa. Não dei endereço nem mostrei documentos para abrir as contas. Bastava ser eu mesmo, fictício como era e melhor fictício do que real.

"O senhor pode ver quem segue ou curte o senhor."

Não demorou para que eu comprovasse. No mundo real, fugiam de mim, eu era um fantasma ou um dinossauro. No mundo virtual, era um rei.

Passei a frequentar as redes sociais sem abandonar as sessões espíritas, às quais voltei com Cadu. Ele me disse que havia feito fotos minhas quando eu me tornava invisível. Coisa de cego.

Entre espíritos e internautas, me senti em meio a multidões e assim deixei minha solidão de lado. Queria ouvir meus novos amigos, tocá-los, aplicar-lhes todos os meus sentidos, e encontrei outro tipo de solidão, da qual prefiro não falar. Pelo menos não gastava papel e tinta para metrificar esperanças. Estas podiam permanecer em aparências ou incorporar-se em espíritos que rodopiavam na minha frente.

Mil imagens ou palavras não valeram uma curtida, a de uma mulher. Vocês adivinharam. Dela, para mim, haviam ficado uma imagem de preto num cemitério, uma expressão de espanto num elevador, um olhar sobre um livro, um nome, um diálogo e um passeio em Brasília.

Quem me levou àquela amizade a distância não sei se foi Flor, Fidélia ou se minha mulher já morta. Fazia um semestre que eu havia me despedido de Leonor na entrada do Aeroporto Presidente Juscelino Kubitschek.

Passamos a apreciar nossas postagens respectivas, as minhas feitas ao descobrir que eu poderia ter vida autônoma. As dela ressaltando passagens de minhas memórias, sua especialidade. Falava de minha irmã Rita, de Dona Cesária, de Fidélia e até de Natividade, minha quase namorada e mãe dos gêmeos Pedro e Paulo.

Já que me refiro a uma amizade a distância, peço desculpas a vocês por repetir uma história que contei nas minhas memórias a propósito da amizade com minha irmã Rita. Embora vivêssemos na mesma cidade e nos víssemos uma que outra vez, nossa amizade também era a distância. Pois bem, li em João de Barros a resposta de um rei africano aos navegadores portugueses que o convidavam para um pouso de amigos: era melhor ficarem amigos de longe; de perto seriam como um penedo contíguo ao mar, que batia com violência.

"Queria viver nos velhos tempos do senhor", Leonor me confessou por vídeo.

"Para morrer de febre amarela? A senhora detestaria um mundo de sujeira, doença e escravidão. Um atraso."

Usei a palavra "atraso" de propósito. Presumi que fosse termo dos novos tempos, tão fixados em relógios.

"Para mim, não sei se respondo ao senhor, um país é sempre uma literatura."

"Um país?"

"Um personagem literário como o senhor, por exemplo, representa um país."

"O país atual sei que não represento."

"E se a literatura acaba, o que sobra?"

"Acaba?"

"Não sei. As pessoas não leem mais."

"Antes se lia menos."

"E o que o senhor acha da televisão, do cinema, da internet? Das mídias sociais, onde os imbecis têm o mesmo direito a se exprimir que os sábios?"

"Acho pouco e bom. Mas não devo ser levado a sério. Afinal, sou ficção."

"A ficção é o que há de mais sério."

Eu ficava entretido com a imagem de Leonor, vestida até o pescoço. Por experiência, podia adivinhar o que havia por baixo. Por inexperiência, queria abri-la e folheá-la como a um livro. Por isso ela se sentiu incomodada. Certamente me via como um estorvo. Escancarava seu espírito sem biocos, porém no mais era reservada.

"Vou visitar o senhor pessoalmente", me disse. "Aceitei um convite da Universidade de Brasília para dar aulas por um semestre. Depois aproveito para viajar pela América do Sul."

22
Senti suas patas sobre minha cabeça

Sete da manhã, tão logo tomou o café, Flor me levou para passear, como se levasse Quincas Borba, embora não na coleira. Deixei-me enfiado no livro.

De carro, fomos ao Parque da Cidade. Andamos durante uma hora. Passamos por uma floresta de eucaliptos. Cruzamos a EPIG e uma superquadra Sudoeste. Seguimos até um centro comercial e paramos num café, onde ela tomou um cappuccino. Numa banca de jornal, havia uma discussão entre os clientes sobre candidatos às próximas eleições. Enquanto Flor escolhia o que comprar, tentei ler as manchetes do dia. A dona da banca se incomodou com os jornais movendo-se sozinhos.

Na volta Flor estacionou na entrequadra próxima de casa. Caminhando sobre a grama amarela, me disse:

"O senhor não conhece nada dos dias atuais. Foi, não diria um grande diplomata, mas um grande personagem em dois livros, como diz Zeus. E duvido que o resto de suas memórias esteja à altura daqueles livros. Não sei se seria um diplomata no século XXI."

Ela tinha razão. Escrevi notas diplomáticas com belos papéis, caligrafias e tintas. Estudei direito, história e geografia. Cuidei de minha linguagem e tinha um temperamento que me diziam adequado à profissão. Mas teria isso alguma serventia na diplomacia atual?

"O *Memorial* do senhor é a história de um velho que não consegue mais amar e fica citando Shelley."

Eu teria concordado, pois aquele verso de Shelley sobre a impossibilidade de amar me paralisava no papel. Não esperava que uma leitora que não nos era visível se antecipasse a minha resposta:

"Não. É a história de um homem fino, destes que não aparecem mais."

Apareci.

Flor olhou para cima. Havia um pequizeiro em frente ao bloco B. Era de lá que vinha a voz.

"É apenas um homem sensível e simples", falou um leitor com voz emitida de outra árvore, uma barriguda que deixava cair suas primeiras flores sobre o chão.

"Ele pode não saber de tecnologia, mas de ciúmes, traições, medo, orgulho, vaidade, de tudo isso ele sabe. Esses sentimentos não mudaram." Era a primeira das duas vozes que de novo tomava a palavra, desta vez na árvore às nossas costas.

"Posso participar de uma nova história, mas não mudar minha personalidade, para não dizer meu personagem", resolvi confessar, sem saber se era entendido pelos três, contando nesse número a própria Flor.

"Meu papel era de um diplomata à antiga", acrescentei, para que me ouvissem. "Tínhamos os melhores, alguns membros do Conselho de Estado do Império."

"Hoje em dia não valeriam nada", disse Flor.

Continuamos a caminhada, ouvindo pássaros e o murmúrio do vento sobre a copa das árvores.

"Não sei o que devo fazer. Dar um salto..."

Devia ser algo íntimo, talvez sobre Zeus. Seria indiscreto inquiri-la diante de dois estranhos.

Olhou o casal de jovens sentados à mesa de um bar na ponta da entrequadra. A moça ria, ria mais, criando rugas fundas em torno da boca. O riso foi se apagando, até se transformar num soluço.

Depois Flor não despregava os olhos de mim. Queria extrair palavras de meu silêncio.

Havia quem reconhecesse minha capacidade de descobrir e encobrir — e não falo apenas de um corpo feminino numa aventura em Caracas. Eu conseguia ler gestos de mãos e expressões de rosto, o que, reconheçam, é qualidade diplomática. Pois bem, era o momento de descobrir o que Flor sentia naquela manhã. Quem sabe ficasse ainda algo encoberto, embora eu preferisse a sinceridade à modéstia.

Procuro uma palavra substituta para languidez, pois languidez propriamente não era ou não era apenas. Não é que tivesse me dito, nem que eu fosse médico, tampouco que eu tivesse passado a me interessar pela melancolia. Contudo, mesmo que não quisesse, eu havia adquirido uma experiência secular sobre a melancolia alheia.

"O senhor me considera incontentável?", Flor quis saber, quando chegamos em casa.

A personalidade da gente está fora de nosso controle. É original e inexplicável. Manifesta-se em nossa vontade, que não tem um fim nem pode ser plenamente satisfeita. Talvez eu mesmo tenha dito isso parafraseando um filósofo alemão. Se não, tive intenção de dizer.

"A senhora saberá melhor do que eu", obtemperei.

"Sabe o quê? Vou abandonar tudo. Esse é o salto que devo dar. Se pudesse, voltaria à poesia. Mas já passei por esse teste. Minha poesia é uma merda."

Sultão eriçou o pelo, saltou da ponta do sofá branco para o chão e veio deitar-se sobre o livro, sob cuja capa eu já me encontrava e que Flor havia colocado na mesinha de centro. Senti suas patas sobre minha cabeça.

"Vá para o Rio, veja a enseada de Botafogo. Ou para Petrópolis", tive mais essa recaída.

Sultão olhou em minha direção com desconfiança.

"Nem Petrópolis nem Pirenópolis. Desta vez a viagem é mais longa."

"Para a Ásia?"

"Para o inferno", respondeu, taxativa.

"A senhora não vai conseguir transporte."

"Já comprei passagem."

"A travessia, quando não há conhecidos, é fastidiosa; às vezes, os próprios conhecidos aborrecem, como sucede neste mundo. A gente de bordo é vulgar, e o comandante não impõe confiança. As saudades da vida é que são agradáveis."

Ela sorriu ao reconhecer meu texto antigo.

"Tudo bem. Vou pra onde me levarem. E levo o senhor junto."

Minha intenção, quando me aposentei, havia sido a de passar o resto de meus dias no Rio de Janeiro. Mas o mundo havia mudado, o Brasil havia mudado, a capital do Brasil havia mudado. Tinha sido difícil trocar o Catete pela Asa Sul, Botafogo pelo Lago Norte. Perguntei-me se precisava mudar novamente de lugar, sabendo que não seria para Lisboa e revendo o que havia prometido a Flor, que poderia ir a qualquer lugar.

"Viajei muito, Flor, mas já não quero viajar, nem conhecer novas terras. Por toda parte há mares tenebrosos, que não quero conhecer. Minhas pernas enfraqueceram e quase não existem. Não tenho coluna vertebral para subir em carros ou aviões. Daqui só pretendo sair para o cemitério. Em vez do São João Batista, o cemitério da Esperança."

23
A caneta de JK

Havia saído, desta vez num jornal paulista, mais uma resenha sobre seu livro de poemas. Sustentava que se distinguiam pelo sutilíssimo veio melancólico.

Quem poderia imaginar que por trás daquela alegria de viver houvesse melancolia? Quando eu escrevia versos, ainda adolescente, eram também melancólicos. Necessidade de derramar na minha escrita algumas lágrimas para imitar os românticos, como hoje, se quisesse imitar, poria fuzis e sangue. Perdi o interesse pela melancolia. Porém mantive o afeto por Flor apesar dos contrastes de estilo.

Ela havia sido convidada a participar de um festival literário. Demonstrou natural erudição ao falar de autores que admirava. Porém, seu respeito pela palavra era tanto que cometeu tropeços ao recitar.

"Não são aliterações. É que gaguejei mesmo", ela disse, extraindo poucos risos da plateia.

Alguns a chamaram de espirituosa. Outros, injustamente, de orgulhosa.

Tal o desprezo pelos eventos literários que se recusou a participar de um segundo.

Por uma dessas razões ou porque não escreveu outro livro, seus poemas, salvo uma ou outra exceção, não mereceram a atenção sequer dos amigos.

Se sua reputação como poeta não se firmou, como diplomata arriscaria ficar abalada.

"Costurar pra fora não pega bem", Zeus alertou.

Ela colocou sobre a escrivaninha, para que eu visse, novos poemas manuscritos.

"Tudo escrito com esta caneta a tinta, que pertenceu a ninguém menos do que a JK."

Teria sido com aquela caneta que o ex-presidente havia assinado o decreto de fundação da cidade?

"Vejo que a senhora tem apreço pela caneta de JK tanto quanto uma conhecida minha pelo tinteiro de Evaristo."

Era um tinteiro igual a qualquer outro, mas do qual haviam saído artigos de um grande homem.

"Não compare meu apego a esta caneta ao de uma maluca por um simples tinteiro."

Sultão levantou o rabo.

"Estão péssimos. Não quero que veja."

Pelo que vi, o novo estilo havia retirado dos poemas sua graça, ao não admitir volteios, rapapés. Menos finura? Não ousei perguntar. Que seria a finura senão um desejo de não ferir, de envolver coisas feias e péssimas em embalagens belas e ótimas?

Não era com a verdade crua que eu poderia moderar sua inquietação. Já havia chamado meus relatos de vadiação e de bom costume. Havia dito que as duas coisas podiam ser a mesma, pois vadiação era bom costume. Podia agregar outro bom costume. As pessoas de quem a gente gosta não merecem apenas sinceridade. Não chamemos de mentira a virtude da cortesia e o que está feito com zelo e respeito. Há por vezes nobreza em não ser sincero. Por que tornar insuportável uma situação difícil?

Fiz boas previsões sobre sua reputação intelectual e a recepção de sua poesia. O elogio era fruto da polidez e não fazia mal.

"A nova poesia da senhora corta com afinco. Tem intenção e vida, o que se nota na escolha de frases trepidantes, truncadas às vezes. Percebo formas originais e emoções genuínas, além de algo íntimo somente evidente para a senhora. O hermetismo também é valorizado na poesia."

Sultão pulou de uma prateleira da estante à mesa, pondo em desordem os papéis.

A perspicácia de Flor desnudou a virtude de minha cortesia.

"Não confio em nada do que o senhor diz. Cara de pau", falou de maneira carinhosa. "O senhor é um mentiroso. Agradeço, conselheiro. Mas infelizmente o senhor não seria capaz de me criticar."

O que eu podia dizer? Que era capaz desde que encontrasse as palavras certas? Não havia asseverado que ela era uma grande poeta, apenas que eu não desgostava do que havia escrito.

"A senhora age como os escritores que nunca acabam de escrever suas histórias. Escrevem uma frase que não exprime o que queriam. Riscam. Apagam. Começam de novo. Nenhuma palavra se iguala ao pensamento. Nenhuma é capaz de retratar o que veem."

Se não foi com essas palavras, foi com outras parecidas que acabei recriminando Flor por algo semelhante ao que faço, com a diferença de que não posso apagar o que falo a vocês.

Notei que uma página aberta por Sultão foi imediatamente fechada.

"Isso é só meu, nem ao senhor revelo."

Compreensivo, compreendi. Mesmo um personagem fictício deve abdicar da onisciência e ter capacidade de respeitar o segredo alheio.

"Este conto escrevi de um só jato em primeira pessoa e faço questão de enviar a uma ex-amiga."

Sultão miou. Acho que também compreendeu, compreensivo.

"Nunca serei capaz de escrever como o senhor."

"Provavelmente não. Mas por que tentar ser outro?"

Flor rasgou os papéis.

"Vou jogar no lixo."

Fiz planos de jogá-los nas nuvens. Pode parecer pleonasmo envolver em nuvens uma história nebulosa, e talvez fique nublado o que digo. Se eu pudesse falar com Cássio, sugeriria que executasse esses meus planos.

"A senhora será reconhecida mais cedo ou mais tarde."

"O senhor é um Pangloss."

Não me imaginava o personagem de Voltaire que pensava que tudo o que acontecia era para melhor no melhor possível dos mundos. Talvez nos parecêssemos em nossa teimosia. Pangloss não abandonou seu otimismo nem mesmo com a ameaça da sífilis, da forca ou da prisão. Sem ser otimista, eu tampouco me intimidaria com a ameaça de fogo ou de páginas rasgadas.

"Admito que a senhora me acuse de ingenuidade, mas..."

"De ser complacente e passivo."

"Se ainda dependo do livro..."

"Para o senhor este é o melhor dos mundos possíveis, e não há o que fazer."

"Ao contrário. Sei que este mundo é péssimo e pode piorar."

Não me lembro se cheguei a argumentar que o pior caminhava rápido, enquanto o melhor era preguiçoso. Na verdade, não tenho certeza da precisão desse diálogo. É provável que tenha exagerado a crítica que Flor me fazia e que ela ainda não pensasse mal de mim.

24
Prefiro as caleças tiradas a burros

Deitei-me no escritório de Flor com o livro a meu lado e adormeci. No dia seguinte, ela me perguntou no café da manhã:

"Como está a relação do senhor conosco, os vivos?"

Por acaso ela me considerava um morto?

"Reconheço. O senhor sabe falar com as mulheres."

"Generosidade da senhora."

"É habilidoso…"

"Agradeço-lhe por esse exagero. A senhora é quem tem habilidades reconhecidas e extraordinárias."

"O senhor sai do *meu* livro" — frisou o possessivo — "para falar durante horas com outra leitora."

Razões eu teria para contestar o conceito de propriedade privada exclusiva. Mas a racionalidade seria prejudicial à minha relação com Flor e contra a natureza, que nem sempre é racional.

Ela acendeu um cigarro.

"O senhor prefere Leonor."

Tentei pegar nas mãos de Flor, ela de pé, na minha frente. Não consegui. As minhas eram de vento.

"As senhoras não estão em competição."

"O senhor não me considera suficiente?"

Há respostas que não devem ser dadas, por estarem implícitas, serem óbvias, ferirem o orgulho alheio ou simplesmente por boa educação. Preferi uma pergunta.

"De quem são mesmo esses quadros?"

Eu sabia de ouvi-la comentar com visitas. Eram duas pequenas naturezas-mortas. Eu punha meus olhos nos quadros, e o que via era minha vida passada, a enseada de Botafogo e os convivas cordatos em torno da mesa.

Ela também tinha direito, como eu, de não responder. Levou-me ao quarto, ligou a televisão e me colocou uma questão nova. Notava que agora eu ficava a maior parte do tempo fora do livro e queria saber se eu passava a ocupar espaço dentro do apartamento.

Entrar no livro por muito tempo eu já não queria. Tampouco ocuparia espaço. Eu não tinha massa. Permaneceria ao lado do livro sempre visível para ela.

"É assim todo dia", Flor me disse, enquanto trocava de roupa em frente à televisão, que mostrava cenas de um assalto à mão armada.

Eu viria a assistir a um assassinato, a uma cabeça decepada e a um moribundo pedindo que a câmera fosse apagada no momento de sua morte. Veria também a propaganda de um remédio miraculoso, Viagra. Nunca havia imaginado que viesse a desejar uma pílula por causa de uma longínqua Fidélia.

Entrou Cássio, de músculos à mostra, cuecas pretas e toalha de rosto no ombro. Era de fato um homenzarrão. Por prudência me escondi no livro.

"O conselheiro se tornou visível. Sai do livro."

"Não pode ser. Você fala como se ele fosse uma pessoa."

"Já sabíamos que era um personagem vivo. Mas agora é diferente", frisou Flor.

"Diferente?"

"Ele é real. Mas não se preocupe, desta vez nem por decreto volto à televisão."

"Você tem de superar esses devaneios."

"Ligue para Leonor. Ela vai confirmar."

Por cochilo ou incompetência, caí do livro.

"Quem é esse cara?", ele perguntou, irritado.

Levantei-me, ajeitei o paletó e tentei manter minha compostura.

"Ora, o conselheiro. Já lhe expliquei."

"Você está querendo me sacanear, né?"

"conselheiro, vamos. Não quero ficar com esse monstro."

"Vou levá-la comigo", falei, bem-humorado, num raro rompante assertivo.

Cássio fechou os punhos.

Não me movi nem pisquei os olhos. Não temia seus murros, que me atravessariam sem me causar dano.

Flor se colocou entre nós.

Ele parou, olhando-me fixamente.

Dei volta pelo quarto, observando-os de soslaio.

Tive de assistir a uma discussão acalorada.

No começo fui a razão. Depois, o pretexto.

Poderia dizer que viveram sempre com bulha e matinada, ele bovino, ela felina. Dormiam em quartos separados, e eu não tinha presenciado nos últimos quatro anos nenhum prazer dos dois na cama.

"Você é um típico machão. E passa horas diante do futebol e do Facebook. Um preguiçoso."

Ela não havia se casado por amor, foi o que observei na época, mas com o tempo acabou desenvolvendo afeto por ele. Era evidente o contraste entre os dois. Ele se sentia inferior a ela, não tinha sua capacidade intelectual, era homem de hábitos simples e de mente voltada para questões práticas. Eram água e óleo que não se misturavam. Ou polo positivo e negativo que contribuem para uma mesma eletricidade; que se completam ou ocasionam curto-circuito. Eu havia acompanhado o mais recente capítulo da história, o das crises recíprocas de ciúme, que negava a fase do tédio na qual o casamento havia entrado.

"Nunca me deu um só presente."

"Tentei. Um colar caro e escolhido com carinho. Você detestou. Reconheço nossas diferenças de gosto."

Após resistir gloriosamente até o final da manhã, tudo considerado, e mais a hora, o sol quente que entrava pelas janelas, pensei em me enfurnar nas páginas do livro. De tarde o sol baixou e também o clima entre os dois. Cássio se dirigiu ao celular e Flor ao piano.

"Posso?", não sei por que me perguntou.

Podia. Não precisei fazer esforço para admirar. Seus dedos finos e longos conseguiam extrair do piano um Noturno de Chopin. A música punha ordem na desordem.

"A senhora toca bem."

"Não. Adoro tocar, mas não toco bem."

Ela lembrou-me Fidélia. Perdoei, pois era preciso perdoar a modéstia.

Cássio apareceu e percebeu que tentei me tornar invisível para ele. Havia posto uma roupa de ginástica.

"Não, conselheiro. Fique tranquilo", me disse, como se a situação fosse corriqueira. "Vamos fazer uma caminhada?"

Sua reação anterior havia sido compreensível. Agora parecia conformado com minha existência.

Tomamos um caminho de terra na própria quadra.

"Como é possível que o senhor tenha sobrevivido num livro?"

"Era só ficar imutável."

"Mas que pudesse mexer no texto…"

"Admito, foi uma experiência nova."

"E que possa sair dele e se tornar visível…"

"Sobre esse processo complexo, intricado, labiríntico, pergunte a Flor. Ou a uma médium, Dona Zenaide. Melhor do que ninguém elas conhecem a origem desta edição."

"Eu tenho paixão pelos avanços científicos, na genética, na robótica…"

"…neste caso não tão científicos…"

"…na velocidade com que as coisas acontecem."

"Não me habituaria à velocidade."

"Rapaz, é inevitável. Tome como exemplo o avião."

Gostei que me chamasse de rapaz.

"Não encontro vantagem no avião, nem nos carros modernos. Prefiro as caleças tiradas a burros."

"Mas o senhor se ligou nas redes sociais."

"Disso confesso que gostei, como Flor previa. Mas não são melhores do que uma correspondência por cartas e uma boa conversa ao vivo."

Poupo vocês de descrições detalhadas. Ele embirrou que estava certo e eu errado. Não contestei. Seria emitir palpite passageiro que não me convinha, pois queria manter, se preciso com sua ajuda, minha comunicação a distância com Leonor. Daí a cem anos eu teria opinião mais ponderada sobre as novas tecnologias. No mais, não pude concordar nem discordar sobre o futebol. Não conhecia jogadores nem times.

"O senhor não pode perder o jogo de amanhã se quiser ter conversa. Podemos ver juntos."

Ele não pôde. Foi com Flor a um velório. Fiquei em casa e assisti pela primeira vez a um jogo de futebol. Que conversa eu poderia ter depois?

25
Por que falar da febre do amor?

Passada uma semana, nem avisei a Flor, saí a pé da 213 em direção ao Itamaraty. Levei meia hora atravessando túneis e, embora não precisasse, desviando-me de carros. Pessoas se assustavam quando me viam. Tentei me mostrar invisível e não consegui. Só era possível desaparecer quando o livro estava próximo a mim. Tinha ficado em casa. Pensei em voltar. Mas a inércia foi maior que a prudência.

Como entraria no Itamaraty sendo visível para a segurança? Não custava tentar.

Cheguei pela via S2 à entrada da garagem. Causaram boa impressão meu terno impecável, minhas botas para ocasiões especiais, com a parte de cima branca e botões laterais, o colarinho duro de minha camisa, meu colete colorido e principalmente meus gestos simples, como o de limpar o monóculo com meu lenço de seda.

Apresentei-me:

"conselheiro Aires. E o senhor?"

"Severino, chefe da garagem."

"Muito prazer, senhor Severino."

Sorrimos um para o outro como velhos conhecidos.

"O senhor não veio de carro?"

"Não, a pé, mas prefiro entrar por aqui."

"O senhor não trouxe a identidade, conselheiro?"

Procurei nos meus bolsos, de onde caíram três níqueis de tostão e mais dois vinténs.

Ele me ajudou a coletá-los e depois me disse:

"O senhor tem de entrar pela outra entrada. O senhor sai aqui e dobra à direita. Depois é logo a primeira entrada à direita. Do lado esquerdo está a segurança. Aí podem fazer uma nova credencial."

Saindo, sol escaldante sobre a cabeça, tentei organizar minhas ideias para o encontro com Zeus.

Talvez eu deva explicar a vocês a razão daquela minha ida ao Itamaraty. Os antecedentes, amarelinhos, eram a reviravolta no país e uma longa conversa com Flor no dia anterior.

A conversa tinha acontecido cedo da manhã, Cássio na ginástica, Flor ainda em casa, nós dois sentados num sofá da sala, a música saindo por um alto-falante.

"A roda gira e se descarrilha", eu lhe disse. "Às vezes é só um imprevisto, esse deus avulso com capacidade de decisão, como tenho chamado. Uma morte ou um beijo podem mudar o curso da história. Numa briga entre dois vence um terceiro, e as discórdias mudam de rumo."

"O senhor diz isso porque não acompanha a política de hoje."

"Politicamente nunca figurei em nada. A diplomacia que conheci tinha o efeito de separar o funcionário dos partidos."

"Sei do que o senhor está falando. O barão do Rio Branco foi um monarquista que serviu à República e não se interessava pela política partidária. Soube negociar com base no conhecimento. É a melhor tradição, não é, conselheiro?"

"Cheguei a me encontrar com ele quando era um boêmio, conhecido como filho de seu pai, o famoso visconde."

Ouvíamos Mozart.

"Recebi um convite para ocupar um cargo que pode ser de alguma importância. Devo aceitar, conselheiro?"

"No meu tempo, quando me pediam conselhos sobre aceitar ou não cargos, eu não conseguia opinar com verdades ou, quando menos, com certezas. Se reiteravam o pedido, tão logo adivinhava o que se passava pela cabeça dos interessados, concordava com seu desejo oculto."

"E desta vez, o que o senhor está adivinhando?"

"A senhora tem caráter e princípios imutáveis numa carreira na qual se vê como virtude adaptar-se aos novos tempos."

Evitei sustentar que ela se submetia aos novos tempos, quisesse ou não. Seus próprios assuntos não haviam mudado com o passar dos anos?

Supôs meu comentário, porque afirmou:

"Há coisas permanentes, conselheiro. Por exemplo, a geografia do país. E aspectos técnicos, que nada têm a ver com a política."

"Concordo com a senhora."

"O senhor sempre concorda comigo, e a concordância cheira a discordância."

"Se concordo, é porque a senhora diz o que penso."

"O senhor é às vezes contraditório."

"A vida e o mundo não são outra coisa. Já me chamaram de rijo e fino, vendo nisso um elogio duplo. Eu mesmo não me entendo, sendo tantos em tantos lugares."

Zeus continuava ligando, enviando mensagens, ela disse. Até que ela havia atendido um telefonema passado por uma de suas secretárias.

Com as mudanças, o mundo tinha virado de cabeça para baixo, e Zeus caído em pé. O Itamaraty tinha um novo organograma, no contexto de uma reforma logo apelidada de "reforma Zeus", já que ele ocuparia um cargo havia muito extinto e que voltava a ser criado, o de secretário-geral adjunto das Relações Exteriores.

"Preciso de você. Nada a ver com nossa relação pessoal. Este é um convite em bases profissionais. Queria que aceitasse ser uma de minhas assessoras."

Ela havia ficado muda.

"Vou marcar uma hora aqui na secretaria para a gente conversar. Mas antes quero que venha amanhã a um almoço que estou oferecendo."

"Obrigada", ela tinha conseguido dizer.

"Eu e Lili estamos nos separando."

"Lamento."

Não sei se era incompreensão minha, tudo indicava que seu maior conflito não era com Zeus, era consigo mesma. Lados opostos do cérebro travavam argumen-

HOMEM DE PAPEL

173

tos, mostravam armas e entravam em guerra. Ela e Zeus eram diferentes, pensavam de maneira distinta, dizia o lado direito do cérebro, o da arte e da intuição. Mas quem seria ela para discordar? Era apenas uma funcionária cumpridora de seus deveres, respondia o lado esquerdo, o da lógica, da ciência e da razão matemática.

Poderia acusar Flor com mais razão da mesma coisa que me acusava, ou seja, de ser contraditória. Era impulsiva e prudente. Disfarçava o sofrimento em prazer. Um dia gostava de um, noutro dia, de outro. Passava a odiar o primeiro, depois, o segundo. Às vezes gostava dos dois e não conseguia decidir entre eles.

Havia — e disso não falávamos — uma questão velada, febre que não cessava e produzia sintomas de maior ou menor gravidade. Febre do amor? Para dizer a verdade, ainda não é a hora de contar a verdade, nem mesmo a vocês.

Mas por que falar da febre do amor? Prefiro a febre amarela, que me assustava menos, porque, no exterior, tratei de tranquilizar os outros sobre as más notícias que vinham de nosso país. Naturalizei calamidades. Atenuei-as com uma variedade de nomes. Não posso exigir que me desculpem por um vício profissional. Mas havia limites. Não defendi a escravidão. Repito o que escrevi no meu *Memorial*: o cargo não me consentia ser propagandista da abolição, mas senti grande prazer quando soube da votação do Senado e da sanção da Regente.

Um agravante para Flor era que as notícias já não viajavam de barco. Partiam e chegavam no mesmo instante. A mim teriam criado atribulações sobre as quais não quero pensar. Os diplomatas de agora esbarravam por vezes em barreiras à lógica. Ficavam em polvorosa diante dos fatos, quando não da insensatez das autoridades. A insensatez era frequente, pois os mandatários eram partidários. Precisavam ser eleitos, ao contrário do imperador, que pendia para conservadores ou liberais segundo os humores dos proprietários de terra.

"Nunca gostei de política militante", eu disse a Flor. "Para ser franco, nem mesmo de política, embora muita gente considerasse políticos os Negócios Estrangeiros. Devo corrigir-me. Não é que não gostasse de política. Talvez o que não gostasse era de guerra das vaidades. De longe, as discussões mesquinhas se diluíam diante de outras mesquinhezas. De perto, se tornavam inaceitáveis."

26
Relatório secreto

"O senhor está aposentado há não sei quantos anos, na certa há mais de 130. Será que dá para entender o que está acontecendo?"

Achei que a tendência de reduzir os diplomatas a ocupantes de cargos de assessoramento superior estava transformando Flor em simples burocrata quando podia ser muito mais. Para isso, não podia se refugiar em funções técnicas menores. Pensei num conhecido meu, o velho Custódio, dono de uma confeitaria e cheio de melancolia quando a Monarquia caiu nos idos de 1889. Não porque fosse monarquista, apenas porque teria de mudar a placa de sua confeitaria da Rua do Ouvidor, a Confeitaria do Império. No país das surpresas, crises e transições, outros tantos Custódios terão existido. Enquanto os bem-intencionados queriam viver em épocas puras e felizes, os Custódios estavam interessados em suas plaquetas e freguesias.

"Lembra-se do Custódio?", perguntei.

Leitora atenta, ela percebeu a referência.

"Sacanagem o senhor me aplicar a filosofia das tabuletas. Está querendo gozar da minha cara? Tabuleta! Não é questão de trocar de tabuleta."

"Não foi isso que eu quis dizer."

"Não deixei claro meu ponto de vista quando falei nos aspectos técnicos da carreira. No meu caso, tentei aprimorar a técnica do diálogo. Por sinal, uma lição que aprendi do senhor."

"Diálogo exige respeito pelas diferenças. Coisa difícil. Tem gente que concebe um mundo ideal e exige que os outros entendam."

Não tomou como crítica a ela.

"É. E para esses, o senhor sabe, quem não entender, que se foda."

"Deve-se admitir o dissenso."

"Admito e pratico. Por isso não quero que o senhor esteja sempre de acordo comigo."

"Não estou sempre de acordo."

"Está, sim. E às vezes sinto que a intenção do senhor é de maldade."

"A maldade não é intenção. É falta de pensamento."

Mesmo quando nossas ideias divergiam, nossos critérios estéticos podiam coincidir. Concordávamos em Mozart, que agora enchia a sala com seu *Don Giovanni*.

"Confesso perder a paciência com os que querem regredir, esses reacionários."

Não era um juízo contra mim, embora eu tivesse ímpetos saudosistas e acreditasse que o progresso exigia recuperar o que houvesse de melhor no passado. Flor ti-

HOMEM DE PAPEL

177

nha razão de perder a paciência. Afinal, os reacionários queriam voltar a que ciclo da história? Para a época do Império? Para antes do descobrimento do Brasil? Para a Idade Média europeia?

"Não vão conseguir. Tudo volta, mas não do mesmo jeito."

"Tenho a impressão de que essas mudanças são sempre pra pior. E o que interessa é o seguinte, conselheiro: se o diabo se oferece para resolver meu problema, devo mandá-lo às favas?"

Não sei quem tinha comentado de um estadista que recomendava, diante de grande perigo, aceitar a mão do diabo para atravessar uma ponte. Depois mandá-lo às favas. Mas a situação não era para tanto.

"Não enxergue as questões pelo ângulo egoísta, de seus interesses pessoais."

"Como escolher?", me perguntou Flor.

"Escolher o quê?"

"Brigar pelo que é importante, discordar de decisões erradas e não transigir. Ou aceitar me vender ao diabo. Que Deus me ajude."

Se Deus existisse seria todo o universo, a natureza, nunca alguém com minha cara. Seria o Deus de Spinoza. Já o diabo podia estar encarnado em alguém.

"Deus não vai se pronunciar, muito menos o diabo. A escolha fica mesmo com a senhora."

"Deus queira", ela disse, com humor.

Apresentei-lhe palavras vagas sobre o livre-arbítrio.

"Ora bolas, o livre-arbítrio!"

Nossos silêncios se encontraram.

Ela então concluiu:

"Preciso saber o que Zeus está pensando de mim. Se é principalmente por uma razão pessoal que me quer por perto. Só entrando na cabeça dele."

Então tive certeza de que o diabo tinha nome e endereço.

"Já estou lá", falei, irônico.

"O senhor está tripudiando de mim."

"Quer mesmo que eu entre na cabeça dele?"

"Por que ele está me fazendo o convite se sabe o que penso?"

"Mesmo que eu conseguisse, ele não me ouviria. Nem sequer me veria."

"Ah, não, se esse episódio de realismo mágico acontecesse, o senhor seria visto e ouvido. É um conselheiro respeitado."

"Um conselheiro arcaico que ninguém reconhece. Relegado ao esquecimento. conselheiro… Um título que o imperador me conferiu…"

"O senhor tem uma história."

Que prestígio poderia ter uma vaga lembrança?

"Com seus talentos e a capacidade de ser invisível, o senhor pode antever as intenções alheias."

Flor não tinha razão, mas tinha necessidade. Embora eu não possuísse os méritos e as virtudes que ela me atribuía, suas hipérboles não me pareceram más. Imaginei uma estratégia. Sabia que uma de minhas versões se encontrava na mesa de trabalho de Zeus. Seria eu capaz de migrar de um livro a outro? E se eu não conseguisse voltar? A ideia era insana. Somente caberia numa história surrealista, e eu precisava de um estratagema realista.

Não foi difícil. Tanto que aqui estava eu agora seguindo as indicações do senhor Severino, o chefe da garagem.

Segui rigorosamente suas indicações. Ao sair, dobrei à direita na calçada, novamente à direita na primeira entrada e vi de fato, como ele havia mencionado, a sala da segurança à minha esquerda. Passei ao largo. Então virei num longo corredor à direita. Pude voltar quase ao local de onde tinha vindo, desta vez avistando os elevadores. Subi ao segundo andar e perguntei pelo gabinete do secretário-geral adjunto.

"Ele já seguiu para o almoço", me informou uma das secretárias.

Quando saí pelo corredor, um senhor bem-apessoado me perguntou com sotaque carregado:

"Nos conhecemos, não?"

"conselheiro Aires", respondi.

"Vai também ao almoço?"

Não aguardou minha resposta:

"Estamos atrasados. Já devem estar nos esperando. Posso acompanhá-lo?"

Acertamos nossos passos enquanto atravessávamos um salão amplo e claro.

"Bonito este vão livre, não?", comentou.

Era um diplomata estrangeiro lotado em Brasília. Talvez como reação a meus trajes e a meu sorriso cortês, entabulou uma conversa da qual não consegui fugir. Não entendi o que afirmava. Afinal, estávamos séculos à parte.

"O senhor não acha que seria um grande risco?"

Responder que não poderia prolongar a discussão desnecessariamente.

"Sim, acho", e olhando para a amplidão do salão em que ainda nos encontrávamos, acrescentei: "É preciso ter visão ampla".

A tal ponto ele apreciou minha sabedoria, que me deu seu cartão e me convidou para uma recepção à noite em sua embaixada. Vi que era um ministro-conselheiro.

Depois vim a saber que fui citado num relatório secreto firmado por seu chefe. Identificado como conselheiro Aires, diplomata aposentado e bem-informado, homem de ampla visão. Não vou reproduzir a descrição psicológica que fazia de mim, exata ao me pintar cheio de hesitações e ainda assim correto nas avaliações sobre a política internacional.

27
A estupidez é apressada

Subimos a escada para o terceiro andar. Fixei-me num grande óleo, pescadores equilibrando-se sobre uma jangada de sete paus num mar bravio.

Como meu nome não foi encontrado, a funcionária do cerimonial não pôde me dar o cartão que indicaria meu lugar à mesa. O almoço era ao fundo, à direita, na sala Rio de Janeiro, me informou.

O jardim à esquerda reverberava raios do sol sobre seu verde em curvas, feito amebas.

Os convidados já se dirigiam à sala. Contei vinte. Flor tomou um susto quando me viu.

"O que o senhor faz aqui?"

"Vim executar nosso plano."

"Que plano? O senhor enlouqueceu?"

"A senhora mesma me deu a ideia."

"Que ideia? Desapareça", sussurrou.

"Não posso. Não trouxe o livro."

"E o cu a ver com as calças?"

Vendo que Zeus chegava, fez como se fosse trivial que eu conversasse com ela.

"Este é o conselheiro Aires. Você já conhece", disse Flor a Zeus, eu ao lado dela, todos ainda de pé, em frente a seus lugares. "Ele saiu do livro. Inacreditável, não?"

"De fato", respondeu, descrente e ríspido.

Por economia de palavras, não vou narrar o trabalho que dei a uma funcionária do cerimonial, que finalmente conseguiu criar espaço para mim numa das pontas da mesa entre Flor e o diplomata com quem eu havia conversado.

Zeus pronunciou de improviso um panegírico em louvor do convidado de honra. A biografia não precisava repetir, era conhecida de todos. Os governos de ideologias contrárias colocavam em risco a paz regional e mundial. Ele expressou a confiança nos rumos do Brasil, que progredia em todos os planos, e criticou os que não percebiam os fatos.

Do fundo da mesa, ouvi sem entender referência aos aliados. Por acaso o país tinha inimigos? Estaria em guerra? Pensei na Tríplice Aliança contra o Paraguai, mas não cairia mais nessas esparrelas, anacronismos que tanto desagradavam Flor.

Zeus levantou um brinde ao convidado. As relações bilaterais passavam por sua melhor fase. A amizade era histórica. As oportunidades, as melhores de todos os tempos.

Nem bem servida a casquinha de siri, o diplomata a meu lado me perguntou, para que todos ouvissem:

"Como o senhor avalia a posição dos Estados Unidos?"

"Não deveriam ter declarado guerra."

Vi que houve consenso, ideal num encontro diplomático. Só depois percebi que o consenso não dizia respeito à guerra declarada contra o México, nem à conquista da Califórnia. Tinha a ver, me pareceu, com comércio ou tecnologia.

Eu olhava, mas não via. Escutava e não ouvia. Não ousei tocar na comida. Na certa me atravessaria e cairia sobre a cadeira. Tampouco ousei provar o Cabernet Sauvignon.

"O senhor me criou um problemaço", Flor me disse baixinho.

"A senhora me pediu para falar com Zeus."

"O senhor não tem noção? Não pedi. E, se tivesse pedido, não seria assim, aparecendo no meio de um almoço."

"Não era minha intenção, mas quando a secretária me disse que ele já havia subido..."

"E o senhor tinha convite?"

"O amigo à minha direita me deu a entender que eu seria bem-vindo."

Quando todos, à minha exceção, já haviam comido a ambrosia com queijo coalho e se levantavam, Flor falou baixinho a Zeus:

"O conselheiro Aires quer lhe fazer uma visita."

Ele se esquivou:

"Sei. Vamos tomar um licor e um cafezinho ali fora."

"Você recebe o conselheiro?"

"Diga pra vir à minha sala dentro de meia hora", respondeu constrangido.

Depois que todos partiram, somente Flor e eu ficamos no terceiro andar. Andamos em círculos em torno do jardim que ela disse ser de Burle Marx, desviando-nos, aqui e ali, de raios de sol.

"Parola, muita parola. Fantasmagoria palavrosa", eu disse sobre os discursos e as conversas.

"É o palavreado que dá a direção. Cria expectativas e raivas. Pode até suscitar guerras."

Inspirou fundo.

"O senhor não devia ter vindo."

À nossa frente, víamos o Palácio da Justiça, à direita o Congresso. Ela perguntou:

"Qual das duas versões é certa, conselheiro? Que aqui puseram o pior povo do mundo ou que o que salva o país é o povo?"

"Percebo que, quando tudo vai mal e há governantes estúpidos, sabemos inventar saídas. E há mais ladrões, violência e estupidez do que no meu tempo."

"O tempo do senhor? O senhor continua atual."

"Não. Sou de uma época em que se preferia chamar Niterói de Praia Grande. Continuo vendo o tempo como aquele velho de barbas brancas e foice na mão."

"Corrijo. O senhor é histórico e historiador."

"Sei da história por ter vivido."

Entramos por um caminho de cimento e pedras dentro do jardim.

"O senhor pensa mesmo que os governantes são estúpidos?"

"Nem sempre."

"Como reconhecer a diferença?"

"A estupidez é apressada, direta e violenta. Sabe o que quer e ignora as lições da história. Já a inteligência hesita, se esconde, se interroga e conhece as dificuldades. É humilde."

"Interpreto assim o que o senhor diz: que a estupidez usa o Twitter com erros de ortografia convencida de ser dona da verdade."

À nossa frente, ao fundo de uma sala de banquetes, uma enorme tapeçaria ocupava toda a parede.

"Mudando de assunto, conselheiro, como o senhor sabe, meu problema é o convite. Pode ser que já não seja problema, graças à imprudência do senhor."

"Problema, por quê?"

"O senhor sabe muito bem. Zeus continua dando em cima de mim. Também temo que não dure no cargo. Esse é um governo de passagem."

"Eu me acostumei às mudanças de gabinete. Subiam liberais, prenúncio de sua queda e da ascensão dos conservadores."

"Se eu vivesse naquela época, seria uma exaltada."

Acho que queria me impressionar com seus conhecimentos de história. Referia-se aos liberais oposicionistas republicanos da época da Regência, quando os monarquistas no governo queriam estabilizar o regime à espera de que o príncipe crescesse.

"Entendo. Imagino que a luta dos exaltados permaneça atual."

"Depois eu teria sido uma luzia. Não era assim que chamavam os liberais?"

"Eu não teria sido exaltado nem moderado", disse.

Contei a história de um velho amigo, segundo a interpretei.

"Provavelmente tinha razão ao dizer, num momento de mudança do gabinete, que não era propriamente conservador, mas saquarema, como os liberais eram luzias."

"Está me chamando de novo de oportunista?"

Eu não demandaria que traçasse a fronteira entre o oportunismo e o profissionalismo.

"Não chamei antes nem agora", lhe respondi. "Não digo que seja seu caso. Aceite o cargo, sabendo que nada é para sempre."

"Já se passou meia hora, conselheiro. Vamos."

28
Deus não pagava por tão pouco

Passamos pelo quadro que eu tinha visto quando subia ao terceiro andar. Virei-me para admirá-lo novamente.

"É de Portinari", Flor informou.

Descemos as escadas ao segundo andar e seguimos por dois corredores.

"Você me avisa quando terminar a audiência?", Flor pediu à secretária.

"Vai ter de ser rápido. Daqui a dez minutos ele tem um compromisso."

Apresentei-me formalmente a Zeus. Parecia cismado. Presumi que fosse por não acreditar que me via, porém não comentou o fato estranho. Queria somente me interrogar e o fazia com pressa, como numa prova oral no meio de uma gincana. A crer na secretária, de fato tínhamos pouco tempo.

Primeiro quis saber se eu era simpático a tal ou qual ex-presidente. Se conhecia um fulano que o havia criticado. Aos ex-presidentes de quem tinha ouvido falar, decidi ser simpático. O fulano eu não tinha ideia de quem poderia ser.

Com olhar vago, dirigido à claridade da janela, me perguntou como se fosse resultado de longa reflexão:

"O senhor concorda com quem, neste mundo materialista, subordina tudo à espiritualidade?"

Por que haveria eu de concordar ou discordar? Será que até ele achava que eu fosse espírito?

"Vou refazer a pergunta ao senhor, que vem de longe e traz a perspectiva de outro século: na base de tudo está ou não está uma dimensão espiritual? Devemos defender nossa fé e nossa civilização?"

"Tudo o quê?", retorqui, impertinente.

"Ou o senhor é materialista? Acho que por definição não pode ser."

Se ele quisesse, desse a Deus a autoria de tudo e ao Ocidente sua mais pura reprodução, mas eu tinha de explicar melhor:

"Toda fé é cega; não pressupõe prova ou razão."

Quanto ao Ocidente, expus uma tese emprestada de um velho diplomata, de que não existe.

Meu esboço de sorriso combinava com meu falar baixo.

"Mas a tolerância...", ele começou.

Eu já conhecia de cor e salteado a geografia de sua opinião e por isso me antecipei:

"A tolerância e a intolerância se estendem por todas as latitudes e longitudes."

"O senhor é pacifista?"

"É obrigação de diplomata. A diplomacia é a arte do compromisso."

"Talvez o senhor implique é com a palavra espírito", declarou, confiante. "Mas vou refazer a questão: o senhor acredita ou não acredita que tudo depende das ideias?"

Como li Platão, poderia aceitar que não sou apenas parte do universo de átomos imaginado por Epicuro. Mais do que tinta e papel, eu era imaterial. Os objetos, e o papel entre eles, não existiam por si sós. Por outro prisma, seria complicado explicar que ideias novas e puras não existiam no espaço nem no tempo. Que o espaço, o tempo e a causalidade dependiam de nossas percepções. Tomei um caminho mais simples. Era preciso ocultar o pensamento com palavras, como Talleyrand recomendou em certas situações. Lembrei-me então das palavras de um conhecido meu que registrei num romance e estavam talhadas para a ocasião: "As ideias querem-se festejadas quando são belas e examinadas, quando novas".

"O senhor diria que suas ideias são novas e belas?"

Leitor que era de meus livros, talvez ele reconhecesse que eu plagiava o marido de Natividade, a mãe dos gêmeos e a quase namorada de quem tenho falado.

"O senhor diria o quê?", ele retrucou, sem acusar o plágio.

"Podem ser."

Admiti a possibilidade, não porque as conhecesse. Não foi tampouco porque quisesse que ele me indicasse para um cargo, talvez na Comissão dos Assuntos Perdidos ou dos Homens Fictícios ou no Grupo de Trabalho sobre Questões Esotéricas. Apenas porque não me ocorreu dizer outra coisa. Não fazia mal um elogio hipotético que ficaria ali entre nós.

Confiando em mim, ele me mostrou um artigo sobre ele assinado pelo tal fulano.

"Puras mentiras. Estamos rodeados de mitômanos", afirmou.

Eu poderia lhe dizer que mentiras circulam mais rápido do que verdades. Mas eu não sabia se era verdade que fossem mentiras. Se ele mentia sobre a verdade e mentira fosse pecado, não lhe concederia meu perdão. Afinal ele não estava num confessionário nem eu era padre.

"Como o senhor vê a atualidade?", me perguntou.

A pergunta era geral demais. Mais simples usar alguma das técnicas de minha amiga Dona Cesária. Mais uma vez senti saudades dela.

Eram quatro da tarde.

"A lua está bonita", eu disse, embora não estivesse.

Eu a via pelas janelas, num céu claro, não era lua cheia, quarto crescente nem minguante. Era um meio-termo, um pouco achatada e encoberta por nuvens. Olhei por uma fresta através do vidro. O espelho d'água que bordejava o prédio, com suas carpas, vitórias-régias e o brilho amarelo projetado pelos raios de sol, seria capaz de afogar algumas das novas e belas ideias de Zeus.

Ele perguntou por Cássio.

"O rival do senhor?"

Comprovei em seu olhar que tomou como ofensa. E era. Eu estava ali para ser advogado de Flor.

"Entendo pouco dessas coisas de hoje. Mas estimo que o senhor tenha perturbado sua amiga emocionalmente", acrescentei.

Ele deu um murro que estremeceu a mesa.

"Que absurdo!"

"O senhor está prejudicando a carreira dela."

"Ao contrário. Estou lhe dando oportunidades. Porque ela é competente. O senhor que não ponha opiniões estapafúrdias na cabeça dela."

"Se ao menos ela pudesse concordar com o senhor…"

"Li tudo o que o senhor escreveu. Não vi no senhor nenhuma experiência exemplar. O senhor ficou à margem dos fatos, das negociações, e não tem conhecimento para apreciar minhas ideias."

Neste momento ele recebeu uma chamada, na certa aviso da secretária.

Embora havendo folheado mais de uma vez o livro de que eu saía e tivesse seu exemplar de minhas memórias, Zeus não havia lido em mim sequer meus conhecimentos de Grócio, do direito e da razão na relação entre os povos, porque disso não tratei em meus escritos. Eu, que sempre havia sido cortês, saí sem me despedir.

Flor estava na antessala.

"Bom, ele não vai poder dizer que é delírio meu", comentou.

Saímos para o corredor.

"Vou passar pela minha sala. Tenho uma porrada de coisas pra fazer. Depois podemos ir pra casa. O senhor espera por mim na…"

"Vou andar pelo ministério. Quero conhecer."

"Sozinho? Isso não."

"Por que não?"

"Já é complicado que tenha vindo. Mas que fique perambulando por aí?"

"Consigo voltar para casa."

"Não faça isso, conselheiro. Vai criar mais celeuma."

"Não se preocupe", eu disse, acelerando o passo pelo corredor. Olhei para trás. Flor não me seguia.

Percorri várias placas com secretaria disso e daquilo, paredes forradas de tecido verde, e entrei numa das antessalas. Dispostos na mesa de centro, livros sobre aspectos da cultura brasileira que eu pouco conhecia.

"O senhor quer falar com o secretário?", me perguntou a secretária.

"Só curiosidade. Sou diplomata de outro século. Queria verificar como o ministério funciona. Posso entrar?"

"Como o senhor vê, a luz está vermelha. O senhor quer falar com o embaixador?"

"Se ele puder me receber..."

"Quem eu devo anunciar?"

"conselheiro Aires."

"Sente-se, por favor."

Após cinco minutos de espera, decidi continuar pelo corredor e percorri cada andar de paredes de plástico reluzente, um verde, um laranja, um amarelo, um azul... Subi até o último, depois desci pelas escadas. Senhores de terno e gravata pretos levantavam-se quando eu passava ou me cumprimentavam com um aceno de cabeça.

"O senhor está procurando alguma sala?", me perguntou um deles.

"Não, nenhuma. Estou lendo as placas para me inteirar dos assuntos."

Desviou o olhar para um papel sobre a mesinha à sua frente.

Voltei ao prédio onde havia estado para o almoço. Desci ao subsolo. Encontrei um auditório. Havia uma cerimônia, com a participação, reconheci, de Zeus. Aproximei-me do palco e o cumprimentei. Suspirou no ouvido de um dos assessores. Dois homenzarrões da segurança me abordaram. Queriam me expulsar, mas não conseguiam, porque, como já expliquei a vocês, não havia carne nem osso no meu corpo.

Naquele dia não percebi toda a complexidade de minha presença no Itamaraty. Depois soube que não encontravam uma figura exata para me enquadrar nas leis de repressão, nem sequer na Lei de Segurança Nacional. Mesmo que conseguissem, eu não era plausível, menos ainda palpável.

Quando eu andava pelo primeiro andar, mexendo nas esculturas e admirando outro jardim, um diplomata me informou que Zeus queria me ver novamente.

Avistei os dois seguranças de antes. Então enfiei-me por corredores e encontrei um, muito largo, margeado de aberturas circulares, através das quais se viam plantas iluminadas. Cheguei ao prédio redondo que, depois soube, se chamava Bolo de Noiva. Desci um andar pelas escadas. Pulei a catraca do andar térreo, fugi pelo estacionamento e saí por uma saída de carros, tendo depois de ultrapassar uma cerca de arame.

"Moço, tenha pena de mim. Preciso de dinheiro para comer", me pediu um maltrapilho.

Fiquei comovido, não com o fato de que me tomasse por autoridade, nem com o pedido, sequer com a fome. Com o termo "moço". Há poucos dias haviam me chamado de "rapaz". Deu-me vontade de rejuvenescer.

"Se o senhor conseguir trocar estes tostões..."

"Deus lhe pague", ele disse.

Deus não pagava por tão pouco.

29
A olho nu, uma constelação

"conselheiro, recebi uma notícia muito triste", Flor me contou passados alguns dias. "Morreu mamãe. A missa de corpo presente vai ser em Goiânia."

"Em Goiânia?"

"Ela morava lá. Quero levar o senhor comigo. Já falei para meus irmãos do senhor e chegou a hora de que o senhor os conheça."

A morte de Dona Leda foi uma oportunidade para reunir, depois de muito tempo, os três filhos, Flor e seus irmãos.

O pai não veio.

"Há muito ele está morto. Pelo menos para mim", Flor me disse.

Ela nunca poria no currículo que seu pai havia sido um exitoso homem de negócios — negócios com bordéis —, e que sua mãe tinha ido em vão à procura dele em Belém do Pará, onde vivia com outra.

Ele e Dona Leda haviam tido como filhos os trigêmeos Flor, Hugo e Miguel. Havia semelhanças em seus rostos, porém em tudo o mais se distinguiam.

Não falo somente das qualidades do espírito. Hugo tinha físico forte e tino empresarial como o pai. Em tudo se opunha a Flor. Ela, estudiosa. Ele, prático. Ela, idealista. Ele, crítico de sua ingenuidade. Ele veio com a mulher, Julieta, miudinha, de fala e feições delicadas.

Miguel era frágil. Havia herdado o nome do avô materno e era conhecido na política como Miguel Neto. Magro, de barba rala e cara cansada, trazia um terno escuro, grande para seu físico, e sapatos marrons brilhosos. Constantina, sua mulher, de nariz desproporcional ao rosto, olhos verdes e cabelos compridos, num vestido alaranjado e vistoso, era mais alta do que ele. Ela, eu já conhecia. Desde que Flor se inteirou de que a cunhada lutava contra uma depressão e um câncer, convidou-a um dia para um filme, noutro para um almoço e uma terceira vez para um jogo de pôquer. Ela e Julieta, a mulher de Hugo, não se davam, por razões que é melhor não explicar, pelo menos não agora.

Se eu pudesse, eliminaria as quase coincidências que descobria ao traçar paralelos entre a vida de Flor e a minha. Mas o que fazer se existiam?

Não digo que foram completas coincidências, porque Flor e seus irmãos não eram apenas gêmeos, como os filhos de minha amiga Natividade, um monarquista e o outro republicano. Eram, como falei, trigêmeos. Não sei se já brigavam na barriga da mãe, como aqueles gêmeos. Nenhum dos três era monarquista, apesar das simpatias que Hugo dizia ter pela família real. E seria pouco afirmar que Miguel fosse republicano.

Poderia eu aplicar as brigas dos meus velhos conhecidos gêmeos a esses trigêmeos, Flor entre eles? Teria ela nascido para atrapalhar a simetria? Ou seria um epicentro de equilíbrio na disputa entre os irmãos?

Encontramo-nos primeiro numa ponta de picolé do Lago Sul, casa de Hugo. Ele tinha péssimo humor e ótimo carro. Potente, que acomodava todos. Nele seguimos de Brasília para Goiânia. No banco traseiro, entre Flor e Miguel, estava inquieto ao celular.

"Se é por uma boa causa, negocio até com o diabo. Por acaso sou otário?", disse para que seus irmãos ouvissem.

Num certo sentido era, ao confiar no meu silêncio e de seu motorista. Mas isso é outra história, que não é urgente contar. Basta por enquanto esclarecer que Flor me pediu para me manter discreto, dentro do livro, enquanto não explicasse em detalhes a seus irmãos minha condição rara.

Hugo insultou o motorista por não ter seguido o melhor caminho. Embaixo do banco tinha um revólver.

"Pra praticar roleta-russa?", Flor perguntou.

"Está ficando perigoso andar por estas estradas." Os policiais são poucos. Os bandidos, armados até os dentes. A gente tem direito de se defender.

No sermão, o padre pediu repouso para a alma daquela santa senhora que havia dedicado a vida à igreja e aos filhos. O cheiro de incenso embriagava os trigêmeos, sentados na primeira fila.

Depois a tristeza aproximou os irmãos Miguel e Hugo, que, em torno do caixão da mãe, pareciam carregar a mesma dor. No momento do abraço que se deram, eu poderia apelidá-los de Castor e Pólux, argonautas filhos de Leda. Ao lado deles, Flor era Alhena, a espada que cortava, ou Geminga, uma estrela de nêutrons. A olho nu, os trigêmeos formavam uma só constelação.

Eu não tinha telescópio para a prova de que eram estrelas distantes uma da outra. Mas tinha audição, que se mostrou suficiente.

Na volta a Brasília, Hugo comentou seus planos de incutir nas crianças o amor à pátria.

"Vou fundar uma rede de escolas. Escolas da Anta. Também jardins da infância: Escolinhas da Anta."

"Escola ou zoológico?", perguntou Flor, acendendo um cigarro.

"A anta é um animal tipicamente nacional", esclareceu Hugo. "E peço que você não fume."

Flor jogou o cigarro pela janela.

"Esse nome você não pode dar. Porque a Escola da Anta foi...", começou a explicar Miguel.

"Se ainda fosse um passarinho ou um animal doméstico...", disse Flor.

"Não posso? Ora, não posso!"

"Não deve. Já ouviu falar em Plínio Salgado? Nos poetas Menotti del Picchia e Cassiano Ricardo?", perguntou Miguel. "Nos anos 1920 lideraram a Escola da Anta, também conhecida como Grupo Anta. Movimento do fascismo à brasileira."

"A minha é diferente. Não é movimento. É escola de verdade. E escolinha para crianças. Maternal, jardim da infância, entendeu?"

"O nacionalismo é mesmo uma doença infantil, como dizia Einstein", alfinetou Miguel. "Então faz sentido transmitir às crianças."

"E por que você é contra o nacionalismo?"

"Porque revela complexo de inferioridade. Depois de Deus, a nação é a ideia que os tiranos mais prezam. Talvez você não saiba o que é o verde-amarelismo."

"Sou mesmo verde-amarelo, se é disso que você me acusa. Vermelho é que não sou. Não sou traidor da pátria como você. Trabalho pelo país, não por cargos. Deus e a bandeira são o meu lema."

"É. A bandeira da direita é a bandeira."

"Gente, este é um momento de luto. Esta discussão não vai levar a nada. Eu sou a primeira a defender a nação, mas a nacionalidade está sempre se reinventando. E não estamos sozinhos no mundo. Se não, para que diplomacia?", disse Flor.

"Você pode definir o que é ser verde-amarelo?", perguntou Miguel a Hugo.

"Sou a favor da liberdade plena de cada brasileiro, como quiser e puder. Que cada um interprete o país através de si mesmo. Somos o que somos. Não estou aqui pra defender conceitos. Sou contra ideologias. Contra todos os ismos."

"Não vá me dizer que é contra o nacionalismo, que você acaba de defender. Ou contra o patriotismo, o cristianismo. Contra o humanismo. Isso é obscurantismo."

"Sou contra retórica rebarbativa. Pronto. O negócio é eliminar os entraves. Depois virá o que virá. O importante é trabalhar. Produzir. Sem preconceitos. Sem lenga-lenga. O trabalho e a produção é que libertam. Enquanto você e seus amigos brigam por palavras, eu realizo coisas concretas. Muito do que vocês veem por aí, feito de alumínio ou de plástico, começou pequenininho nas minhas fábricas. Como vocês sabem, comecei vendendo, depois reciclando, tigelas de plástico e panelas de alumínio."

"É verdade. Por sinal, nojentas", Flor confirmou.

"Flor sabe que você queria que eu financiasse sua campanha. Se eu tivesse feito isso, você estaria mansinho. Fica se exibindo de generoso, mas tudo o que faz é por cálculo e vaidade."

"Sei que você financiou a campanha do Martiniano. Mas nunca pedi um centavo pra minha campanha."

Era a primeira vez que eu ouvia falar em Martiniano, nome que me veio a ser familiar como um político destacado.

"Era pro futuro do país, não é? Não vá me dizer que não queria dinheiro por baixo do pano. Sei qual é a boa causa de vocês. Ainda bem que o espírito humano nos defende e os militares sempre cumpriram seu papel. Braço forte, mão amiga, como no lema do exército. Quando foi preciso, estavam firmes na defesa da democracia."

"Torturando. Matando", disse Miguel.

Flor recordou-se do que sua mãe lhe contava. Em 1970, um colega não tinha a menor ideia de por que havia sido denunciado. Será que até ela podia ser perseguida por desaprovarem suas pulseiras coloridas? Seu vestido indiano?

"Tortura, depende. Se for para salvar o país...", disse Hugo. "Mas isso é o passado. As Forças Armadas são profissionais."

"Pra você a boa causa é ter lucros rápidos", acusou Miguel.

"Como você tem preconceito contra quem faz dinheiro! Pois saiba que precisa de capacidade e tutano, o que falta a você. E por que eu não deveria ter lucros?"

"Mesmo com incêndios para criar pecuária?"

Flor nunca tinha se esquecido — foi o que me disse mais tarde — de um sonho que Hugo lhe havia contado: ele tinha enterrado o filho dela, recém-nascido. Ela temia a inimizade entre o irmão e um filho que àquela altura ela ainda não sabia se jamais teria.

Daniel agora era um adulto, e a relação dela com Hugo já havia sido pior.

"Variou", ela me disse, "segundo o tamanho de minha saia. Quanto menor, maior a raiva dele. Agora está abaixo do joelho."

30
Orelha em pé

Eu estava acomodado à minha nova situação, comportamento comum a velhos diplomatas, com os demais da casa igualmente acomodados a mim. Os demais, digo: Flor, Cássio e Sultão, já que Daniel fazia um curso em Buenos Aires arranjado por Leonor e somente dava as caras nas férias.

Cássio me aceitava como se eu fosse mais um membro da família, um irmão ou talvez amigo íntimo. Às vezes, de madrugada, interrompendo minhas leituras de Horácio, Cervantes ou Erasmo, me convidava para ver filmes.

Num domingo preguiçoso como são os domingos, acordei com a chuva batendo na janela. Lembrei-me de minhas idas ao Passeio Público, que deixei registradas em minhas memórias, de ver do terraço o mar encrespado e raivoso; de ouvir as ondas assustando a terra.

Flor queria sair para tomar o café. Cássio, ainda de pijama, ficar em casa.

"A chuva já vai passar. Podemos ir ao Daniel Briand", ela me disse. "Preciso conversar com o senhor."

Era um café na 104 Norte.

"Agora que meus irmãos já conhecem o senhor, quero lhe pedir um favor. Que o senhor os reconcilie."

Estávamos sentados à mesa, em frente ao que simulava uma entrada de bistrô.

"Eu não seria capaz..."

"O senhor transmite calma... O espírito do senhor está sempre repousado."

Não podia lhe afirmar que mantinha o sangue-frio, característica desejável de um diplomata, porque em verdade não tinha sangue.

"Já expliquei mais de uma vez, não tenho espírito."

"Corpo é que não tem."

"O que seria de mim se corresse sangue em minhas veias?"

"O senhor tem um espírito que não morre. Que faz mais ginásticas do que um ser de carne e osso. Basta pensar nas piruetas lá no ministério. A questão é a seguinte, conselheiro: meus irmãos, envolvidos na campanha eleitoral de lados contrários, estão levando a rivalidade longe demais. Ouço boatos que me deixam preocupada. Coisas impensáveis."

Fiquei de orelha em pé e quis colocar as tais coisas em perspectiva:

"No Rio havia, como aqui, boatos que circulavam de boca em boca durante as campanhas eleitorais. Cresciam, chegavam aos bares e podiam gerar assassinatos."

Estávamos em fevereiro e as eleições teriam lugar em outubro.

"Um suco de laranja, croissant, pain au chocolat e um chá preto, este aqui, indiano", Flor disse ao garçom, apontando para o menu.

Nem sequer perguntou o que eu queria. Sabia que eu não comia nem bebia.

"O que é um governo diante da dimensão do mundo?", perguntei.

"O senhor não entende aonde vamos. Prevejo um desastre."

Por costume estatístico, ela me falou de altas e baixas percentagens e de curvas ascendentes e descendentes.

"Não será nenhuma batalha de Tuiuti, menos ainda de Sedan. Já passei por desastres parecidos", eu lhe disse.

O resultado das muitas eleições que presenciei levou à rua pessoas alegres e deixou em casa outras tantas corroídas por tristeza. Fiquei com minha alegria particular, que para mim valia mais do que as alegrias públicas, ou com minha tristeza discreta, que podia guardar alguma esperança.

Flor não aceitava que seus irmãos tivessem virado a casaca de maneira simétrica. As desavenças se agravavam com sinais trocados.

Imaginei que Miguel, até ontem saquarema, tinha virado luzia, da mesma forma que um velho companheiro meu passou a se considerar desde sempre liberal nas ideias quando o gabinete se tornou liberal, embora antes fosse conservador. Todos eram gatos do mesmo saco. E, quando há um saco de gatos, por que Miguel não caberia nele?

"Existe uma razão", ela me disse. "Miguel é inquieto, revolta-se com o que vê. Hugo, ao contrário, tem tendência a se acomodar ou, quando quer mudança, é para reaver o que julga perdido."

Eu suspeitava que havia também uma razão mais delicada para as desavenças. Até então Hugo não sabia ao certo o que tinha acontecido entre sua mulher e Miguel. Flor me disse que tarde de uma noite havia recebido a visita inesperada de Julieta, que derramava lágrimas no rosto miúdo porque o marido a tinha expulsado de casa.

"Outro chá", ela pediu. "Reconheço que o senhor se afastou demais da história. Que tipo de conselheiro o senhor vem a ser hoje em dia?"

Ao mencionar "hoje em dia", ela me fez refletir. Eu queria compreender por que afinal havia trocado o Rio de Janeiro por Brasília. Queria entender a nova capital federal, eu que havia suposto ser ela uma Petrópolis. Para mim, Petrópolis não era só a cidade de Pedro, era a cidade de todos. Ali eu imaginava que não haveria deposição de gabinete. Era a cidade da paz, das nações, cidade neutra. Brasília poderia ser isso mais do que Petrópolis. Não havia sido concebida para ser uma capital do mundo moderno, uma capital da esperança, segundo Flor me havia dito?

Ledo engano, porém. Não apenas deposição de gabinete, de ministério. Deposição de presidentes, golpes, impeachments, coisas inconcebíveis no Império, à exceção do golpe que varreu o Império. Quando o gabinete perdia o apoio da maioria dos deputados, o imperador convocava novas eleições para o parlamento ou demitia o presidente do conselho de ministros. Então convocava outro, da oposição, que constituía novo governo. Só não digo que era melhor porque o imperador era o mesmo, e os governos foram 32 no Segundo Império.

"Sei que não sou credível, mas depende de para quem", respondi depois dessa divagação.

A mim parecia provável que, mudando o governo mais uma vez, Flor teria novas oportunidades. Poderia se situar melhor na estrutura do ministério, ser promovida e assumir a função de ministra-conselheira numa embaixada. A alternativa seria aceitar o cargo que lhe fosse oferecido em Brasília ou um posto de sacrifício, talvez obtendo um comissionamento.

"Espere seu candidato ganhar."

"Meu candidato? Não há candidato que preste. Mas o senhor não está interessado nisso. Confessa?"

"Interessado em quê? Não conheço os candidatos."

"O que o senhor quer é ver de novo Leonor."

"Combinamos, sim, um encontro tão logo ela chegue."

"Entre a política e as mulheres, o senhor sempre prefere as mulheres."

"Talvez as conheça melhor, porque a política muda mais do que a natureza humana."

"conselheiro, me promete que vai reconciliar meus irmãos?"

"Acho que a senhora, que é sempre jeitosa, seria mais capaz do que eu."

"Se eu fosse santa, seria santa de casa. Nunca conseguiria fazer milagre."

31
Tudo é carnaval

Daí a uma semana, uma sexta-feira de carnaval, eu estava na cozinha, quando entrou de supetão um senhor negro de óculos, cabelos e barba grisalhos.

"Estou reconhecendo o senhor. Quer se passar por Machado de Assis, se parece com ele, mas é apenas o editor M. de A.", protestei.

"Sou o responsável por esta sua história. Fui eu que criei o senhor, conselheiro."

Até ele, um sujeito tão antigo, era partidário das mentiras que circulavam agora com facilidade?

"Eu já existia. E o senhor sabe."

Leonor, que havia estudado o assunto em profundidade, me daria respaldo.

"O senhor me esclareça de uma vez por todas", acrescentei. "Reivindica ser meu criador ou apenas um editor de textos?"

Ficou sem graça, provavelmente reconhecendo seu papel secundário. Não havia sido mais do que meu censor.

"O senhor tem de voltar para o livro e se limitar ao seu papel", quis me intimar.

"Ocorre que estou me deleitando em apreciar a vida cá fora, sem embargo das más surpresas. Não quero ficar restrito a uma trama, nem mesmo a uma linguagem."

"Tudo é carnaval", disse Flor, ao entrar na cozinha, confundindo M. de A. com um folião.

Da discussão que ouvi entre ela e o intruso, valeria a pena extrair dois ou três comentários. Pensando bem, talvez um. Não, melhor, nenhum. Registro apenas a impaciência de M. de A. Vendo que eu não cederia a seu apelo, me fez um aceno com a mão.

"Desejo boa sorte ao senhor, conselheiro Aires. Mas aviso que pode se dar mal", ouvi nitidamente, de novo com a orelha em pé.

Achei que Flor nem sequer havia percebido. Enganei-me, pois ela comentou:

"Não cabe a ele entrar na história por estas alturas. Melhor que não atrapalhe o samba-enredo."

No final da tarde, apesar dos protestos de Cássio, pusemos máscaras, ela e eu, e descemos guiados pelos sons que vinham do Eixão, sons de pratos, pandeiros, tambores e atabaques. Uma banda ensaiava num palco improvisado. Quando chegaram os primeiros foliões fantasiados de antas, jegues, cobras e jabutis, formou-se um cordão. Um negrume era visível no céu, cortado por uma faixa de luz horizontal. Viriam mais chuvas.

Logo nos juntamos aos foliões. Todos me olhavam, admirando minha roupa. Tomavam por fantasia o que era a roupa de sempre, inclusive minhas calças folgadas que desciam afuniladas e as botinas que chegavam ao tornozelo. Não tinha abdicado de meu vestuário esportivo do final do século XIX, de minha bengala nem de meu terno de sarja. Também continuava a usar gravata-borboleta, chapéu de feltro, luvas, relógio de bolso, tudo, portanto, informal.

A dança, os abraços, aquilo era um prazer dos olhos para os velhos quase bicentenários como eu. Já disse antes que este costume de envelhecer é péssimo. Se vocês puderem evitar, que evitem. Aprendi num programa de tevê, sintonizado por Cássio, que seria fácil. Era só se exercitar, trocar órgãos velhos por novos e mudar os DNAs ou sabe-se lá o quê. Qual filósofo disse que a velhice traz vantagens de sabedoria ou experiência? E a dor? As doenças?

"Não envelheça, Flor. Não vale a pena, nem mesmo para ressuscitar mais tarde. Se não puder viver na eterna primavera, encare o inverno seco e as chuvas torrenciais de verão. Já se me foi o prazer dos pés. Resta-me o dos olhos. Se não posso admirar o mar em Botafogo, me acerco do Paranoá. Mas não precisa acreditar em mim. Nenhuma crença serve para a dança. Certamente não para o funk, que tenho ouvido. Nem para as quadrilhas de São João. Muito menos para o frevo. É o que este grupo está dançando? Ou está apenas pulando?"

"É assim que a gente diz: pulando carnaval."

"Ainda dançaria se encontrasse uma boa parceira."

"Fique à vontade, conselheiro. Não serei eu."

Diante de foliões ensandecidos, Flor era acanhada, verde ainda para os meneios de Terpsícore, que me habituei a imaginar com um seio à mostra.

"O senhor está enganado quanto a não envelhecer. Já sinto o peso da idade."

"Se liberte desse peso."

"Como? Subindo num balão?"

Eu lhe repeti uma frase antiga:

"Toda alma livre é imperatriz!"

Ela franziu a testa, descrente.

"Vamos comemorar a extravagância e a feiura", eu disse, com entusiasmo.

"Não sou extravagante."

"A senhora não disse que tudo é carnaval?"

"E o que isso tem a ver?"

"Um colega nosso de profissão dizia, outros horrores vos esperam, a poesia liberta, a música extravagante, o carnaval alucinante. Isso há um século."

"O senhor está falando de vanguarda? Nunca vai voltar. Muito pelo contrário", disse com um muxoxo.

Devo interromper a extravagância do carnaval e introduzir um minuto de silêncio neste relato. Não porque me desinteressasse pelos rumos da conversa e da dança. Nem porque tenha ficado chocado com alguma feiura. É que, ao chegarmos em casa, Flor percebeu que Sultão estava gravemente doente.

Já velho e fraco, não queria comer. A coriza descia do nariz e dos olhos. Cássio mediu a temperatura. Febre alta.

Ainda naquela noite o veterinário diagnosticou rinotraqueíte viral. Gripe de gato. Sultão, apático, se isolava nos fundos da área de serviço.

Prefiro abreviar a comoção de vocês e correr ao resultado, que não tardou: os remédios não conseguiram salvá-lo. Por sugestão de Rubinho, foi enterrado ao lado de Quincas Borba.

32
Sugeri um salmão

Seria eu capaz de colocar minha experiência e qualidades diplomáticas a serviço da missão que Flor me atribuía? Nos meus velhos tempos, aplainava as diferenças entre meus subordinados como faria com filhos, se os tivesse. Somente levantava a voz em discursos, muitos para reconhecer e elogiar. Não era qualidade, vocês não precisam me dizer. Era inevitabilidade, fruto do temperamento.

Eu era cordato, embora esta palavra não exprima todo o meu caráter. Tinha o coração disposto a aceitar, não por inclinação à harmonia; por tédio à controvérsia. Se não concordava, punha minhas opiniões, observações e reflexões críticas por escrito nos meus cadernos. Flor dizia que admirava minha coragem de ser brando e minha arte da nuance mesmo diante da mais feroz agressão.

Mal sabia ela que o desprezo, sempre frio, que eu nutria pelo adversário me custava menos do que uma raiva, que exigia calor e gastava energias. Não era, assim, por modéstia, por desprezo, nem para ser amado que eu concordava com as opiniões alheias. Era por comodidade e economia de esforço. Às vezes nem sequer precisava falar. Bastava um aceno de cabeça, olhar ou silêncio, que também falavam.

Se não ofendia meu interlocutor num debate, nunca era por omissão; era para ser mais persuasivo. Mas era quase sempre impossível convencer o outro, que só se convencia por si mesmo. Valeria a pena questionar quem tinha certeza? Eu procurava ser conciliador, reconhecendo as dificuldades da conciliação entre tribos, famílias, partidos e países. Já seria uma vantagem evitar ou adiar conflitos por meio de uma convivência pacífica ou de um cessar-fogo.

Peço a vocês para perdoar Flor e também a mim por motivos inversos. Não que ela fosse jovem e eu pré-histórico. Quando ela mudava de opinião, era por convicção. Eu, por realismo. Até hoje admiro suas qualidades, maiores do que as minhas; sua crença numa visão de mundo.

Apesar do que acabo de dizer, preciso me contradizer. Não devo glorificar Flor nem lamentar que eu não tivesse suas qualidades. De um século a outro, poucos fatos me mobilizaram emocionalmente. Dizendo de outra forma, pouco mudou de fundamental, e não valia a pena brigar por pouco.

Para que vocês não creiam que evitar brigas seria aceitar o ponto de vista alheio, afirmo que nunca foi fácil me convencer, como ainda não é. Eu disse que mudava de opinião por realismo, mas devo acrescentar que mudava pouco e raramente. Impossível demover minhas convicções de pedra, que eu procurava fundamentar em conhecimento. Silenciava por querer ou por necessidade. Suavizava as palavras. Recusava discordar e usava a melhor estratégia para atingir os resultados viáveis. Aqueles que não queriam me ouvir, que eu sabia de antemão que meus argumentos não convenceriam, que ficassem com suas certezas.

No entanto, que utilidade teria meu conhecimento quando Flor me retirou da letargia? A cada dia ficava menor, e o pouco que restava, em desuso. Que importância teria conhecer a história europeia e descrever as cidades onde vivi?

Suponham que Flor fosse ingênua ao crer em meus poderes de mediação. Suponham que tenha ouvido, de terceiros, versões sobre os irmãos. Suponham que desejo de vingança agravava as rixas entre eles. Terão suposto corretamente, mas não vale a pena contar tudo.

Flor confiava na minha moderação e equilíbrio, qualidades prezadas de um diplomata, para que eu fosse capaz não apenas de reconciliá-la com os irmãos, mas também de reconciliar os irmãos entre si, como se fosse possível conciliar democracia com tirania, estatismo com liberalismo, liberdade com censura, compreensão com preconceito. Não quero com isso dizer que eles ocupassem os extremos desses polos. Sabia apenas que se situavam do lado oposto um do outro.

"Quero evitar o agravamento dessas rixas entre os dois", Flor disse.

"Comece por lhes ensinar boas maneiras."

Eu sabia que era coisa antiga. Mas era o que poderia unir em sua humanidade inimigos ideológicos.

"Preciso do senhor para evitar um fratricídio."

Uma hipótese viajou no convés do navio de um século para outro. Eu tinha sido amado por lados rivais, os gêmeos filhos de Natividade que me interrogavam e, como resposta, ouviam as histórias que eu contava. Flor me dizia que no passado eu havia sido capaz de colocar aqueles inimigos potenciais na mesma mesa e fazê-los apreciar juntos a comida que eu oferecia.

"Dê um jantar e sirva salmão", sugeri. "Terá hoje o mesmo gosto?"

"Boa pergunta, conselheiro. Não deve ter. Salmão agora é de criação em cativeiro. Melhor robalo. Vamos fazer um robalo no papelote."

"Pode ser."

"Peço ao senhor que fique no meu pé do ouvido. Pode me ditar o que devo falar em cada situação. E por favor intervenha na conversa. Quero a opinião sincera do senhor. Sei que o senhor não fala mal de ninguém, mas não seja caridoso. Só não empregue uma linguagem incompreensível. Evite falar por metáforas ou outras formas elegantes."

"Acho que foi o que Leonor também quis me dizer. Mas não sou capaz de me adaptar à gramática e ao vocabulário estranhos de hoje. Sou uma antiguidade."

"Isso pode ser complicado."

Os novos tempos eram selvagens. Cizânia por toda a parte. Até meus modos geravam irritação. Para não

HOMEM DE PAPEL   219

ofender ninguém, eu tinha de me desculpar por falar corretamente.

"Como assim, é difícil falar comigo? Só porque não descambo na rudez e na vulgaridade?"

Se soltava frase em francês, língua da diplomacia, me julgariam pernóstico.

"O que eu vejo..."

"Não sei se o que a senhora vê em mim está na ideia, no gesto ou na palavra. Se não falo mal de ninguém não é por indiferença ou cautela. Nem por caridade. É por ser incapaz de me considerar o umbigo ou o nariz do mundo."

"Demagogia, conselheiro."

Ela tirou o isqueiro da bolsa e acendeu um cigarro. Reconheci o presente que lhe tinha sido dado havia muitos anos por Zeus.

"Não vamos discutir. Aqui está meu conselho de conselheiro: não tente impor seus pontos de vista. Impossível proibi-los de ser o que são. Se eles lhe obedecerem, mudarão de palavras, não de sentimentos. Como a senhora sabe, na diplomacia é contraproducente humilhar ou buscar a vitória. Devemos dar a impressão de que o outro tem razão."

Passei uma vez mais em revista minhas qualidades diplomáticas: ser inteligente, sem vaidade; franco, sem indiscrição; e enérgico, sem arrogância. Não eram essas as recomendações do Conselho de Estado do Império? Paciência não me faltava, e eu me empenharia para que meus comentários fossem construtivos.

Flor quis escolher o melhor momento. Seria quando Daniel viesse de Buenos Aires e a mulher de Hugo,

Julieta, estivesse em viagem. Não seria difícil, ela ia com frequência a Goiânia. Queria evitar o constrangimento de colocá-la na mesma mesa que Miguel. Sabia que Constantina, mulher de Miguel, não poderia em hipótese alguma vir, pois sua saúde se agravava.

A dificuldade maior foi vencer a resistência de Cássio. Cedeu relutantemente diante do argumento da mulher de que eu apaziguaria os ânimos entre os irmãos.

Era missão diplomática delicada. Primeiro tentar fazer as duas partes dialogarem e se possível negociarem. Eu assumiria o papel de um facilitador. Se necessário, ofereceria meus bons ofícios. Frustrada essa tentativa e com anuência das partes, poderia ser um mediador. Creio que já disse, não assinei tratados de comércio ou de paz, não fui nenhum Alexandre de Gusmão, não redesenhei o mapa do Brasil nem mudei por um milímetro suas fronteiras, porém os processos de pacificação não me eram estranhos e eu havia participado de mediações.

Diplomacia requer discernimento. Há que se conhecer bem o terreno em que se pisa, para evitar deslizamentos ou areia movediça. Um dos pré-requisitos para que eu cumprisse a contento minha missão era estar bem-informado sobre os trigêmeos. Apesar do enorme tempo de que dispunha, não consegui investigar em profundidade as origens das tensões entre eles. Mas eu conhecia suas diferenças: o espírito lúcido de Flor, irrequieto de Miguel e conservador de Hugo. Era um bom começo.

33
O sacana me viu nua

Não previ que, dias antes do jantar, Flor aceitaria o convite de Zeus para um fim de semana na casa de Reginaldo em Pirenópolis. Ajudou-a na decisão a sede de vingança. Cássio havia de novo viajado ao Rio, por certo para ver Gabriela.

"Traga o livro", Zeus disse.

A casa tinha uma fachada de estilo colonial, com uma porta central e duas janelas laterais, todas emolduradas em azul. Um corredor distribuía simetricamente quartos à direita e à esquerda, de telhas e vigas aparentes, nenhum com tranca e divididos por meias-paredes que deixavam passar o vento e os sons.

Ficava na rua Direita, em terreno em declive. No fundo estavam um quintal com piscina e jacuzzi e, passando uma cerca, um belo e grande são-bernardo. Do outro lado do muro, uma pequena caminhada levava à ponte pênsil Dona Benta e ao rio das Almas.

Na noite da chegada, uma sexta-feira, Reginaldo fez questão de fotografar o jantar que oferecia, os pratos servidos, os convidados em torno da mesa. Tinha máquina profissional e olho clínico. Havia cerveja e vinho à vontade.

Depois do jantar, houve um ensaio de dança. Mesmo que eu pudesse, não me arriscaria a nada que não fosse valsa. Por pouco tempo e diante de Reginaldo, Flor exibiu suas graças finas em meneios e passos. Depois ficou próxima à janela, bebericando com ele sobre Pirenópolis e as viagens de Saint-Hilaire pela região no século XIX. Por volta de duas da manhã, todos haviam saído. Reginaldo entrou em seu quarto quando ela já estava se desvestindo. Conseguiu se cobrir com o vestido que havia jogado sobre uma cadeira. O pedido de desculpas veio junto com um riso de pouca vergonha.

"Nem sequer bateu na porta", ela me disse. "O sacana me viu nua."

No sábado, após o café da manhã, Reginaldo saiu. O plano era fazer um churrasco. Ia comprar picanha.

Flor e Zeus foram à piscina. Nadaram.

"A água está uma delícia", Flor disse.

Desconversavam, desviando-se das matérias principais, que eram duas, uma antiga e uma nova.

A primeira não precisou de palavras quando passaram à jacuzzi. Estavam apenas os dois e o são-bernardo. Ela sentiu-se feliz, relaxada pela água morna e a visão das árvores no jardim. Respirava ar fresco e puro. Os seios ainda estavam suficientemente rijos para a aventura de tirar o sutiã. Que sensação de liberdade!

HOMEM DE PAPEL

Ele se esticou e, com o dedão do pé direito, começou a acariciá-la entre as pernas. Não sei se foi o deleite ou a temperatura da água que provocaram em Flor uma baixa de pressão. Ele a deitou à beira da jacuzzi e fez massagens nos seus pés, nas suas pernas, nas suas coxas, no pescoço, na cabeça. Deu-lhe um beijo carinhoso na testa. Ela melhorou.

Sentados à beira da piscina, ele levantou a segunda matéria.

"Amanhã acertamos os detalhes."

"Não. Agora", ela exigiu.

"Você pensou no convite?"

"Você nem sequer me disse de que assuntos eu trataria."

"Coordenaria vários, encarregada dos temas sociais e da agenda de costumes."

"Sei. Os temas de Genebra e outros tantos."

"Exatamente."

Passou pela cabeça de Flor que caberia a ela um assunto particularmente espinhoso. Nunca havia se esquecido das consequências do encontro dos dois em Viena e da decisão difícil que havia tomado. Às vezes pensava no que teria sido de sua vida se tivesse tido aquele filho.

"Seria hipocrisia de minha parte defender posições..."

"Você não tem que defender nada. Isso outros farão."

"Mas eu estaria referendando."

"Faz parte do nosso trabalho."

Reginaldo preparou o churrasco, apenas para os

três. À tarde caminharam até a Igreja Matriz de Nossa Senhora do Rosário. Era a primeira visita que Flor fazia à igreja. Admiraram o interior, de um barroco-rococó.

Saíram ao pátio.

"Foi construída em 1728. Saint-Hilaire faz uma descrição desta vista aqui em frente. Não mudou muito", Reginaldo informou.

O calor insuportável fez desistirem de caminhar até a ponte do rio das Almas. Voltaram em passo lento, comentando as fachadas simples e elegantes das casas de um só piso e sentindo-se parte de um mundo tranquilo, que atravessava séculos. Passaram o fim de tarde bebendo caipirinhas à sombra de uma velha e grande mangueira.

À noite, se a relação com Zeus iria a seu máximo ou ficaria no seu mínimo, seria escolha da fortuna, mais do que da virtude. Reginaldo ofereceu um cigarrinho, que ele tragava, e ela recusou. Tomaram um vinho branco. Mais tarde, um bocejo de Flor foi interrompido por palavras amáveis de Zeus. Ela sentia um cansaço gostoso. Ia para a cama.

Zeus entrou no seu quarto quando ela acabava de se deitar. Beijaram-se. Ele levantou a camisola dela.

"Não", ela disse. "Não hoje."

Ele pôs a mão por baixo da camisola. Puxou a calcinha com tanta força que a rasgou e atirou ao chão.

"Eu já disse que não."

Ele levou o torso a sua boca, excitado.

"Eu mordo e você vai se arrepender."

Um flash estourou no seu rosto, ela de camisola ao alto. Reginaldo, nu, se aproximava.

HOMEM DE PAPEL 225

Ela esperneou com força.

Zeus recuou e disputou com Reginaldo a máquina fotográfica sobre a cômoda. Depois expulsou-o do quarto aos murros e chutes.

Flor se vestia e ouvia os barulhos da briga pelo corredor.

Zeus voltou.

"Saia. Saia, seu filho da puta", ela gritou.

Como não suporto gritos, só menciono os primeiros.

Flor tinha sido prudente ao ter vindo no próprio carro, já imaginando voltar antes de Zeus. Só não havia calculado pegar a estrada de madrugada. Pensou em sair sem falar com qualquer dos dois, mas era preciso destruir a foto.

"Quero que ele apague", disse a Zeus.

"Já deletei."

"Traga a máquina."

Ela comprovou que não havia fotos tiradas no quarto. Apagou uma feita a distância, ela e Zeus na jacuzzi.

"Sei que você não quer ficar aqui. Tem toda a razão. Eu sigo você no meu carro."

"Não se atreva. Esta foi a última vez que nos vimos."

Depois de uma hora e meia de viagem numa estrada escura, estava arrependida de não ter também destruído a máquina fotográfica.

Não saíam de sua cabeça as cenas no quarto e a foto de que esperava não ter ficado rastro. Era tão fácil fazer cópias... Não conseguia apagar de sua memória o que havia acontecido numa embaixada. Um funcionário havia seduzido a mulher de um conselheiro e gravado toda a cena. Depois tinha chantageado o marido.

Dessa vez, em Pirenópolis, escândalo não tinha acontecido, porque não existe escândalo quando as únicas testemunhas guardam segredo.

Ainda naquela madrugada Flor ligou para Rubinho. Eram três da manhã quando ele chegou a seu apartamento.

"Entre com um processo. Foi mais do que assédio. Foi tentativa de estupro", ele sugeriu.

"Com que prova? A palavra de um contra a do outro."

Se ela entrasse na justiça, pensei, eu seria testemunha implausível.

"Mas Zeus pode ficar mal na história", retrucou Rubinho.

"Vão perguntar o que eu estava fazendo num fim de semana com ele. Cadê a prova de que fui agredida? O corpo de delito?"

"Aproveite, então. Ele vai ajudar que a mandem pra onde você quiser, pra evitar que você o denuncie."

"Isso, jamais. Você não está falando sério. Depois de tudo o que aconteceu, ainda ser devedora desse filho da puta desgraçado?"

Flor pensou no conselho que Cássio lhe havia dado quando supunha que ela delirava. Fazer análise com quem? Se era para alguém ficar ouvindo sem lhe dar conselhos, já me tinha a seu lado.

Cancelaria o jantar com os irmãos? Mas se estava tudo confirmado...

34
As caras feias ficaram mais feias

Na noite anterior ao jantar, ela rearrumou a sala e o escritório. Horas antes encontrava-se ainda nos preparativos. Colocou uma toalha cearense de rendas sobre a mesa e a melhor prataria, recém-polida. Mudou a posição de uma cadeira e limpou uma pequena mancha no chão próxima a uma das janelas. A comida ficaria por conta de Cássio.

Previamente à chegada dos convidados, ela caminhava de um lado a outro da sala, batendo os sapatos altos e vermelhos sobre o assoalho de madeira.

Ao aviso do porteiro, pôs-se a postos para receber Hugo. Não se viam desde a morte da mãe.

Quando Miguel assomou à porta, Hugo rosnou. Não esperava encontrar o irmão naquele jantar, nem nunca mais.

"Por que não avisou?", perguntou a Flor.

Rubinho desculpou-se pelo atraso de quinze minutos. Um pouco depois chegaram Daniel e Leonor. Ele havia regressado de Buenos Aires no mesmo voo que ela.

Cássio entrou com a bandeja dos drinques. Vi que Flor se serviu de um uísque duplo. Queria relaxar depois de dias de alta tensão.

Deviam ser nove horas quando passamos à mesa ao fundo da mesma sala. Flor colocou Hugo na cabeceira à sua direita. Fez um gesto para que eu ficasse na frente dela.

"Vi um vídeo sobre você no YouTube", Leonor disse a Miguel.

As cenas que viralizaram haviam tido milhares de curtidas, Miguel cumprimentando o público.

"A última vez em que apareceu assim tão popular", Hugo disse.

"Não me desafie ou eu direi por quê", Miguel disparou.

Hugo fez que não ouviu. Dirigiu-se a Daniel, que havia se sentado a meu lado direito, no centro da mesa.

"E você quer aparecer como progressista e amigo de plantas?"

Referia-se a uma postagem no Instagram.

"Nunca reivindiquei ser progressista."

"E por que fica falando em mudança de clima, se não consegue levantar um dedo contra os grileiros e desmatadores?", perguntou seu outro tio, Miguel, em frente a ele, no centro da mesa, ao lado esquerdo de Flor.

"Seja patriota, menino. Pense acima de tudo nos interesses do país", pontificou Hugo.

"Por sorte não estudei na sua Escolinha da Anta. Não sou patriota. Não gosto de hino nem de bandeira", Daniel provocou.

"Então você é um entreguista", replicou Hugo.

"Não sei o que é isso", ironizou.

Achei que ali começaria uma discussão antiga, Samuel Johnson criticando o autoproclamado patriotismo como refúgio dos vilões.

Rubinho elogiou o cuscuz de couve-flor e a salada de folhas nobres.

"Vindo de você, aceito o elogio", disse Cássio, sentado na frente dele, tendo Leonor à sua direita.

"Tolstói era antinacionalista", ousei dizer, sem comer nem beber nada e em sutil defesa de Daniel.

Reconheci a música de fundo. Wagner. Por que me fazer recordar de Tristão e Isolda, aliás, de Fidélia?

Houve uma discussão entre Leonor e Miguel sobre autores russos. O nacionalismo de Dostoiévski não era russo, e sim europeu, ela explicou.

A conversa continuou em Dostoiévski, mas passou a ser sobre religião.

"Se alguém lhe provasse que Cristo estava fora da verdade e que a realidade da verdade excluía Cristo, ele preferia ficar com Cristo e não com a verdade", esclareceu Leonor.

Pensei que eu colhia os bons frutos de minha arte da conversa, que fluía a partir de um breve comentário meu, mas Flor teve outra percepção:

"Religião não é prato para um jantar."

"Podemos deixar para um almoço. Não estamos falando de religião, mas de literatura", Miguel respondeu e continuou:

"Em Dostoiévski o socialismo não tem a ver só com relações de trabalho. É uma questão estética. A forma do ateísmo, que ele refutava", pontificou, acho que para impressionar Leonor.

Disputei a atenção dela:

"Existem socialistas cristãos e de outras religiões. Há quem não se considere religioso e, no entanto, é. As ideias de Platão poderiam estar na base de várias crenças religiosas."

Leonor, na cabeceira do lado oposto ao de Hugo, mordeu a isca:

"A ideia que está em *Os irmãos Karamázov* é que a torre de Babel é uma construção do céu na Terra e não da Terra ao céu."

Eu lhe daria razão mesmo se nada entendesse do que dizia. Neste caso sem saber se ela queria o céu na Terra.

Cássio, com seu silêncio habitual, seguia a conversa com os olhos, que não haviam sido gastos pela leitura de romances. Havia muito tinha parado de ler para ter mais tempo de não fazer nada.

"O conselheiro é sempre cético. Um incrédulo", Leonor disse.

Incrédulo eu já não era, naquele mundo que voltava a tantos credos. Tolerante, professava virtualmente todas as crenças. Quando estava na ativa não acreditava em tanta coisa junta, era inquieto e desconfiado. Mas, se me aposentei, foi justamente para crer na sinceridade dos outros. Que os efetivos desconfiassem! Eu acreditava.

"Espero que você tenha educado Daniel na fé cristã", disse Hugo a Flor.

"Cristo não devia regular bem. Pensava que era Deus. Que Deus eram três, a mãe virgem..."

Ao ouvir estas palavras de Daniel, quase me levantei para pôr as páginas entre as pernas.

"Comporte-se", Flor cortou, enérgica.

"Não vamos abandonar nossas tradições", Hugo disse.

"A maior é a corrupção", contrapôs Daniel.

"Se você não fosse meu sobrinho..."

"Não quero ser parte da sua família."

Para abafar o mal-estar, pareceu a Flor preferível que a conversa voltasse aos irmãos Karamázov:

"O conselheiro entende de literatura."

"Se não entender, a gente o expulsa", falou Miguel em tom jocoso.

"Aqui, especialista em literatura, só Leonor", respondi.

"Comecei lá de baixo, produzindo panelas", disse Hugo, provavelmente como defesa da superioridade das panelas sobre a literatura.

"Que servem para panelaços", emendou Daniel.

"Você não tem modos, rapaz?", Hugo recriminou. E, virando-se para Flor: "Você não deu foi nenhum tipo de educação a ele." E continuou: "Daniel, não me diga que vai à manifestação de amanhã."

"Vou. Evidente. Não dá pra ficar só nas redes sociais."

"De que lado?"

"Não interessa."

Todos sabiam, e cada um tinha uma razão para desaprovar: Flor, porque achava um perigo duas manifestações contrárias, ambas na Esplanada; Hugo, porque sabia que as posições do sobrinho estavam no extremo oposto das suas, e Miguel, porque seu partido tinha resolvido não ir às ruas.

Cássio trouxe o robalo ao molho de maracujá, arroz de coco e farofa de castanha-do-pará com lascas de banana crocantes. Colocou entre o peixe e o arroz o livro de onde eu havia saído.

Chovia. Flor fechou as janelas.

"A culpa dessa situação vocês sabem de quem é", disse Hugo.

"Sabemos. Está do lado contrário ao que você enxerga", respondeu Miguel.

"Vocês nunca vão se entender", disse Flor.

"E o senhor, conselheiro, de que lado está?", me perguntou Miguel.

Que partido eu tomaria? Há pessoas que ajustam sua inclinação política à geografia, como o jovem Tristão de Fidélia: tendo assistido à Comuna na França, era conservador fora da Inglaterra; na Inglaterra, liberal; na Itália, latino. Que seria eu, então, em Brasília? Meu temperamento conservador, como uma vez disse a um amigo, tinha um significado nada político: eu guardava presentes antigos. E, agora, como eu deveria reagir? Deixaria de lado o dever assumido com Flor? Diria o que me viesse à cabeça? Não queria me aborrecer nem aborrecer ninguém.

Já havia passado por situações semelhantes a esta em que Miguel me colocava e sido bem-sucedido. Utilizava táticas que cheguei a citar num romance. Se me perguntavam o que eu pensava, quando eu não pensava nada e sabia o que os outros pensavam, fazia um gesto de três ou quatro sexos, mais precisamente de sexo algum. Não escolhia nenhuma das opiniões entre si discordantes. Entrevia uma média ou dúbia, que contentava a norte, sul, leste e oeste, quiçá a alguma outra orientação, a nordeste ou sudoeste.

Primeiro elogiei o vinho. Embora não fosse francês não estava mau, foi o que meu olfato comprovou. Era da Serra Gaúcha. Eu mesmo servi mais uma rodada e enchi a taça de Flor, já vazia.

"Sou antiquado. E não abraço dogmaticamente nenhuma filosofia", finalmente respondi, achando que ficaria em território, se não neutro, neutralizado por polos opostos.

"Posição sábia", afirmou Leonor.

"Sábia coisa nenhuma. Isso é posição de diplomatas isolados da sociedade. O que eles pensam que são? Devem responder ao povo, que é conservador, religioso, tem apreço à família, é isso que vocês têm que fazer lá fora", Hugo brandiu o garfo com a mão e olhou para Flor. "Depois, o seguinte: não sou mentiroso nem hipócrita. Digo o que penso. Vocês, não."

"Não vamos ter essa discussão agora", Flor respondeu.

"Você continua interessada em direitos humanos?"

Pensei em ensinar a Flor a técnica de dizer "sim" simulando dizer "não". Mas já era tarde.

"Claro", ela confirmou.

"Eu também. Mas direitos humanos de cidadão de bem. Agora, de sujeito que estupra a irmã, a mãe? Que assassina toda uma família? Que mata pra controlar a droga?"

E depois, virando-se para Miguel:

"Para você direitos humanos é defender bandido. Ou preservar índio em museu pra europeu ver. Índio é gente como a gente, entendeu? Também quer evoluir; não ficar feito bicho enjaulado pra antropólogo estudar."

"Alguma vantagem em ser estúpido e se orgulhar disso? Enfie no rabo suas ideias", retrucou Miguel.

"Vou dar de presente um revólver bem bonito a cada um de vocês. Quero assistir ao duelo. Se bem que você, Hugo, não precisa, não é? Já deve ter uma coleção de armas", Flor disse.

Olhando para Hugo e depois para Miguel, repeti palavras que ela reconheceria:

"Não quero cara feia aqui à mesa."

Os dois fizeram caras feias.

"Acordei disposto a rir e quero que vocês riam comigo", acrescentei, com uma piscadela de olho para Flor. Ela certamente se recordava da citação.

As caras feias ficaram mais feias.

35
Quem se mete no meio recebe os disparos

"Vocês são parecidos", continuei. "Se pudessem se olhar no espelho, veriam que são almas gêmeas, uma vestida de branco e outra de amarelo. São estrelas da mesma constelação."

Chegariam à paz dos cemitérios, que é definitiva. Após a destruição mútua, seriam reconciliados no pó. Por isso completei meu raciocínio:

"E quanto aos corpos, a minha previsão é de que um dia acabarão na mesma cova."

A pilhéria tinha pico. Imaginei que viria a distender os ânimos... Afinal, o dito espirituoso — se alguém já não disse, deveria dizer — retira a intransigência às convicções e é a melhor arma da diplomacia.

Imaginei errado, pois ninguém riu, nem sequer sorriu, à exceção de Rubinho.

"É verdade", Flor rompeu o silêncio. "Um dia vão se encontrar na tumba. Também vou me juntar. Se eu chegar antes, até faço a cama de vocês. E, se for o contrário, não deixem de arranjar pra mim um cantinho simpático."

Na mesa de oito a conversa não se fazia envolvendo a todos, apesar dos esforços de Flor. Numa das pontas, com Leonor na cabeceira, Cássio à sua esquerda e Rubinho à sua direita, migrou das artes ao turismo. Leonor se interessou pelo que Rubinho pintava e por suas preferências estéticas. Quis se informar sobre exposições recentes em Brasília. Ele descreveu uma viagem maravilhosa a Buenos Aires. Que cidade... Os cafés, as livrarias, o Teatro Colón... E as novidades, o que ela podia contar? Como Cássio nada sabia de pintura e não se interessou pelas boas-novas de Buenos Aires, Leonor lhe fez perguntas sobre os ajustes no celular, Rubinho a acompanhou na curiosidade, e os avanços da tecnologia animaram a conversa.

Daniel desviava o olhar de seus tios Hugo e Miguel, que trocavam farpas no meu lado da mesa.

Mudei de estratégia. Sempre preferi ouvir a falar. Por isso aprendi a perguntar. Os outros, em geral, se sentiam bem em responder. Quando Flor se levantou para voltar a se servir, consegui lhe sugerir perguntas aos irmãos, não perguntas constrangedoras, mas esclarecedoras e que os fizessem tomar consciência de suas semelhanças. Em diplomacia não era recomendável provocar nem mesmo os inimigos.

"O senhor não acusa ninguém de nada. Apenas faz perguntas?", cochichou.

"Desconfio de minhas percepções. Por isso melhor perguntar do que acusar."

HOMEM DE PAPEL

Ela seguiu à risca meu conselho. Mas, em vez de receber respostas, era ignorada.

"Olha, mudança aqui só com outro impeachment", disse Miguel virando-se para Hugo.

Eu sabia que o mundo era irracional e sobretudo que não caminharia por força da vontade deles.

"Associo seu comportamento com o dos republicanos e a bossa da combatividade", eu disse a Miguel.

"Não me insulte."

Não era para insultá-lo, apenas me recordei do jovem republicano Paulo, gêmeo de Pedro, e filho de minha quase namorada Natividade.

Acrescentei com humildade:

"Reconheço que não ajudo a suas causas."

Eu falava usando regras antigas, quando os solecismos invadiam as falas. Não, eu não gostava de ver caras contrariadas e sabia que nenhuma palavra, nada, as faria mudar de expressão, muito menos de ideia ou sentimento.

Os irmãos de Flor não me escutavam, minha voz abafada por sua exaltação.

"Com que base você fala de impeachment? E num último ano de governo?", perguntou Hugo.

Flor abriu mais uma garrafa de vinho. Era a terceira.

"Vou deixar respirar", disse.

Eu teria de começar a tricotar, fazer costuras, cuidar do artesanato da negociação entre os rivais, que transformavam a mesa num campo de batalha.

Tentei introduzir a prosa parnasiana indo aos gregos, porém as acusações recíprocas entre Hugo e Miguel proliferaram em linguagem adequada à cizânia geral.

Seguiram-se mais rixas, disputas de palavras, finalmente xingamentos que vou omitir.

Naquela hora faria um pacto com Deus. Duvidava que Ele vencesse o diabo com sorrisos, ternura e bons argumentos, mas ainda assim a diplomacia era divina, não diabólica, foi o que pensei, contrariamente a alguns maquiavélicos que pouco leram o clássico florentino.

Porém o diabo, mais poderoso, lançava mão de sua falta de escrúpulos e menosprezava minhas habilidades pacificadoras.

Hugo e Miguel coincidiram no sabor do peixe. Porém foi pacto passageiro. Enganei-me quanto à minha premissa. Nem com boa comida poderíamos digerir a política. Já não era possível, apenas com o decreto de uma panela e tendo como soldado o cozinheiro Cássio, envelopar as disputas no mesmo robalo. Ao contrário de minha prática antiga, o jantar não fazia seu ofício e, portanto, não desfazia tensões.

Todos aceitaram que eu enchesse novamente suas taças, com a exceção de Rubinho.

"Não, já chega", disse.

Eu não contava, porque não bebia.

Esgotados os outros estratagemas, o momento exigia ação. Eu deveria ser assertivo e abandonar minha passividade, porém *surtout pas trop de zèle*, como recomendava Talleyrand. Manteria o tato e a modéstia que a boa negociação requer.

"Não sei quem disse que devemos preservar dois legados da burguesia, embora eu pense que os devamos à aristocracia: o bom gosto e as boas maneiras."

HOMEM DE PAPEL   239

Somente Rubinho, com um aceno de cabeça, aceitou minha tênue exortação.

"conselheiro, o senhor conhece o *Guia de Boas Maneiras* de Marcelino de Carvalho?", me perguntou.

"A burguesia só nos legou desigualdade e miséria", interrompeu Miguel.

Onde estava meu compasso que pudesse alcançar os dois extremos?

"Penso que vocês dois têm posições radicais. Quem sabe, se encontrassem um meio-termo...", sugeri.

Eu sabia que, quando dois lados guerreiam, quem se mete no meio recebe os disparos. Que não é recomendável entrar no ringue do boxe para ser esmurrado e jogado de uma ponta a outra. Mas não me restava remédio senão o de recorrer à arte da mediação, se me permitissem. Dizem que a complacência é uma qualidade minha. Pode ser. Nunca fiz esforço para isso. Dizia minha mãe que eu ficava tranquilo em seu colo, sem chorar para mamar. Apenas meu rosto implorava pelo peito e, na sua ausência, se contentava com uma mamadeira. Na escola, ouvia e tentava compreender os radicais de um lado e de outro, que se digladiavam e acabavam se afeiçoando a mim.

Esqueci de dizer que a calma de Cássio rivalizava com a minha. Ele podia competir comigo também em valores. Nunca tinha lido Voltaire, mas desconfiava de qualquer tipo de radicalismo. No seu espírito, tudo se ajustava. Divergia na medida certa. E seu horror aos extremos explicava que disfarçasse mal sua antipatia pelos irmãos de Flor. Poderia ele me ajudar nos meus propósitos?

"Radicais?", Miguel e Hugo falaram ao mesmo tempo.

"Você é sectário se não aceita radicalismos", disse Hugo.

Terna confusão a minha. Não havia técnica de negociação que pudesse ser aplicada para acalmar os ânimos.

"Sou contra a ditadura gay. Será que isso é ser radical?", continuou Hugo.

Rubinho sentiu o golpe e virou-se para ele com um franzido entre os olhos.

Talvez eu conseguisse levar a conversa da mesa à parede.

Bem em frente, um Ralph Gehre. À direita, na mesma parede, um Galeno. Na parede atrás de mim, um Bia Wouk. Pendurado do teto, um Ana Miguel. Na parede oposta à janela, um Athos pequeno e um Rubinho antigo.

"Quando você pintou este quadro, Rubinho?"

Não ouvi a resposta, porque Hugo, do meu lado, à esquerda, falou mais alto, e não vou sequer reproduzir o que disse. Pus brigas demais nestes últimos minutos. Devia tê-las encurtado, embora pudesse ter acrescentado outras tantas, em torno de mais uma acusação de Miguel a Hugo de ludibriar investidores em seus negócios financeiros.

Um resultado concreto de tanta briga foi que Daniel anunciou:

"Não fico pro café."

"Por quê?", perguntou Flor.

"Tenho um encontro."

Permaneceu mais alguns minutos para comer a cocada queimada com sorvete de tapioca.

Leonor aproveitou a saída de Daniel.

"Você me dá carona?"

"Por que tão cedo, Cinderela?", estranhou Flor. "Ainda não é meia-noite."

Como jantar, engoli sapos. Mas não sairia da mesa. Seria trocar a sala pelo escritório e ouvir as agressões através da parede.

36
Se tivesse que fazer algum reparo, seria o de defender a Lua

Pensei numa nova tática: jogar com mais virulência um contra o outro; metê-los à bulha. Era técnica antiga: dividir para reinar. Quem sabe, com minhas palavras, pudesse destruir um ou outro projeto.

Mas eles tornaram inócua minha técnica. Aumentaram o tom das agressões recíprocas. Enquanto Rubinho e Cássio conversavam numa ponta da mesa, na outra eu ouvia invectivas. Flor abriu uma das janelas e mais vinho. Entrou ar fresco para o calor do debate. Chovia menos.

"Você se considera o maior dos virtuosos, quando sei dos meios para atingir seus objetivos nobres. E fica fazendo demagogia. Aquelas cenas na rua, que a professora que saiu ficou elogiando, foram antes das denúncias do Ministério Público", acusou Hugo.

Rubinho sentia-se constrangido com a discussão. Suas pernas balançavam sob a mesa.

Hugo continuava:

"Quantas bocas você alimenta? Nenhuma. Sabe quantas famílias dependem de minhas empresas, de minhas fazendas? Mais de mil."

"Você as explora."

"Não sou nenhuma Madre Teresa de Calcutá, mas nunca participei de surubas com gente do governo."

"Não venha com acusação mentirosa na frente de estranhos."

"O conselheiro não é estranho. Muito menos Rubinho."

Hugo e Miguel dispunham de argumentos e de tempo para argumentar. Concordavam apenas na ira de um pelo outro e no uso de expressões chulas.

Já eu só tinha um argumento: não valia a pena discutir. Não podia, porém, alegar que a vida fosse curta para se perder com tais insultos, se a minha aspirava à eternidade, mesmo que num fundo de biblioteca. Contrariar convicções não levava a nada, a não ser a descompor ainda mais o rosto do oponente. E não aprecio rostos descompostos.

Pensei em dar aos irmãos de Flor um exemplo histórico de política de conciliação:

"O marquês do Paraná foi responsável pelo gabinete misto liberal-conservador. Os dois lados deixaram as brigas para trabalhar pelo país. Houve estabilidade política. Construíram pontes…"

Não ouviam. Se ouvissem, não entenderiam. Se entendessem, me desprezariam.

"É por causa de gente como o senhor, sempre disposta a acomodar, que as coisas não avançam", Hugo falou.

"O senhor é puramente livresco", disse Miguel, no centro da mesa.

"Um homem de papel", completou Hugo.

"Isso não posso negar", respondi, contrariado.

"Ou o senhor toma um partido ou melhor desaparecer de nossa vista", exigiu Hugo.

"Ele nunca toma mesmo partido", confirmou Miguel.

"Melhor sumir, é o que digo", repetiu Hugo.

"Até certo ponto meus irmãos têm razão, conselheiro. Há momentos em que não dá pra ficar neutro", Flor pronunciou-se. "Qual partido o senhor toma?"

Por que me fazer essa cobrança, se havia me convidado para conciliar lados contrários? Se eu fosse poeta, faria um poema ao melhor partido, o do amor. Orgulhoso de minha habilidade de escapar de uma emboscada, ousei responder em prosa:

"O partido do diálogo, que a senhora também preza."

Pela segunda vez os trigêmeos chegaram a um acordo. Reprovaram meu comportamento e aprovaram por unanimidade uma segunda rodada de cocada queimada com sorvete de tapioca.

"Obrigado, gente, pelos cumprimentos", disse Cássio.

Eu não podia estar acima de ninguém nem de nada. Aceitei que os trigêmeos me desgabassem e, assim, descontassem os excessos de admiração que eu havia recebido de Flor ao longo dos anos.

Fui bem-sucedido na minha tentativa de uni-los. Não pelo entendimento. Nem através de uma dor comum. Muito menos do amor. Uniram-se contra mim por não tomar partido, não esbravejar contra os oponentes, emitir opiniões médias ou dúbias ou permanecer calado.

Minha crítica mansa e delicada não era compreendida. Teria sido melhor uma crítica explícita? Preferia continuar do meu jeito, mesmo incompreendido. Quem sabe, um dia algum ouvinte conseguisse captar meus silêncios cheios de significado. Concebia minha fórmula de acomodação como uma pílula medicinal que, se não sarava o enfermo, podia evitar que morresse; uma droga às vezes amarga, engolida com açúcar.

Eu havia engolido meu tempo; meus desejos antigos; o que meu velho cozinheiro punha na comida, mesmo sem que eu soubesse. Os méritos não eram meus. Atribuam às cidades onde vivi e aos defuntos que falavam comigo.

"Onde já se viu ficar sempre concordando com um e com outro?", disse Hugo.

"Se o livro está sendo incômodo... O que você acha, Flor?", perguntou Miguel.

Flor desaprovava minha falta de reação, eu fora do livro e da linha. Julgou malévolo meu sorriso.

"Não diga nada, conselheiro. Se o senhor vai defender que durante o Império..."

Comprovei que eu havia perdido o direito à opinião. E, se me repetisse, minhas ideias seriam consideradas retrógradas. Como atenuante, Flor continuava me chamando de senhor.

"Ele é como um fotógrafo que faz flagrantes", disse aos irmãos com uma voz grogue. "Depois de tudo o que ouviu, terá razão para fazer acusações muito sérias a vocês. E não é apenas ele. O próprio livro recolhe informações."

"E como este livro tem servido a você?", Miguel quis saber.

Achei que agora ela ia me defender.

"Para ser franca, tem sido inútil."

Não havia dúvida, eu a havia levado por caminhos imprestáveis para seus desígnios artísticos ou profissionais. Ou seja, era, como ainda sou, inútil. Disso vocês sabem, sou a inutilidade acabada.

"Infelizmente o conselheiro anda no mundo da Lua!", Flor me acusou.

Se tivesse que fazer algum reparo, seria o de defender a Lua, que nada ficava a dever à própria Terra. As palavras de Flor eram certas, eu não era deste mundo marcado pela acrimônia. Estava num fim de mundo, de onde via tudo, inclusive as vezes em que tinha vivido na cabeça de muita gente, como agora na dela. Quando reaparecia, me olhava num espelho e levava um susto. Nem sempre conseguia me lembrar de mim. Quando me lembrava e era o que era, não dizia nada de novo. O que não era ressignificação era plágio.

"Então você não precisa dele. Eu, muito menos. O cara mais do que atrapalha. Não só tem preguiça mental. É perigoso", falou Hugo.

Os livros sempre haviam sido considerados perigosos. Em regimes autoritários era a regra. Não haveria exceção agora.

Eu não era apenas incômodo. Era indesejável. Hugo tentou me segurar e me levar para o aparador. Desisti de resistir. Aproveitei o impulso e transportei-me para a portada do livro. Assim me refugiaria nele.

Tentei me fechar e me proteger de sua ira incontida, apertado por baixo da capa. Tremi. As folhas farfalharam e deixaram entrar o frio pela lombada. Nem sequer movi a boca entreaberta, à espera de que me viessem palavras.

Ele primeiro apertou as folhas do livro, como se o fechasse para sempre. Tentou me sufocar, espremendo-me embaixo da capa. Nem Miguel nem Flor vieram em meu socorro. Miguel, creio, por compartilhar intimamente o temor de que eu oferecesse algum perigo. Flor, por sentir-se esmorecida. A pouca energia que lhe havia restado depois dos acontecimentos de Pirenópolis acabava de ser roubada pelo vinho.

Ouvi um barulho que vinha de dentro. Estariam os outros personagens festejando meu retorno? Não era suficiente para Hugo que eu desaparecesse de sua vista. Tentou rasgar minha própria pele, tão fina e frágil. Senti-me desfeito em pedaços. Apesar de tudo, consegui me recompor. Continuava no meu papel.

Pior do que torcer por um time ou ter alguma outra paixão é querer eliminar um personagem de ficção numa era de extremos. Aquele era meu lugar de fala, o dos homens fictícios. Eu não admitia que me eliminassem nem falassem por mim.

Hugo se despediu, certo de que eu havia desaparecido. Pouco tempo depois, Miguel também saiu. Rubinho

HOMEM DE PAPEL

e Cássio conversavam na cozinha. Flor, ainda à mesa, tomando goles de um licor, batia ritmadamente os saltos de seus sapatos vermelhos sobre o chão de madeira.

Resolvi pôr a cabeça para fora. Ela se assustou. No entanto, não fez menção de me empurrar para dentro do livro.

"O problema é que o senhor é frio, sem empatia nem emoções."

Para que discordar, a não ser pelo prazer de chateá-la?

"E é culpado de embebedar os dois."

Assumi a culpa:

"Os três."

Sentei-me no aparador.

"Me interessei pelo senhor porque o senhor era meu contrário. Hoje vejo que não era vantagem. Diplomata não é isso, conselheiro. Tem que dar, sim, murro na mesa, contradizer, discutir, defender a ferro e fogo seus pontos de vista."

Preferi aceitar a opinião para evitar a controvérsia.

"Nisso Zeus tinha razão. Mas o senhor também foi o culpado por me levar àquele cretino."

Minha delicadeza era falsa. Minha tolerância, hipocrisia.

"O senhor não reage contra quem o agride. Que lição quer passar para a humanidade?"

"Não tenho essa pretensão."

Se eu não abreviasse o que vou contar, ocuparia meia hora do tempo de vocês, igual ao de Cássio e Rubinho a lavarem os pratos e arrumarem as coisas na cozinha.

"Ou o senhor já não é mais o mesmo ou não está mais na moda."

Digo a vocês, descontados os cabelos a menos, os brancos a mais e as rugas do pescoço, eu não tinha mudado e por isso nunca estava na moda. "Tudo são modas neste mundo, exceto as estrelas e eu", assim escrevi no meu *Memorial.* Mantinha, em pleno século XXI, até mesmo meus bigodes de pontas finas e agudas.

"Insensível", me acusou.

Nem sei se pronunciou a palavra "insensível", mas o total do que me disse deu naquela palavra. E o que eu devia responder? Não era terno e tampouco frio.

Até mesmo porque ela havia me mandado calar, não quis provar que estivesse errada. Na maior parte de nossa convivência eu havia me limitado a apresentar palavras em preto sobre uma página em branco. Agora poderia ter reagido de outras formas, mas preferi me manter inerte.

37
Firme mesmo era o patamar da janela

Não é que eu fosse incapaz de reagir com mau humor. Mas o mau humor era em geral de manhã. De noite eu estava bem-disposto, sem razão para discordâncias. Opinei com circunlóquios, nos quais pinguei palavras obscuras. Fitei os olhos no ar, como quem busca uma lembrança. Uma baforada de cachimbo poderia ajudar o acordo, mas eu não tinha cachimbo. Encontrando-o na lembrança, arredondei-o com meus pareceres obsoletos. Hoje vejo que exagerei na dose desses recursos formais, que irritaram sobremaneira Flor.

"Ai, que raiva!"

"Calma", interrompeu Cássio, entrando na sala.

"Você mesmo me disse para fechar de vez o livro, e o conselheiro ia desaparecer. Foi o que Hugo tentou."

"Ocorre que não quero mais desaparecer", falei calmamente.

"Bebeu demais", Cássio disse a Flor. "Vamos dormir. Rubinho já foi. Viu que você estava tensa e deixou um abraço."

Tive meia hora de sossego, até que Flor voltou:

"O senhor me transformou no que sou. Foi o senhor que fez minha cabeça."

Eu tinha sido culpado do ridículo de suas entrevistas de televisão, disse. Por causa de minha leniência ela tinha deixado Daniel passar uma temporada em Buenos Aires. Como resultado, ele estava viciado em drogas e em Leonor. Todos os meus conselhos tinham levado a fracassos: nos escritos, no casamento, na relação com Zeus e na profissão. Agora, em vez de ter feito a paz entre os irmãos, eu havia concorrido para a guerra.

Minha serenidade queria desculpá-la. Um colega meu, Oliveira Lima, dizia que os ministérios e salões haviam roubado minha espontaneidade, mas eu havia conservado meu senso comum. Não desconfiava que ele passaria a ser fora do comum. Eu me mostrava egoísta por não me sacrificar e caridoso por não sacrificar os outros.

"É o momento de nos separarmos para sempre, conselheiro. Triste, por um lado. Por outro, um alívio tanto para o senhor quanto para mim. Não vou mais chateá--lo. Assim evito ter de explicar supostas alucinações e corto o único elo que ainda podia me prender a Zeus."

Eu sobreviveria se Flor fosse sensata e se, por exemplo, não quisesse me incendiar.

Queria. Mostrou-me o isqueiro.

Julguei que me queimaria num auto de fé. Eu morreria carbonizado. Afinal, tudo não passava de palavras e de papel. Não haveria saída possível. Seria o fim da história.

Por que eu haveria de ter medo, se poderia renascer noutras páginas, noutros livros, para outros leitores? Outros tantos de mim sobreviveriam. Pois eu não era apenas trezentos, trezentos e cinquenta. Era milhares espalhados pelo mundo, um de mim não apenas em cada livro, mas também em cada cabeça de leitor. Outros de mim começariam a pulular por toda parte e a se pronunciar em distintos recantos do mundo.

Mas, naquele momento, tive de reconhecer, o que importava para mim era o livro de Flor. Bastaria me libertar daquele exemplar. Afinal era aquele, e não outro, que estava ameaçado pelo fogo.

"O senhor é o próprio mal, com esse seu desejo de concórdia, essa tolerância, essa ausência de partido", afirmou.

"Eu concordaria se...", comecei a ensaiar uma frase, quase pedindo licença para falar.

"Ora, vá pro inferno, conselheiro."

Eu havia prometido duas vezes a ela que a acompanharia ao inferno. Mas ela já não estava interessada em fazer a viagem, fosse sozinha, fosse comigo. Quanto a mim, eu não precisava viajar. O inferno havia se instalado naquela sala e, portanto, eu estava nele.

Não imaginem que minto ao dizer que julgava, ainda assim, não valer a pena brigar. Não é presunção repetir que o que o berço dá só a cova tira. Se vocês veem nisso vício, podem me aplicar o verso de Dante que alguma vez devo ter usado como epígrafe e concluir que meu lugar era mesmo o inferno: *Dico, che quando l'anima mal nata...*

Daniel entrou na sala, e, flagrando o isqueiro sobre o livro, retirou-o brava e furiosamente das mãos de Flor. A fumaça chegou a minhas páginas e talvez tenha alterado minhas percepções.

Que eu desaparecesse daquele inferno era a vontade do Destino. Vou chamá-lo assim, Destino. O nome tem ar fixo e definitivo. Ao cabo, rima com divino e poupa-me de cogitações políticas.

Não digo que eu estivesse pisando em terreno firme, mas a questão religiosa era menos pantanosa do que a política. Pensando bem, melhor fugir também da questão religiosa. Firme mesmo era o patamar da janela. Apoiei-me nele e pulei, não sem antes pôr um charuto no bolso, fictício, claro. Flor e Daniel correram à janela quando eu já desaparecia lá embaixo.

Não é de hoje que fujo de questões religiosas. No século XIX, me escondia do confessor, embaixo da cama ou nos desvãos da casa. As práticas religiosas já eram canseiras da vida. Nas minhas primeiras confissões, o padre me absolvia tão logo eu me ajoelhava. Os pecados que fui juntando me foram perdoados na época do casamento, que, como vocês sabem, durou pouco.

Eu me casaria de novo. Se a noiva exigisse, aceitaria que fosse na igreja e até me converteria a um deus diferente do destino ou da natureza. Noiva? Que mulher ia querer se casar no papel com um homem de papel?

Andei até a 212 Sul e dormi embaixo do bloco E. Quando clareou o dia, vi que minha roupa não havia se amassado. Acordei cedo, ao contrário do hábito adquirido. Por preguiça ou falta de disciplina, desde a aposentadoria não tinha hora para dormir nem acordar, sem falar de que mais tarde eu havia passado anos adormecido.

Como vocês sabem, havia muito eu trocara a praia do Flamengo pela quadra onde morava Flor; minha casa do Catete por um apartamento com vista para mangueiras; e as viagens a Petrópolis por outras, a Pirenópolis, onde passei a encontrar, como antigamente, membros do corpo diplomático. Se me vissem, achariam que decaí. Eu não achava nada, aceitava as mudanças, até a mudança do clima, que talvez viesse a acabar com o mundo, como previu São João na ilha de Patmos.

Agora eu podia explorar a geografia de Brasília sem a ajuda de Flor. Embora com milhões de habitantes, a cidade, como eu a via, era pequena, como tinha sido meu Rio de Janeiro, com a vantagem de ser cidade rural. Não quero dizer com isso que fosse como uma grande fazenda, nem que houvesse cancelas e cercas. Estas haviam sido substituídas por fileiras de arbustos baixos que se podiam pular. Pulei vários naquela manhã.

Andava-se por baixo dos prédios para se proteger da chuva ou do sol. Dizem que somente aqui. Flor fazia isso com frequência na minha companhia. Agora era minha vez de percorrer sozinho esses vãos do abecedário de prédios.

Também talvez como em poucas cidades era preciso atravessar imensas áreas verdes para ir de um prédio a outro. Foi o que fiz.

Conheci tantas terras e tantas mulheres para acabar sozinho na vastidão daquele Planalto Central. Não sentia abandono. Apenas cansaço. Um incômodo que vinha de longe, não culpo Brasília nem os incidentes da noite anterior por isso. Já no Rio, não era suficiente jantar com minha irmã Rita a cada quinta-feira; nem passear à noite pelas ruas do Catete ou pelas praias, coisa hoje impensável por razões de segurança. Nem mesmo ficar horas a ler e reler. Eu me dedicava a escrever meu *Memorial* ou a rever o que havia escrito. Sempre surgiam cenas novas, das ocasiões as mais diversas, de enterros a recepções diplomáticas, e algumas motivadas por sonhos.

Embora cansado, eu estava disposto a seguir caminhando, aprendendo as novidades da cidade. Se no Rio apreciava percorrer as ruas estreitas e velhas, aqui admirava as perspectivas largas. Andei mundo afora, provando o que cada lugar podia oferecer. Por que não fazer o mesmo em Brasília? Não exigiria da paisagem que me mostrasse morros, o mar de Copacabana ou o mato da Tijuca. Caminhei por entre quadras a esmo, passei por um posto de gasolina e atravessei o Eixinho em duas ocasiões, sem medo de ser atropelado.

Tomei um ônibus na parada da 210 Sul. Embora estivesse lotado, eu não ocupava lugar. Podia me movimentar para a frente e para trás sem incomodar ninguém.

Quando cheguei à rodoviária, subi as escadas ruminando ideias velhas e novas. Passei por uma banca de jornais na ponta da rodoviária, entre o Venâncio e o Conjunto Nacional. Ali ouvi conversas.

"Vão pacificar. Trabalham nas horas vagas."

"Policial que se junta para matar."

"Milícia vende todo tipo de serviços."

"É mais lá, no Rio."

"Polícia mineira também, me desculpe."

"Este é um país de bandidos."

Ainda ao lado da banca, ouvi mais palavras soltas e opiniões desencontradas: vai ser preso, voto nele, não tem culpa, outro impeachment, golpe.

38
Meu reino por um charuto

Eu não precisava acreditar em qualquer das versões. Vivia-se de notícias falsas, transformadas em objetivo da política. Era aceitável morrer por uma mentira, não por uma verdade. Todos acreditavam na política midiática, cada um com seu robô. Havia prazer em recorrer à técnica de ampliar ou retirar do contexto fatos, palavras, fotografias ou filmes; espalhar boatos de qualquer fonte, desde que estivessem do lado considerado certo.

Na minha juventude eu havia presenciado coisa semelhante. A distorção e a amplificação se faziam gradualmente na passagem da notícia de boca em boca. A mentira repetida tornava-se aceita. A convicção se transformava em verdade para quem acreditava. "Convence--te de uma ideia, e morrerás por ela", eu mesmo havia escrito. Eu dizia que toda notícia crescia pelo menos de dois terços. Agora, podia crescer milhões de vezes, e mentiras aceitas por milhões de pessoas viravam verdades. Assim, havia milhões de verdades em conflito umas com outras.

"O senhor, o que pensa?", me perguntou o jornaleiro.

Num mundo que já não era meu, eu podia opinar em liberdade. Estava ali por acidente. Não precisava medir palavras. Não tinha nada a perder nem a ganhar. Depois do jogo jogado, minha reputação não estava em jogo.

"Um golpe", respondeu atrás de mim e por mim um senhor engravatado, de terno preto e malcuidado.

Tinha uns cinquenta anos e cabelo pintado de acaju. Levava um jornal debaixo do braço e uma pasta na mão. Achei que tinha jeito de funcionário público e vim mais tarde a saber que trabalhava no Ministério da Saúde.

"Sim, dado por Deodoro", confirmei, distraído.

Pensei em Deodoro, claro, que dera o golpe. Associei as discussões na rodoviária aos ruídos que ouvi no Passeio Público no 15 de novembro de 1889, palavras igualmente soltas, batalhões, campo, ministério… Naquele dia almocei lendo Xenofonte, como deixei registrado. Li em grego e aqui repito minha tradução: "Considerava eu um dia quantas repúblicas têm sido derribadas por cidadãos que desejam outra espécie de governo, e quantas monarquias e oligarquias são destruídas pela sublevação dos povos; e de quantos sobem ao poder uns são depressa derribados, outros, se duram, são admirados por hábeis e felizes…". A tese, como afirmei há bem mais de um século, era a de que o homem é difícil de governar, tese que Ciro negou ao governar milhões, sendo temido e amado.

Pensei no Itamaraty iluminado naquela noite confusa. Para mim o golpe contra o imperador veio como surpresa. Eu tinha ouvido pelas ruas o boato de que três ministros haviam sido mortos. Dei o desconto padrão de pelo menos dois terços e acertei que apenas um havia sido ferido.

Continuei dando descontos. O imperador com certeza chegaria de Petrópolis. Para evitar uma mudança de regime, promoveria uma mudança de pessoas. Ou seja, como tantas outras vezes eu assistiria à queda de um gabinete.

"Deodoro? O que você quer dizer?"

"Foi o maior responsável pelo golpe que instaurou a República."

Pensei sobre o fim da Monarquia, como voltava a pensar agora: que tudo seria o mesmo, o comércio, os bancos... Como mudar de roupa sem trocar a pele.

"Mas eu não sou contra a República. O que quero é mais República. Temos todos de ter comportamentos republicanos."

Por que não seria melhor um comportamento monarquista?

Vendo o movimento de gente a chegar para o trabalho, fomos, eu e o senhor engravatado, até a uma ponta do viaduto olhar de cima a Esplanada dos Ministérios naquelas primeiras horas da manhã. Formavam-se multidões de um lado e de outro.

"Não dá pra ficar só nas redes sociais", Daniel havia dito.

"O governo não faz nada. Não podíamos ter chegado a este ponto. Só uma revolução", afirmou o senhor que me acompanhava.

Eu já tinha gastado havia muito minha indignação e minha revolta, para não falar de minhas ambições.

"Como o senhor se chama?", perguntou.

"Aires."

E o senhor?

"André Maria."

Já disse isso, nenhuma revolução se fazia como simples passagem de uma sala a outra, embora às vezes alguns cômodos ficassem intocados. Ilusão aquela de que o tempo podia ser cortado por uma faca amolada; de que o passado podia ser desvestido e enterrado sem risco de reaparecer de vestido novo. Enquanto alguns eram levados pelo redemoinho, outros se concentravam em seus umbigos. Que preço a pagar pelas miragens do Eldorado?

"Há coisas que não dependem de ninguém. O aumento da população muda todos os cálculos. Uma pandemia... Já isso de cair e subir governo depende da gente. O que o senhor acha que pode acontecer?"

Eu havia assistido a rebeliões, combates, ouvido discursos inflamados, presenciado prisões injustas, testemunhado paixões e ódios tantos, que nada poderia ser novidade.

Contemplei a vista. Não era a enseada de Botafogo, e ainda assim a paisagem me agradava. Olhei o gramado verde e, ao fundo, as colinas diáfanas sobre o lago Paranoá.

"O senhor já assistiu a uma crise como esta?", perguntou o senhor André Maria, que por alguma razão simpatizou comigo.

"Como não? Vivi o encilhamento."

Haviam manipulado sonhos e produções imaginárias. Prometiam que a lã de carneiro do Paraná vestiria a América e a Europa. O dinheiro era elevado ao cubo, estourava nas bolsas, depois se dividia e no fim se evaporava, deixando como rastro a miséria de muitos. Pensei em Hugo. Eu sabia que ele tinha aplicado fortunas em ilusões atrativas para investidores que perderam tudo, quando ele se salvou com quase tudo. Quando ia a Goiânia, conduzido pelo motorista educado e diligente que eu havia conhecido, evitava se encontrar com os amigos de infância e cruzar com olhares conhecidos. Na sua juventude, os proprietários de terra lhe torciam o nariz por considerarem ilícitos os negócios de seu pai. Agora, uma fachada o fazia recordar uma moça rica e inabordável, de cuja porta um desses orgulhosos proprietários saía, disposto a cumprimentá-lo.

"O dinheiro brotava do chão ou caía do céu", acrescentei.

"Vimos isso na construção de Brasília. Surgia do nada para depois ser comido pela inflação."

O vozerio da multidão lá embaixo me trazia outro, maior. Não estava com os olhos na Catedral, ali à minha direita, nem no Teatro Nacional, à esquerda, nem no Palácio do Congresso, no centro à minha frente. Minha alma e meus ouvidos se transportaram para Caracas, onde fui adido de legação. Havia deixado Carmen num comentário de minhas memórias que quis trazer de volta, pois preferia me refugiar em vozerio antigo, sem gás lacrimogêneo nem balas de borracha. Eu rememorava o encontro com Carmen, uma sevilhana, seus gestos a ajeitar as ligas, compor as saias e cravar o pente no cabelo. Sentia seus beijos e cheirava seu perfume. Era chistosa e garrida, como se dizia.

Nenhuma ascensão ou queda de governo, nenhum impeachment, nenhum golpe, nenhuma revolução valiam mais do que o sorriso de Carmen.

Depois de tantas décadas, até vi com Cássio um filme pornô, imaginando que eram de Carmen a saia plissada, os joelhos, a boca, as mãos, o arqueado do corpo, o revirar dos olhos, os gemidos e as posições que não descrevo para não parecer grosseiro.

Vocês me desculpem se me repito:

"Que rumor é este?", perguntava a Carmen, entre carícias.

"Não se assuste, amigo meu; é o governo que cai."

"Ouço aclamações..."

"Então é o governo que sobe", ela dizia com experiência política.

Descemos, eu e meu novo amigo, por um caminho de terra ao lado do Teatro Nacional e atravessamos o Eixo Monumental. Passamos pela Catedral, de colunas mais funcionais do que a torre da Matriz da Glória.

Havia um muro no meio da Esplanada.

"Para filtrar arremessos e xingamentos", me explicou o senhor André Maria.

Apesar do barulho, eu ainda ouvia a melodia que Carmen cantava:

HOMEM DE PAPEL

Tienen las sevillanas
En la mantilla
Un letrero que dice:
¡Viva Sevilla!

Olhei os letreiros. Não davam vivas nem estavam na mantilha. Eram exibidos por um grupo de jovens em faixas e cartazes. Policiais se enfileiravam dos dois lados do muro erguido no meio da Esplanada. Outros tantos, a postos em frente aos ministérios.

Quase arrepiei caminho. Mas eu tinha que encarar o presente. Conhecer as novidades da cidade. Fui cozinhando apreensão sob o sol inclemente, cuja luz avivava as cores. O verde estremecia nas árvores. Quando a grama se tornasse amarela não mudaria a beleza daqueles prédios. Às vezes é a obra dos homens que estraga a paisagem. Noutras a paisagem é obra humana. Aqui os arquitetos haviam melhorado a natureza. Mas eu trocaria tudo aquilo por um charuto.

"Meu reino por um charuto!", disse.

André Maria fez cara de crítica e interrogação. Não me ofereceu sequer um cigarro.

Acerquei-me de uma discussão acalorada numa roda de dois rapazes e três moças. Queixavam-se de que o governo estava cheio disso e daquilo, que havia guerrinhas intestinas. Não ouviu o que disse o tal ministro que renunciou?

"Os militares...", um falou.

Seria de novo a questão militar, um conflito de generais e ministros? Não podia ser, eu já não estava em

1883 e não havia um novo projeto obrigando os militares a contribuir para o montepio.

"Entram na política por incompetência dos civis", disse o senhor André Maria.

Eu não tinha uma solução, mas tinha um celular. Tirei-o do bolso para filmar a polêmica. Logo os cinco jovens mudaram de tom. A roda se desfez. Até o senhor André Maria virou-me as costas.

"Passa o celular", me ordenou um rapaz troncudo, de brilhantina no cabelo, voz e bigode finos, ao tentar pressionar a enorme pedra de seu anel sobre minha barriga. Pela cor, um rubi.

Diante de minha recusa, enfiou um canivete no meu ventre.

Não sangrei, nem sequer senti qualquer coisa.

"Desta vez ainda não morri", eu lhe disse.

"Me passa o celular", repetiu.

Coloquei com calma o celular no bolso.

Ele me enfiou de novo o canivete. Como não me fazia qualquer efeito, olhou-me assustado antes de sair em disparada.

O senhor André Maria já não estava a meu lado. Na certa não quis se envolver em complicações.

Mais adiante, na frente do Itamaraty, admirei o Meteoro que, Flor havia me explicado, simbolizava com blocos de mármore o diálogo entre os continentes.

39
O animal quase pisou no meu pé

Os manifestantes começavam a se dispersar quando, num bloqueio de policiais, me apresentei ao que aparentava ter maior autoridade:

"Sou o conselheiro Aires e tenho um encontro com o presidente..."

Meu encontro era com uma escultura, a de JK. Sem me deixar concluir a frase, ele me considerou idôneo o suficiente, ali JK mandava.

Caminhei até a praça dos Três Poderes. Fiquei no meio da praça observando a cabeça de JK, presa a um monumento horizontal e refletida num espelho d'água. Após alguns minutos ela fechou e abriu os olhos lentamente. A boca articulava frases que eu não conseguia ouvir. O rosto sorriu com um sorriso que parecia o de Sultão. Estaria eu sonhando? Aquela escultura tentava, como eu, sair de sua realidade postiça? Eu não tinha comido nada, mas comida não me fazia falta. Não era, portanto, a fome que me causava alucinação. Cansado, isso sim, estava ainda mais. Era com certeza o cansaço, havia caminhado durante todo o dia. Segui até o monumento. Poderia me esticar embaixo dele.

Acordei no dia seguinte com o sol sobre meu rosto e um vulto na minha frente. Fechei os olhos. Apalpei meu corpo para ter certeza de que existia. Ao abrir os olhos, o animal continuava ali. Parecia me interrogar. Seria um hipopótamo? Seria capaz de falar? Poderia ele me explicar a origem dos séculos ou pelo menos a minha? Tudo era possível, até mesmo que aquele animal tivesse existido antes da criação do mundo, pois, se o sol e as estrelas foram criados no quarto dia, enquanto a luz no primeiro, por que não seria possível que aquele ser estranho tivesse sido concebido antes do mundo? Que ele me explicasse o mistério de que somos feitos.

Tinha uns dois metros de comprimento, um de altura, pelo cinzento, cascos de boi, orelhas de cavalo e uma cauda curta. Seu focinho de porco, quando movido de um lado para o outro, parecia uma pequena tromba de elefante.

O animal quase pisou no meu pé com uma de suas patas dianteiras. Estas tinham quatro dedos, diferentes das de trás, de apenas três. Queria fazer amizade ao cheirar minhas pernas. Acariciei seu focinho.

Comecei a caminhar pela praça em direção ao Supremo. O animal estranho me seguiu. Sentei-me ao pé da escultura de uma mulher de olhos vendados. O bicho deitou-se a meu lado. Nem bem passados cinco minutos, levantou-se e começou a caminhar na direção contrária, como se fosse ao Palácio do Planalto. Fugia de um guarda que vinha pelas nossas costas do prédio do Supremo. Não se intimidou com os carros. Somente consegui alcançá-lo quando já estava na calçada do Palácio do Planalto. Não recusou meu abraço.

Ali ficamos um bom momento, até que começou a juntar gente.

"É uma anta", disse uma senhora ruiva que puxava pela mão uma menina igualmente ruiva de no máximo dois anos.

Soldados com uniforme branco e vermelho, capacete dourado de cujo topo saía um tufo vermelho, se colocaram próximos, de prontidão. Deviam ser herdeiros da Imperial Guarda de Honra.

Um rapaz de vinte e poucos anos e rabo de cavalo tinha a atitude de quem pretendia fazer a primeira reportagem de sua vida. Apesar da nova aparência, com seus óculos de armação grossa e a barba que começava a crescer, reconheci o garoto esperto e magro que havia encontrado quando ele folheava livros no sebo. Tinha trocado as bermudas coloridas por calças brancas.

"A anta é tua?", perguntou.

"Apenas minha amiga."

"Como chegou aqui?"

"Eu ou ela?"

"A anta."

"Tenho pouca informação. Acabo de sair do meu casulo. Mas o dono das escolinhas da anta pode ser um dos responsáveis."

"Quem?"

"Chama-se Hugo."

"Quem é?"

"Um incendiário. O mais o senhor tem como se informar."

"Com quem?"

"Se não com ele, com o irmão gêmeo dele, o deputado Miguel Neto."

Podia até desculpar Hugo por uma queimada, mas não pelo que tinha feito comigo.

A tentativa de entrevista foi interrompida porque a anta quis voltar à praça. Corri a seu lado, seguido pelo repórter de rabo de cavalo, a mulher ruiva, a criança de talvez dois anos e mais meia dúzia de pessoas.

Chegamos a um estacionamento aberto do Senado. A anta parou. Formou-se um círculo em torno dela. Já éramos catorze pessoas, incluindo seguranças.

Passada uma hora, havia dezenas de curiosos. Eu continuava abraçado à anta quando chegou Miguel.

"Sugiro que o senhor desapareça. Para seu próprio bem."

"Mesmo que eu quisesse, não conseguiria."

"O senhor vai se arrepender. Melhor sumir. Peço ao Daniel para ficar no seu lugar."

"Não tenho lugar. Nem tenho para onde ir."

"Devia ser levada para o zoológico", disse a senhora ruiva.

"Esse senhor tem razão", disse Miguel me apontando e em resposta a uma pergunta do repórter que continuava nos acompanhando. "Esta anta fugiu de um incêndio. Representa a resistência às políticas oficiais."

HOMEM DE PAPEL

271

Logo ouvi, diante da câmera, o comentário do jovem repórter de rabo de cavalo:

"Um incêndio florestal expulsou grande quantidade de animais. Esta anta é só o primeiro. Onças também podem vir a Brasília."

"Não seria de estranhar", disse a senhora ruiva. "Faz uns anos uma onça passeou por aqui."

Na hashtag #defendaaanta alguém frisou que a anta havia atravessado a ponte JK, em vez de cruzar a nado o lago, porque sua intenção era chegar o mais rapidamente possível à praça dos Três Poderes.

Eu ouvia os comentários: não era um ato inocente, a anta vinha diretamente ao centro do poder, protestar, reivindicar, em nome da espécie.

"Um dia a natureza não aguenta e se revolta", disse a senhora ruiva, sempre trazendo pela mão a menina.

"Ela deve pesar uns duzentos e cinquenta quilos. E talvez pesasse até mais. Emagreceu na caminhada. Pode ter perdido uns dez quilos", disse um tal Wolfgang Koch-Grünberg, zoólogo alemão.

Vim a saber que só não tinha o mesmo nome de um etnólogo que viajou pela Amazônia na década de 1920 porque não se chamava Theodor.

A anta me via como o único desinteressado e, portanto, amigo, enquanto eu ficava a seu lado, ou melhor, ela ficava a meu lado. Virava o nariz de um lado a outro, farejando e confundida com tanta gente que se aproximava para dar palpite:

"Está cansada."

"De noitinha sai pra procurar comida."

"Mas o que vai comer aqui?"

"Temos de trazer folhas e frutas."

"Já estão trazendo. Começaram uma campanha."

"Ela se alimenta de galhos, grama, plantas aquáticas, cascas de árvores, gravetos, folhas de palmeiras…"

"Pode ficar até dez horas procurando coisa pra comer."

"Você pode encontrar esses bichos em plantações de mandioca, milho, cana, arroz e até melão."

"Se as onças vierem, podem comer as antas."

Duas mocinhas, talvez por se impressionarem com minhas roupas, me tomaram por artista ou bicheiro.

"Eu vi o senhor na televisão", disse a de óculos de gatinho, de armação azul e lentes escuras.

"O senhor é… me dá um autógrafo?", disse a outra.

"Queria saber o seguinte", perguntou a primeira. "Como é que o senhor tem sobrevivido? É verdade que vem de outro século?"

Devia ser a única pessoa a acreditar piamente no que eu havia dito ao repórter que nos seguia.

Nessas horas, melhor falar do tempo, embora aqui variasse tão pouco se comparado com o de Viena ou o do Rio de Janeiro.

Repisaram a pergunta. Como eu sobrevivia?

"Olha", eu disse, "confessaria tudo diante de um torturador, não só as verdades, também as mentiras. Mas, em frente de mulheres bonitas, somente a verdade mais pura: como não tinha dinheiro, a não ser réis, tostões e vinténs, assaltava transeuntes na rodoviária com uma arma antiga, que eu trazia comigo do século XIX.

Com a venda dos objetos roubados, conseguia sobreviver. Já ouviram estatísticas sobre roubos de celulares na rodoviária? Contribuí para esses resultados com pelo menos 20%. Quando um de meus companheiros de assalto, um rapaz troncudo, de bigode fino e brilhantina no cabelo, me disse que metade dos roubos era feita por ele, dei-lhe de presente minha arma. Ele merecia."

Mostrei-me soturno.

"E se as vítimas reagem?", a de óculos perguntou.

"Em duas ocasiões não tive dúvidas."

Rindo e baixando os óculos, como se quisesse me ver melhor, quis que eu continuasse:

"E então o senhor deu de presente a arma?"

Notei que eu era considerado cada vez mais divertido. Riram às bandeiras despregadas.

"Pois bem, com aquela arma, ele matou o marido de sua namorada platônica. Arrancou-lhe do dedo um anel de ouro, com um enorme rubi, antes de matar a própria mulher. Ela o havia iludido, deixando que se apaixonasse por ela, sem depois corresponder às suas investidas. Com isso, aumentei o número de crimes do pobre rapaz."

Minhas novas admiradoras mostravam-se encantadas com minhas mentiras, já desinteressadas do autógrafo. Eram palreiras. Fizeram perguntas sérias. Se eu previa que, com a mudança do clima, os mares conseguiriam ameaçar Brasília ou se Brasília era o melhor lugar para passar o fim do mundo.

O mundo era um viveiro de moços eternos, sempre se reinventando sob o risco de acabar. Não era o risco

de sempre? O fim do mundo já tantas vezes preconiza-
do? Não era assim na Idade Média, que nem sei por que
chamaram de média? Não era o fim do mundo que os
místicos de Brasília esperavam?

"Não, desta vez são dados científicos", uma das mocinhas afirmou.

Não entrei na discussão que propunham, porque já
tinha ido a meu fim de mundo mais de uma vez. Também havia sido jovem, havia tido 22 anos, tinha despre-
zado as histórias que meu pai me contava e não concordava com ele quando afirmava que o mundo era assim,
mudava, a gente resistia na juventude e se acomodava
na velhice.

Melhor não falar às moças de minhas lembranças.
A semelhança de nosso pensamento era pequena e a
diferença de nossa idade, enorme. Guardei as lembranças para mim e usei-as como um degrau para saltar ao
presente, onde talvez fôssemos capazes de nos entender,
desde que eu entendesse o que se passava.

40
A Escola da Anta

Wolfgang Koch-Grünberg, o zoólogo alemão, mostrou no celular imagens de uma discussão ao vivo na TV Câmara. Várias pessoas, inclusive as duas moças, entraram na minha frente e se juntaram ao cientista. Minha visão estava bloqueada, mas eu podia ouvir.

"Peço a palavra, senhor presidente", era uma voz grave.

"Concedida, deputado Martiniano Góes."

"Senhor presidente, agradeço ao deputado Miguel Neto por ter chamado nossa atenção para essa anta. É a partir de nossas raízes, de nossas tradições, que vamos renovar nosso país. É no povo, com sua índole pacífica, que está a alma de nossa nacionalidade. Essa anta é o símbolo de nossa união; de nosso sangue, que é um só. Temos aqui um animal manso como o brasileiro. Um animal tipicamente nacional. Que mostra o rumo, porque abre caminhos. Os próprios bandeirantes seguiram trilhas abertas pelas antas. Se o Brasil tem o território que tem, em parte é por causa delas. As antas são um exemplo. Exemplo de honestidade. De retidão. Constituem famílias. Famílias tradicionais. Nós, conservadores, podemos usá-las como modelo. O parlamento é uma caixa de ressonância de toda a sociedade. E vemos aqui que há uma grande convergência da força nacionalista e conservadora."

"Peço a palavra, senhor presidente."

"Concedida, senhor deputado Miguel Neto."

"Obrigado, senhor presidente. Pergunto ao nobre deputado Martiniano: por que não o curupira? Vossa Excelência, nobre deputado, sabia que o curupira tem os pés pra trás e faz os viajantes perderem o rumo? É o símbolo do reacionarismo que Vossa Excelência defende. Nobre deputado, Vossa Excelência falou que a anta é um animal tipicamente nacional. Acrescentei a referência ao curupira porque Plínio Salgado, que Vossa Excelência repete sem conhecer, lançou o Movimento Verde-Amarelo em 1926 com a conferência 'A anta e o curupira'. Talvez Vossa Excelência seja um Nhenguaçu verde-amarelo. Temos de pregar não a Escola da Anta, mas a resistência. A resistência do jabuti. Minha ideia, senhor presidente, ao chamar atenção para a chegada dessa anta, que é só a primeira, era frisar a necessidade de preservação das florestas, do habitat dos animais, uma preocupação global. Podemos aproveitar para levantar fundos. Muitos países teriam interesse em contribuir. Essa situação dramática abrirá uma oportunidade para a cooperação com nosso país. Poderia ser implementada através de organismos internacionais, com nossa participação nas decisões", disse Miguel.

"Com a permissão de Vossa Excelência, senhor presidente, pretendo fazer um esclarecimento."

"Com a palavra o deputado Martiniano Góes."

"Senhor presidente, temos que nos focar no nosso interesse, de nosso próprio país. Preservar nossa soberania. Os organismos supranacionais não farão melhor do que nós mesmos."

"O complexo de inferioridade que tínhamos em relação a outros países agora temos também em relação a organismos internacionais", ouviu-se a voz de Miguel.

"Podem estar certos de que há interesses estrangeiros por trás dessa proposta, nobres colegas", continuou o deputado Martiniano. "O Brasil está sendo ameaçado, senhor presidente. Temos de defender nossa segurança. Nossa economia. Nossos empregos. Para os ricaços de São Paulo e para muitos aqui, que têm posses, tanto faz. Mas e o povo das pequenas cidades? Do campo? O Brasil tem de reconquistar seu lugar. E por que jabuti, nobre deputado Miguel Neto? Também por acaso tem jabuti na praça, deputado? Trata-se de algum mito? O importante é a realidade nacional. Se um movimento patriótico tinha a anta como mascote, então era tudo de bom. Não era de escola que eu estava falando. A única Escola da Anta que conheço é por sinal do irmão do nobre deputado. E está preparando muito bem as novas gerações. Mas, já que Vossa Excelência faz a provocação, deixe eu lhe esclarecer: essa anta veio para nos ensinar. Ensinar a respeitar a bandeira. Dar aulas de patriotismo a quem esqueceu o que é o Brasil. A quem deixou de amar este país, como Vossa Excelência. Temos de voltar, sim, para a escola. Para aprender a lutar contra a tirania das sistematizações ideológicas. Para adquirir nossa alforria. Ampliar sem obstáculos a ação de nosso querido país", disse o deputado Martiniano elevando sua voz grave.

"Peço a palavra pela ordem, senhor presidente."

"Concedida, deputada Francisquinha de Jesus."

"Senhor presidente, não podemos permitir que esta Comissão se desvie de seu propósito. Muito menos um bate-boca entre dois nobres parlamentares. Se quiserem, que proponham uma Comissão Parlamentar de Inquérito para investigar as causas de uma invasão das antas, se é que isso vai acontecer. Com todo o respeito, Vossa Excelência não deveria permitir essa discussão fora da pauta. Senhor presidente, temos matéria mais importante do que anta e jabuti."

"Senhor presidente, um aparte."

"Concedido, excelentíssima senhora deputada Ivanilde Queiroz."

"Senhor presidente, por que estamos nos referindo à anta no feminino? Embora o nome seja anta, nome terminado em 'a', a anta pode ser do sexo masculino. Aliás, senhor presidente, esta é uma questão de gênero que não se limita a masculino ou feminino. A anta pode ser de um sexo neutro ou pode ser homossexual. Ninguém tem certeza do que é."

"Pela ordem, senhor presidente."

"Concedida, senhor deputado Martiniano."

"Senhor presidente, não aceito esta terminologia, questão de gênero, porque, embutida nessa suposta questão, existe uma ideologia, a ideologia de gênero."

"Pela ordem, senhor presidente."

"Concedida, nobre deputado Miguel Neto."

"Senhor presidente, já temos a declaração de um reconhecido zoólogo, Wolfgang Koch-Grünberg. Está aí embaixo na praça. Se quiserem, podemos chamá--lo. Foi enviado pela Universidade Livre de Berlim, a Freie Universität, para integrar uma pesquisa conjunta dos Departamentos de Antropologia, de Botânica e de Zoologia da Universidade de Brasília. A partir daqui estuda as antas da Amazônia. A anta é fêmea, foi o que ele disse. Vê-se pelo porte maior e pela mancha branca da bochecha ao pescoço. Segundo ele, deve estar prenhe."

"Peço a palavra, senhor presidente."

"Concedida, mas sejamos breves, deputado Martiniano. Temos de voltar a nossa pauta. A deputada Francisquinha de Jesus tem razão."

Nesse ponto houve uma altercação entre Miguel e o deputado Martiniano fora do microfone e, ainda assim, audível pelo celular do zoólogo alemão.

"Não sejamos antas", vociferou Miguel.

"Vossa Excelência está me acusando de ser anta?", respondeu o deputado Martiniano.

"Não acusei ninguém. Vossa Excelência está enfiando a carapuça."

"Senhor presidente, peço a palavra."

"Concedida, deputado Barros Sobrinho. Peço aos nobres deputados que seja a última intervenção sobre este assunto."

"Senhor presidente, deixemos claro que não cabe fazer comparações com a anta para acusar quem quer que seja de falta de inteligência. Está cientificamente provado que a anta é um bicho cheio de neurônios. Senhor presidente, é puro preconceito dizer que anta é besta, asno, burro, jumento, como a gente diz lá no Ceará. Querem uma prova? Ela não destrói seu próprio habitat, como nós fazemos. É um bicho mais sabido do que os humanos. Mais inteligente do que muitos aqui. Então talvez Sua Excelência o nobre deputado Martiniano de fato não seja uma anta. Que ele fique tranquilo quanto a isso."

41
A produção de merda

No dia seguinte de manhã, a meu lado, Koch-Grünberg mostrou imagens aéreas no seu celular, antas organizadas em regimento como em desfile militar.

"A queimada está atingindo os pântanos e as florestas próximas aos rios, onde elas vivem", disse.

Vários carros estacionaram em torno da praça, no lado do monumento a JK. Formava-se um comitê de recepção às antas.

"Aqui elas não podem ficar", disse um senhor de uniforme, talvez da segurança do Senado.

"Me desculpem. Sou botânica. Defendo que permaneçam no terreno por trás da praça dos Três Poderes em direção ao lago."

Era uma moça, pela aparência, recém-egressa da universidade.

"Uma coisa é certa. Com a chegada das antas haverá em Brasília uma grande produção de merda", falou a seu lado um rapaz magro, alto, de cabelo e barbicha vermelhos, sandálias de dedo e bermudas.

Internautas circulavam por redes sociais a teoria de que as antas se dirigiam a Brasília em busca de sua rainha, a anta-mor, a primeira. Havia divergência entre eles sobre se deviam me agradecer ou me culpar por ter trazido a anta. Na imprensa grande e nanica não havia divisão, toda ela fascinada por mim.

O repórter que nos acompanhava desde o início me agradeceu pelo furo jornalístico. Minha breve menção ao dono da rede de escolinhas da anta havia rendido uma reportagem num site de jornalismo investigativo.

Muita gente trouxe comida para as antas que chegariam. Separei algumas folhas para minha anta, à qual continuava agarrado.

"Vamos fazer uma assembleia aqui mesmo na praça", disse Daniel, ladeado por um grupo de jovens. "Queremos que a anta esteja presente. E o senhor vem também. Tio Miguel não vai perturbar o senhor. Tia Constantina, a mulher dele, morreu."

"Meus pêsames."

"Tenho pena das crianças", ele acrescentou.

Fizemos uma pausa para exprimir nossa tristeza, embora eu pouco conhecesse Constantina e menos ainda as crianças, que nunca tinham vindo ao apartamento de Flor.

A anta preferia não sair do lugar. Era demasiado tímida para enfrentar aquela aglomeração. De vez em quando fechava os olhos e creio que dormia.

Em operação complicada, oito jovens, dois em cada pata, tentaram erguê-la. Ela esperneava.

HOMEM DE PAPEL   283

"Por que o senhor não vem aqui pra frente?", sugeriu Daniel.

Assim fiz. Comecei a caminhar vagarosamente, a
anta me seguindo. Durante todo o percurso até o centro
da praça, ela e, por tabela, eu também fomos aplaudidos.

Num palanque, com púlpito e microfone, a anta ficou
no meio, ladeada por mim e por Daniel. Havia um segundo
microfone, instalado fora do palanque, e megafones para
quem quisesse. Uma jovem levava um terceiro microfone
que podia ser passado de mão em mão. Em vários pontos
da praça foram colocados conjuntos de latas de lixo. Começaram a se juntar, em círculo em torno do palanque,
desde curiosos até militantes de lados contrários.

A polícia tentou impedir o encontro. Os organi-
zadores deveriam ter pedido prévia autorização. Mas,
diante de declarações do presidente da Câmara e de
ministros do Supremo de que as liberdades de expressão, reunião e manifestação estavam asseguradas pela
Constituição, o próprio secretário de Segurança Pública
do Distrito Federal foi desautorizado pelo governador.
Finalmente, a polícia se faria presente para evitar dis-
túrbios e defender o patrimônio público.

"Peço que se identifiquem", disse Daniel.

A primeira a tomar a palavra chamava-se Cris e era
botânica. Reconheci a jovenzinha de horas antes.

"Vamos impedir que expulsem as antas de Brasília.
Elas já foram expulsas de seu habitat. Sua permanência
aqui garante o crescimento de uma vegetação esplên-
dida. Olha, gente, as antas vão adubar o terreno com
suas fezes. Dispersar sementes. É que elas comem as fru-

tas com caroço e tudo. As sementes saem já adubadas. Logo vamos ver por aí cajá, coquinhos, goiaba, jatobá, jenipapo, mirtáceas, pequi, marmelo, araticum-cagão, marolo, cumbaru, fruteira, mangaba, pau-d'alho, jaracatiá, figo, jerivá, acuri, buriti, ananás, caraguatás, coroas-de-frade, jamelão, açaí..."

"Apoiado, Cris. Não precisa fazer a lista completa. Basta dizer que elas têm um estômago que devora tudo. Feito o Brasil das vanguardas com sua ideia da antropofagia."

"Por favor se identifique", disse Daniel.

"Sou Marcos, de Letras."

"Só que elas não comem carne, meu amigo. Não podem ser símbolo de devorar europeu. Isso já ficou claro nos anos 1930. Não vamos confundir antropofagia com Movimento Verde-Amarelo. Você assistiu à discussão na Câmara?"

"Por favor, se identifique", insistiu Daniel.

"Sou colega dele, Antônio, também de Letras."

"Isso mesmo, elas não comem carne. Meu nome é Eleotério Peixoto da Silva Filho. Quero sugerir um comunicado. Podemos começar dizendo exatamente isto: que a anta não é antropófaga. Não é canibal. É herbívora, como todos deveríamos ser."

"Não assino embaixo. Vejo aí indícios do fascismo à brasileira. Da Escola da Anta", rebateu Antônio.

"Vocês têm de reconhecer a questão sanitária. Desculpe eu dizer, só a produção de merda já seria um transtorno. E não é o único. Não sou especialista nem alto funcionário, mas trabalho no Ministério da Saúde."

Era o senhor André Maria. Continuava engravatado de terno preto.

42
Não vá comparar com as baratas

"Pessoal, vamos acabar com essa discussão boba. As antas já estão aqui. Por acaso esta aí chegou à praça dos Três Poderes. Mas tenho pra quem quiser ver o filme de um casal de antas em frente ao meu bloco da 214 Norte, perto do parque Olhos d'Água. A fêmea entrou no cio. Dizem que dura quatro dias", falou uma moça rouca, que não consegui ver e não se identificou.

"Eu queria levantar outro assunto. Meu nome é Edinaldo. Estudo filologia. Vamos refletir sobre o significado de anta. Primeiro o seguinte: é um tapir. O nome vem do tupi, tapi'ira. Em quéchua, na mistura com o espanhol, é sachavaca. Portanto a identidade da anta vai além da brasileira. Uma identidade amazônica. Ou mais, sul-americana. Ontem, na discussão da Câmara..."

"Sim, sul-americana", falou de novo Antônio. "Por isso era balela a identificação que o Movimento Verde-Amarelo fazia da anta com a alma nacional."

"Sou Rodrigo e estou trabalhando num projeto de zoologia com o professor Koch-Grünberg, que não sei se ainda está aqui. As antas pertencem a uma mesma família, a família Tapiridae. Mas são de várias espécies. Esta anta não é uma anta pretinha, um *Tapirus kabomani*, que poderia, sim, ser considerada brasileira. As pretinhas são menores, mais baixas, têm pernas mais curtas, testas mais largas e, como o nome diz, peles mais escuras. Essa aí, concordo, é sul-americana."

"Um despautério querer assimilar isso à identidade nacional. Isso é um porco", falou o meu conhecido, o senhor André Maria.

"Só no focinho." Era uma mulher a seu lado.

"Mais uma razão para que seja assimilada à identidade nacional. Este é um país de porcos. Sobretudo de porcos chauvinistas", burlou-se uma jovem de camiseta violeta de alcinha e tatuada nos dois antebraços.

"Estou pouco me lixando para a identidade nacional", começou outra moça, de uns trinta anos, com cabelos encaracolados e penteados para cima.

"Por favor, peço que se identifique", disse Daniel.

"Sou Marivalda Bezerra. O que me interessa é que se trata de um animal superior aos humanos. Basta dizer que, enquanto nós ficamos nesta história de evolução das espécies, elas surgiram há 50 milhões de anos. Praticamente não mudaram. Resistiram a tudo. Sobreviveram a animais maiores. Vão sobreviver à gente. Porque sei que nossa espécie vai se acabar. Melhor encontrar nossos herdeiros. Vamos ensinar as antas a administrar este território onde vivemos."

Notei alguns risos dirigidos a seu tom sério.

"Não vá comparar com as baratas", falou um rapaz ao microfone, perto de Daniel.

Ouvi mais risos.

"Há uma questão mais ampla, minha gente. Sou ambientalista, meu nome é Vânia", disse uma moça de argola no nariz e cabelo laranja. "As antas são animais solitários ou andam com seus pares, nunca em grupos como o que está a caminho. Este fato, podem estar certos, é por si só fora do comum. Revela o desejo de sobrevivência de uma espécie ameaçada. Portanto, discordo de minha colega de que elas vão sobreviver e a gente não. Ao contrário: para sobreviver, dependem da gente."

"Tudo bem vocês quererem filosofar, falar de identidade e de sobrevivência da espécie. Mas a gente está diante de um fato de consequências imediatas. A cidade vai ficar invadida pelas antas. A questão não é o que fazer com a espécie. É o que fazer com essas antas. Proponho que sejam mortas. Que a carne seja doada a quem passa fome."

Era um rapaz alto, encorpado, de olhos grandes e fala enérgica.

Ouviram-se vaias.

"Estão vaiando porque não sabem o que é fome. Comem carne de vaca e não querem que os pobres comam carne de anta", de novo o rapaz.

"Tal anta, tal caçador", falou outro, de bigode e cabelo nos ombros.

"Boa para a janta", ecoou uma moça, bem na minha frente, rindo.

"Se alguém quer comer, paga um real e vai a um restaurante popular", disse o senhor André Maria.

"Tem gente que não tem um real. Que morre à míngua. Este governo de imbecis jogou todo mundo na miséria", respondeu o rapaz alto, de olhos grandes.

"Claro que eu não comeria carne de anta", replicou o senhor André Maria, "mas vejo que não é só a espécie que está ameaçada. Essas antas correm o risco de ser mortas. Mortas por pessoas bem-intencionadas como este rapaz. Por gente faminta. Por caçadores. Por quem quer usar partes delas para fins religiosos, mágicos e para remédios. E tem mais. Os animais podem trazer doenças. Novas pandemias."

"Acho um despropósito desconfiarmos das antas. São animais dóceis, que sabem conviver com os índios. Nunca seriam capazes de nos trazer doenças, quanto mais uma pandemia", retomou a palavra Cris, a primeira que havia falado.

"Olha, eu por acaso me orgulho de estudar na Escola da Anta. Estamos vivendo um momento de transição em que...", tentou intervir uma jovenzinha que não se identificou.

"Transição pra quê? Pra um governo das antas?", perguntou o rapaz de bigode e cabelo nos ombros.

"A anta é muito diferente de todos os que emporcalham o país. Ela pode ter focinho de porco e casco de cavalo, mas não é nem porco nem cavalo, como os que estão no poder. Temos de acabar com a corrupção endêmica neste país. Só uma anta, que em quarenta anos nada fez de ruim, nunca se aproveitou de nada nem de ninguém, pode nos salvar."

Era a jovem de camiseta violeta de alcinha.

Um vozeirão ecoou num megafone:

"Isso mesmo. A anta pra presidente!"

Um senhor musculoso, no fundo da praça, veio se aproximando do palanque e repetiu ainda mais alto:

"A anta pra presidente!"

"O nome, por favor", Daniel pediu no microfone.

Passou a haver uma discussão entre o proponente da anta para presidente e um senhor de uns trinta e muitos anos.

"Meu nome é Pedro Alves Novais. Não vou dizer que sou assessor parlamentar nem grande entendido de direito. Mas do bê-á-bá eu sei. Tem um probleminha, né? A anta não é gente."

"A Constituição não diz que tem de ser gente. Diz que tem de ser brasileiro nato", falou o senhor musculoso, o que vinha com um megafone. "E se vão dizer que tem de ter pelo menos 35 anos, quem prova que não tem? Meu nome é Tony Silva e sou vereador em Cocalzinho de Goiás."

"Em geral não vivem tanto. Deve ter no máximo trinta", disse o senhor Pedro Alves.

"Isso os especialistas podem investigar. Não está aqui aquele zoólogo alemão?", falou o vereador Tony Silva.

"Mas olha só, meu amigo: ela não tem os documentos pra provar", falou Pedro Alves.

A anta dormia.

"Podemos propor um projeto de lei de iniciativa popular ou mesmo uma emenda à Constituição. Passados quinze dias, se o presidente não se pronunciar, a lei está sancionada", sugeriu o senhor Tony Silva.

Houve aplausos.

"Ainda temos prazo para registrá-la num partido para disputar a eleição de outubro", continuou o vereador de Cocalzinho.

Aplausos, misturados a gargalhadas.

"Mais do que qualquer outro, ela pode cumprir o compromisso de promover o bem geral do povo", ele continuou pelo megafone.

Mais aplausos.

"Apoiado. As atividades das antas são noturnas, quando os políticos dormem. Farão o país produzir, mesmo no escuro", falou novamente a jovem de camiseta violeta, agarrada a um microfone sem fio.

"Isso", voltou o do megafone. "Para o projeto de iniciativa popular, basta 1% do eleitorado nacional e 0,3% dos eleitores de cinco estados. Garanto que vai ser fácil. Fazemos a campanha pelas redes sociais."

"Acho que tínhamos de ser mais consequentes", falou Cris.

"Consequentes é o caralho. Depois dos governos que tivemos, alguém aqui em sã consciência acredita que a anta faria pior?", objetou o promotor da anta para presidente.

Ouviram-se gritos uníssonos de "não".

43
A morte é uma hipótese

Vários voluntários, Daniel entre eles, criaram um espaço na praça dos Três Poderes, uma espécie de miniteatro de arena com cobertura de lona, onde cabiam trinta pessoas, inclusive eu, bem como a anta. Para lá levaram quatro conjuntos de latas de lixo colocados nos cantos da praça no dia anterior.

Começou a chegar gente. Reconheci Dona Zenaide.

"Vocês já se conhecem?"

Apresentei-a a Daniel.

"Eu soube que a polícia quer prender o senhor", me disse Daniel ao pé do ouvido.

"Por quê?"

"Por perturbação da ordem pública, enquadrado na Lei de Segurança Nacional, invadiu áreas reservadas e de acesso exclusivo do Itamaraty, fugiu quando foi abordado por seguranças do prédio, está atentando contra o poder. Sei lá, qualquer pretexto. Tio Hugo também está possesso. Viu o senhor no noticiário. Acha a presença do senhor perniciosa, não só pra ele. Mamãe pensa que o destino do senhor é o lixo. Por outro lado, conselheiro, o livro está a salvo com Leonor. Daqui a pouco ela chega com ele. Se o senhor puder, desapareça."

"Estou à disposição", Dona Zenaide disse, olhando para mim e depois para Daniel.

"Ela tem poderes mágicos", informei a Daniel.

Mirou-a com respeito.

Com o livro a meu lado, poderia, sim, desaparecer. Mas a ideia não me agradava. Se noutras circunstâncias a preguiça me deixou em casa, dessa vez ela me oferecia uma visão privilegiada sobre a história.

"Eu só queria saber o seguinte: a anta dirigindo o país, antas por todos os lados... Isso tudo passa, conselheiro?", Daniel me perguntou.

"Posso lhe garantir que passa."

"Sem consequências graves?"

"Isso não garanto."

"Por quê?"

Não respondi, não porque me recusasse a dar aula de história, mas porque me assustei ao avistar Flor.

"Desapareça, conselheiro", ela disse.

"Só me diga como."

"Veja quantas latas de lixo."

Estremeci.

"Calma, gente", Dona Zenaide quis colocar panos quentes. "Ele não é deste mundo. Proponho um trabalho. Me encarrego. Nada que uma garrafa de cachaça e uma galinha preta não resolvam. Coloco ali na encruzilhada entre a via N1 e a via Palácio Presidencial."

Entrou Leonor com o livro.

Pensando bem, o lixo e o livro me abriam uma oportunidade. Quanto ao que aconteceria com o país, só o tempo podia dizer, e o tempo tinha razão de estar mudo. A anta podia se levantar e partir, levando seus seguidores. Podia tomar o poder. Eu não tinha elementos para uma análise fundamentada como as que havia feito na ativa.

Nem precisava fazer, pois minha dúvida principal era de outra ordem. Eu queria a amizade de Leonor. Ou até algo menos do que a amizade, a possibilidade de vê-la de vez em quando, de admirá-la. Valeria a pena trocar Leonor, ali a meu lado, por uma esperança de encontrar Fidélia? Escolha difícil entre o século XIX e o XXI. Entre Lisboa e Buenos Aires.

"Prefiro voltar ao mundo a que pertenço", falei, ainda com a dúvida atravessada.

"Não vamos deixar", Leonor contestou.

Tentei mergulhar no livro, já cheio de saudades dela.

"Espere. Não tem cabimento. O senhor vai se amassar", Leonor disse. "Fique aqui que cuido do senhor."

Estiquei-me o mais que pude. Tentei alcançá-la.

"Se o senhor for, eu vou também", ela prometeu.

Não deu tempo de me alegrar.

"Chega", Daniel interferiu no processo.

E virando-se para Flor:

"Você tem razão, mamãe."

Havia na minha frente um conjunto de latas de lixo. Seria sorte se ele acertasse o livro na reciclagem de papel.

Numa fração de segundo, vi um cano de revólver numa brecha da lona e uma sombra desenhada pelo sol sobre o pano. Ouvi o disparo de três tiros. Notei que derramei sangue. Ou seria sangue da anta? Ela parecia ferida.

Se existisse solução para meu drama, já tinha ficado atrás. Como voltar? E voltar para onde? Para o cemitério São João Batista? Para o da Esperança?

Congelei um sorriso discreto nos lábios. Seria um bom final.

Ouvi mais dois tiros, que atravessaram meu corpo.

Vocês adivinharam que a morte era coisa dos outros, não minha.

"A morte é uma hipótese, talvez uma lenda", repeti o que sempre dizia e agora comprovaria.

Houve dúvidas sobre se morri. Que fiquem as dúvidas com os duvidosos, e entre eles não incluo vocês.

Minha experiência revela que nem todos os velhos têm pressa de morrer. Eu queria viver. Se minha separação de Leonor, de Flor, se meu desencontro de Fidélia tivessem me levado a tomar veneno, eu o vomitaria tão logo me deparasse com o espectro da morte. Minha velhice continuaria resistindo aos desgostos da vida. Embora a desilusão seja parte de cada ser humano, os suicidas são exceção, e eu não era uma delas.

Melhor viver, mesmo sem futuro, sem razão nem sentido. Eis o que ainda penso e lhes digo: por que querer saber de onde venho? Para onde vou? Que sentido faz tentar encontrar sentido para o mundo?

Quando me vi, tinha ido para o lixo de papel com o livro a meu lado e me livrado do século XXI. Nem consegui dar um adeus a Leonor. Se no passado eu havia perdido Fidélia para Tristão, agora perdia Leonor para Daniel.

44
O futuro é improvável

Não vou esmiuçar o processo pelo qual consegui voltar ao passado. Seria corromper o sublime com manchas técnicas, alquímicas ou espiritistas.

As balas haviam atravessado meu corpo, algumas gotas de sangue caído no chão e somente um pingo na capa do livro imediatamente abaixo do "y" de meu nome. O pingo cresceu, vermelho, nas porosidades do papel. Formou um círculo maior do que outro, um pouco abaixo, que já estava lá.

Eu tinha de me recolher à minha insignificância. Voltar ao livro, exclusivamente a ele, como quem sempre havia sido. Era só refazer o experimento ao contrário, tão simples quanto isso. Concentrei-me. Aceitei minha nova realidade, se é que posso chamá-la assim. Pouco me importava se não voltasse a todos os livros em que aparecia. Que voltasse àquela edição de uma só cópia. Eu vinha ao livro antigo com ideias novas e bons ouvidos.

Ouvi como nunca o silêncio. Havia cessado o barulho permanente que interrompia minha reflexão. Em vez do zum-zum de carros no Eixão, cavalos a trotar e o chicote do cocheiro. Queria ouvir Schumann, com Fidélia ao piano. Ou Wagner. *Tannhäuser*, a tragédia do amor, seus desencontros. O amor eterno entre amantes mortos sobre caixões de defunto. Não eram isso *Tannhäuser* e *Romeu e Julieta*?

Não me parecia forçado imaginar a mim e a Fidélia em espaços desencontrados, mortos os dois às suas maneiras e, no entanto, juntos. Que tivesse então aquele amor, que pelo menos em mim sentia ter existido, a possibilidade de renascer, não digo de cinzas; de brasas apagadas pelas circunstâncias. Minha distância de Fidélia havia me prevenido da decepção que traz o amor não correspondido.

Como seria meu novo encontro com ela? Eu queria sentir seu perfume sem as hesitações do século XIX. "Quis voltar ao livro para refazer minha história com a senhora", lhe confessaria.

"Tristão que se dane", disse a mim mesmo, enquanto caminhava em direção a minha casa do Catete.

Poderia Fidélia se relacionar com um personagem que havia estado fora de si e de seu século?

Onde estariam meus amigos naquela que havia sido minha cidade? O mais importante era a amizade com o Catete, o Largo do Machado, a praia de Botafogo, o Flamengo, suas ruas, chafarizes e lojas. Eu me contentaria com os caminhos que meus pés conheciam, andando sozinhos. Para mim, naquelas partes do Rio, havia coisas petrificadas e pessoas imortais.

Minha casa continuava bem conservada. Mas nem tudo era igual, talvez porque eu chegasse não apenas com outros ouvidos, capazes de comparar as vozes de um século com as de outro, mas também com outros olhos. Minhas listas, fotos e condecorações estavam ainda preservadas, porém não valiam mais do que minha recordação de Fidélia. Por onde andaria? Decidi fazer uma longa caminhada até o cemitério São João Batista.

Levei quase uma hora. Que podia eu fazer naquele cemitério, sozinho, cercado de poucas árvores e muitos túmulos? Implorei aos mortos que me aparecessem. Nenhum se dignou a falar comigo, nem sequer a mostrar seus rostos.

Foi um bálsamo avistar minha irmã Rita. Como por um passe de mágica, ela começou a andar a meu lado. Naquele momento minha memória não falhou. As reminiscências de outra tarde eram vivas. Eu podia subdividi-las, associar umas às outras e reinterpretá-las. Minha atenção ora se fixava nas flores, ora no vestido de Fidélia ou no túmulo de seu marido. Vislumbrei o ponto exato no qual deveria olhar para trás e ver Fidélia. Imaginei que haveria para mim e para ela um mundo fora do cemitério. Ali minha imaginação não tinha limites, tantas eram as possibilidades de duas vidas em comum.

Como já tive a oportunidade de dizer nas minhas memórias, tudo podia existir na mesma pessoa, sem hipocrisia da viúva nem infidelidade da mulher. A recordação do finado vivia nela, com as doçuras e melancolias antigas, mas o gênio da espécie fazia reviver o extinto na forma de um rapaz bem afeiçoado, Tristão, o meu rival, de quem vim a gostar.

O que enxerguei foi um vazio, uma ausência de doer.

"Por acaso você não voltou a se encontrar com..."

"Curioso", Rita me interrompeu. "Ela desapareceu, assim como você. Ninguém entende o que aconteceu. Todos lamentam, sobretudo Aguiar e Dona Carmo."

"Ainda moram no Flamengo?"

"Na mesma casa."

A referência ao casal Aguiar trouxe-me uma sensação rara. Sim, era um casal destes que já não se fazem, um vivendo para o outro, numa felicidade de quem, sem ter filhos, adota filhos dos outros, espécies de pais adotivos que eram, não só de Fidélia, também de Tristão.

Felizmente nem eu nem Rita tínhamos fome. Não me senti, assim, na obrigação de convidá-la para almoçar. Desculpei-me com ela, teria de ir à casa de Dona Carmo no Flamengo. Quem sabe Fidélia tivesse voltado de Lisboa e estivesse lá. Fui a pé. Desci até a praia de Botafogo. Segui margeando o mar, que, encrespado, me enviava seus ecos, exalava seu perfume salgado e refletia um céu alegre. Depois de uma hora de caminhada, admirando as montanhas de beleza imperturbável que se perfilavam do outro lado da baía, eis que, já chegando ao Flamengo, me encontrei com Dona Cesária.

"Que surpresa, conselheiro. Falavam as más línguas que o senhor já não voltava do futuro."

"Não seria a língua da senhora, Dona Cesária?"

"Diga, conselheiro. O que o traz de volta?"

HOMEM DE PAPEL

301

Resolvi ser direto e sincero com quem sempre havia sido direta e sincera comigo. Perguntei por Fidélia.

"Eu bem que avisei ao senhor. Não devia ter saído do livro. Quando o senhor saiu, por mais que a gente quisesse recomeçar a história, a viúva não aparecia. Ficou desnorteada. Não porque correspondesse no mais mínimo àquela vontade secreta do senhor de se casar com ela. A razão era outra. Se pintasse ou tocasse piano, que olhos ou ouvidos podiam substituir com o mesmo interesse os do senhor? Diziam as más línguas que ela tinha saído para procurá-lo."

Existiria uma língua tão má quanto a sua? Apenas comentei:

"De novo as más línguas..."

"conselheiro, diga-me outra coisa. Como é o futuro?"

"Não queira saber, Dona Cesária."

"Só me diga se é melhor ou pior."

"É improvável."

"As pessoas vivem mais?"

"Não mais do que nós, que vivemos para sempre."

Perguntei, menos a Dona Cesária do que a mim mesmo:

"Será que me encontrei no futuro com ela, digo, com Fidélia? Porque penso numa senhora que vi primeiro num cemitério em Viena. Mas não vestia aqueles vestidos destes nossos tempos."

"Ora, conselheiro, a coisa mais fácil é trocar de roupa. E tudo é desculpável, até mesmo viajar para o futuro."

"A senhora tem notícias de Dona Carmo e do Aguiar?"

"O senhor tem razão de perguntar. Nunca puderam se recompor. Ficaram congelados na última cena, olhando o mar."

Eu me recordava daquela cena. Havia entrado no jardim e parado para ver ao fundo, no saguão, Aguiar e sua mulher Dona Carmo, tristes, depois da partida de Fidélia e Tristão para Portugal. Então nada havia mudado?

"Este livro já era pessimista. A partida de Fidélia e Tristão e o desaparecimento do senhor completaram a tragédia."

Que esperança? Senti-me perdido em meio à mágoa, à saudade e à solidão.

"Dona Cesária, reconheço meu erro. Foi comportamento reacionário voltar aqui. Melhor seguir de novo para o século XXI."

"Agora que já se sabe que o senhor está aqui, se sair vai criar uma revolução dentro do livro."

"Não criei antes?"

O marido de Dona Cesária neste momento atravessou a rua em nossa direção. Ouvindo a mulher, deu sua opinião:

"Esse conselheiro não faz falta. Se pelo menos fosse um ministro, embaixador..."

"Ex-ministro", Dona Cesária esclareceu.

"Dona Cesária, o livro não vai ficar aborrecido se fico aqui sem a presença da viúva? Será que a história se sustenta sem meu desejo por ela? Além disso, duas coisas só são iguais se são iguais no tempo e no espaço. Por isso, tendo eu viajado ao futuro, já não sou o mesmo."

HOMEM DE PAPEL 303

"O desejo fica, conselheiro, ainda que a pessoa desejada parta. Mas minha opinião é que a viúva não merece tanto. Como eu mesma já disse ao senhor, não via graça naquela mulher, nem vida, nem maneiras, nem nada. Merece estar desaparecida para sempre ou eternamente defunta. O senhor devia esquecê-la."

Pensei em recomeçar, reviver as mesmas cenas, voltar ao cemitério, encontrar-me de novo com minha irmã Rita e procurar por Fidélia. Foi fácil perceber a ilusão.

Qual não foi minha surpresa quando vi ao longe uma senhora. Estreitei os olhos. Era ela, a mesma figura. Certamente acabava de chegar de Lisboa.

45
Um irreal perfeito

Era Leonor.

"Se o senhor vai ficar aí pra sempre, quero também entrar no livro."

Como uma personagem real poderia penetrar um mundo fictício?

"Sugiro que a senhora…"

"Estou fugindo da realidade. Se consegui chegar até aqui foi porque Dona Zenaide me ensinou o caminho. Mas a partir deste ponto preciso da ajuda do senhor."

Dei minha mão a Leonor, puxei-a para dentro do livro e ela entrou na nova ou, se quiserem, na velha história.

Balançou os braços, como se quisesse se desfazer do futuro. Empertigou-se e inspirou fundo.

"Tinha que vir para conhecer melhor o senhor. Viver sua história por dentro."

"Daniel não se opôs?"

"Como o senhor sabe? Quis até me agredir."

Diverti-me em apresentá-la a Dona Cesária, ainda a meu lado e disposta a entrar em qualquer história. Por sorte, não precisei apresentá-la ao marido, que já nos dava as costas, seguindo rumo à praia do Russel.

"O que a senhora pretende fazer aqui?", perguntou Dona Cesária.

"Bom, me especializei…"

"Entre um real imperfeito e um irreal perfeito, o que a senhora prefere?"

"Não consigo escolher. Esse é meu dilema. Nunca consigo. Vim aqui fugindo."

"Decida, minha senhora. Meu marido, por exemplo", disse Dona Cesária apontando para ele na calçada oposta, "apesar de viver no mesmo mundo fictício que o meu, é um piolho que dá coceira."

"Vim com a intenção de convencer o conselheiro a voltar."

"Se o senhor sair, eu saio também", ameaçou Dona Cesária.

Havia uma razão. Não só estava cansada de falar mal das mesmas pessoas; sobretudo não aguentava mais o marido, um reclamão que punha defeito em tudo. Se a felicidade lhe aparecesse em pessoa, vestida de fada, ele seria capaz de tomá-la por bruxa.

"Não faça isso", ela continuava a dirigir-se a Leonor. "Deixe o conselheiro aqui conosco. Senão, o memorial dele se torna inacessível. Fique a senhora também. Talvez a senhora saiba, havia aqui uma viúva por quem o conselheiro estava mordido. Não é, conselheiro?"

Não respondi. Quando perdi Fidélia, sentia-me como os escravos libertos que continuavam presos por laços de afeto à sua antiga dona. E por que eu ainda pensava nela?

"Mas ela foi embora. Definitivamente. A senhora chegou em bom momento", prosseguiu Dona Cesária, piscando-me o olho.

Fiquei sem graça. Leonor, penso que não. Depois que nos despedimos de Dona Cesária, me disse:

"É melhor que a viúva não possa ser encontrada. Me oponho ferrenhamente ao namoro do senhor com ela, não é de hoje que acho isso. O senhor deveria procurar alguém de sua geração. Essa diferença de idade é imoral."

Não quis retrucar com o escândalo que me parecia a relação dela com Daniel.

"Muita coisa aconteceu depois que o senhor entrou no livro. Comecei a fazer análise para sarar de um mal que minha psicanalista definiu como amor por um ser inexistente. Mas, quando começou a comparar meu caso com os de santas que se apaixonavam por Jesus e me perguntou se eu tinha lido sobre Santa Teresa, perdi a paciência."

Do que conversamos, lembro-me de que passava a haver um descompasso entre nós. O que para ela era comum para mim era estranho.

Reformulei a pergunta de Dona Cesária:

"Por que deixar um mundo real por um imaginário?"

"O senhor sabe a razão. Quero me aprofundar cada vez mais no conhecimento do senhor."

"Mas eu continuo sendo uma fantasia. Não só venho de um livro. Estou nele."

"O senhor sabe, sou especialista no assunto."

Passamos pela frente da casa de Aguiar e Carmo. Eu não quis entrar, embora o portão do jardim estivesse aberto.

"Fique com homens reais. Eles têm limitações. São às vezes violentos, idiotas, mas são reais", foi o que lhe disse, sem mencionar Daniel.

"Não. Prefiro os fictícios como o senhor."

"É ilusão. Não existo."

"Existe mais do que eles."

"Não exagere. Sou pura figuração. Imaginação."

Acudiu-me uma questão, indiscreta, decerto: saber se embaixo do chão em Viena havia, além de Beethoven, um defunto tão importante para Leonor quanto o que a viúva Noronha visitava no cemitério São João Batista.

"A senhora voltou alguma vez àquele cemitério de Viena?"

"Não, jamais. Por quê?"

Preenchi o silêncio com um pigarro e emendei:

"Estive pensando... Se no começo foram importantes meu *Memorial* e a edição que M. de A. fez dele, quando a senhora entrou aqui a história mudou. O livro passou a ser outro. A senhora é real, é quem pode criar, me retirou do esquecimento e me reinterpretou."

Tivemos uma discussão sobre autoria.

"Quem sabe os autores do livro modificado sejamos nós dois, a senhora e eu."

Achou que eu gracejava e acrescentou:

"Neste caso Flor também."

"Está confirmado, não é? Nada temos a dever a M. de A."

"Machado de Assis já havia reconhecido o senhor como autor."

"Mas insisto: a senhora é a responsável no dia de hoje por mim. Faça de mim o que quiser. Só não quero que me transforme num personagem ridículo."

"Me vejo sobretudo como uma observadora. Ainda que fosse capaz de influir na narrativa, não queria ter esse controle. E jamais transformaria o senhor num personagem ridículo. Meu desejo é que o senhor seja livre. Que seja como sempre foi. Vai ficar atemporal, embora digam que já não há lugar para alguém como o senhor."

Tinha conseguido puxá-la para dentro do livro, porém hesitava em tocá-la. Como poderia ser eu capaz de algo concreto, se não era concreto?

"Se eu tivesse trinta anos… faria a corte à senhora."

Ela pareceu surpresa.

"Ponho um pouco da minha velhice na sua juventude e, quem sabe, formamos uma idade madura", continuei.

"Tenho certeza de que eu ficaria mais jovem. Pois sempre o vi como um jovem. Um privilégio, conselheiro, poder me encontrar com o senhor a sós neste ambiente que sempre foi seu. Mas no futuro em que encontrei o senhor, não é recomendável que um velho — desculpe o termo — se enamore de alguém de minha idade."

"Na época da senhora tudo é possível."

"O senhor se engana. Não vê que estamos regredindo?"

"Da época da senhora para a minha?"

Talvez ela quisesse me repreender. Parou. Fitou o mar. Olhou-me como se eu fosse um estranho.

"Tenho de escolher o mundo real ou terei uma carreira desastrada."

Havíamos passado a Glória.

"Aqui tudo é mais lento, mas não vale a pena viver no século XXI", afirmei. "Eu não voltaria lá."

Caminhamos vários minutos em silêncio.

"O senhor me dá licença para eu fazer uma chamada?"

Conseguiu uma linha direta entre o século XIX e o XXI. Embora se distanciasse de mim e suspirasse ao telefone, consegui ouvir a palavra saudades.

"Me desculpe, conselheiro. O meu mundo é o que ficou lá. Por mais que eu me interesse pelo senhor e queira entendê-lo cada vez mais, não conseguiria viver no passado. Daniel ficou de pedir ajuda a Dona Zenaide para que eu volte. Se o senhor permitir, levo o livro comigo. Ele passou a ser essencial para minha pesquisa. E será uma maneira de continuar com o senhor, de outra forma."

Então era apenas para recuperar o livro que ela tinha vindo?

46
Havia me cansado de viver de ficção

Como definir o estado em que fiquei? Se o livro já não era o mesmo com Leonor, sem ela ficava ainda mais descaracterizado. Não era o livro antigo nem o novo. Naquele exemplar único que Leonor tinha levado, eu já não poderia desaparecer. Ficaria para sempre visível no passado, meu país natural.

Dizem que não existe rosa sem espinhos. Mas que tal se só houvesse espinhos sem rosa? Fiquei isolado de ambos os tempos da narrativa, sem Fidélia nem Leonor. Eu estava limitado ao pêndulo em que me pendurava e que me transportava do desejo ao tédio.

Seria melhor viver acima dos desejos e da ilusão? Na indiferença? Sem apetites? Sem medos? A vida era só uma aparência em permanente fuga. Eu tinha de aprender com santos, anacoretas, ascetas... O mundo era manifestação da vontade, essa força cega que está presente em toda a natureza. Era dela que eu tinha de me libertar, como um espectador desinteressado.

Se houvesse felicidade, não seria mais do que ausência passageira de sofrimento, momento de alívio entre um desejo satisfeito e o surgimento de outro ainda insatisfeito, como disse algum filósofo. Está quase sempre no futuro ou no passado.

O passado me asfixiava por ruelas estreitas. Faltavam-lhe horizontes. Eu tinha saudades do futuro e — por que não dizer? — de Leonor.

No futuro e no passado era onde eu havia estado, mas não realmente. Havia me cansado de viver de ficção.

Montei meu novo plano. Queria me tornar personagem real, de carne e osso, experimentar os movimentos e sentidos de um corpo inserido no espaço e no tempo. Queria atravessar a barreira, o limite, passar para o outro lado. Para isso teria de perder algumas de minhas características ultrapassadas.

Ao sair do livro, desta vez escolheria a idade, entre as citadas pelo editor de minhas memórias, M. de A. Preferi meus quarenta anos, quando tinha as virtudes da minha época, quase nenhum vício, como chegaram a atestar. Não digo por orgulho. Limito-me aos fatos. Pintavam-me como "um belo tipo de homem". Naquela altura havia chegado do Pacífico ao Brasil com uma licença de seis meses dada pelos Negócios Estrangeiros. Falei de quase nenhum vício, mas confesso que o ofício de diplomata me havia criado um "calo", como eu afirmava e me repetiam: meu sorriso aprovador, minha fala branda e cautelosa, meu ar de ocasião, minha expressão adequada, tudo bem distribuído, segundo me diziam. Pois bem, esse "calo" eu já havia posto à prova nas minhas andanças com Flor. Será que eu teria de arrancá-lo?

Deveria me desfazer de minhas velhas maneiras numa época em que eram pouco apreciadas, como me desfaria do fraque e de minha sobrecasaca, que substituiria por um terno de casimira azul-escuro? Em vez dos suspensórios, um cinto. Na certa caçoariam de minha camisa alva e bordada, bem como de minhas botas de verniz. Que caçoassem. Ficaria também com meu colete, meu chapéu, minhas gravatas e meus lenços de seda. Manteria a flor eterna na botoeira. Eram tão parte de mim que me desfazer desses apetrechos era arrancar mais do que um calo.

Meu bigode, decidi mudar. Havia pensado que a ponta fina e rija pudesse me dar um ar de frescura ao rosto quando chegasse aos cinquenta anos. Porém, se já não ficava bem no século XX, muito menos no século XXI. O cabelo, algo grisalho e apartado ao meio, também mudaria. Eu o pentearia para trás sem a linha divisória. Estaria assim ao gosto atual?

Sairia das páginas do livro para uma relação intensa com os vivos. Sei que vocês podem duvidar de mim. Mas meu papel não é o de transformar céticos em crentes, isso deixo para os místicos ou para quem confia em mistérios e ressurreições. É apenas o de seguir contando-lhes esta história.

Eu me sentia um homem livre em mais de um sentido. Liberdade era ter a possibilidade de desobedecer, me rebelar e de fugir.

Eu precisaria pagar para me vestir, comer e morar. Seria vã a tentativa de recuperar meu ordenado da Secretaria de Estrangeiros. Eu me somaria ao número calamitoso de desempregados. Não poderia vender a casa do Catete, que ficaria no passado. O que fazer? Roubar para ter acesso a reais? Não falo de dinheiro do Estado, como era comum. Eu não teria um cargo para isso. Vender minha própria roupa? Não podia andar nu. Recordei-me do rapaz troncudo e de bigode fino que me havia abordado na Esplanada. Roubar celular seria um negócio lucrativo. Mas, além de uma arma, me faltavam contatos e experiência. Outra atividade lucrativa, negociar com drogas, requeria redes de tráfico. Daniel não me ajudaria, era apenas consumidor, além de hostilizar a minha volta. Viver de esmolas?

Tenho uma teoria para explicar como meu regresso a este século raivoso foi possível. Prefiro não a expor, porque imagino que, como eu, vocês desconfiam das teorias. Não sou afeito a elas, delas me tornei descrente ao longo da diplomacia, pois um único fato as fazia desmoronar, uma eleição, um assassinato, um vírus ou uma guerra. E lá vinha a teoria correndo atrás do fato.

Sejamos claros: todo mistério é obscuro.

Dona Zenaide explicará melhor a quem, entre vocês, tenha acesso a ela. Como vocês sabem, tinha sido a responsável por levar o livro a Flor. Tinha me ajudado a voltar ao passado. Tinha me trazido Leonor e a levado de volta. Por que não poderia me ajudar a regressar ao presente do futuro? É questão que deixo para quem se interessa por ciências esotéricas.

HOMEM DE PAPEL 315

Escolhi o local do cemitério, um jardim quadrado atrás da igreja. Meus colegas de trabalho inspecionavam o espaço. Voltei para minha sala, no final de um longo corredor, a mesma do início de minha carreira. Agora sem ninguém, parecia mais ampla. Percebi papéis acumulados pelos cantos e uma bandeja sobre minha mesa com dois memorandos para assinar. Um era simples. Assinei. O outro pedia a remoção do quadro pendurado na parede em frente. Vi de perto os detalhes do quadro, rugoso, pintado com camadas de tinta grossa. Era uma bandeira do Brasil estilizada, a da República, semelhante à do Império e igualmente verde-amarela. Inviável retirar o quadro da parede. Molhei a ponta da pena no tinteiro e risquei o pedido. Olhei o relógio, um móvel alto. Era uma e quarenta. Entrou na sala uma senhora sem máscara.

"O senhor já se esqueceu de mim? Sou Bertolda."

Havia sido minha funcionária num posto na Europa. Na certa, autora do memorando. Expliquei-lhe a dificuldade.

"O senhor tem prestígio, o que decidir vão compreender. Foi parte de uma exposição de quadros verde-amarelos pintados por uma velha funcionária. O senhor fará horário corrido?"

"Não", respondi. "Estou atrasado, mas volto para assinar mais algum documento."

Depois avaliei que, no meio de uma pandemia, passar menos tempo seria melhor. Olhei de novo o relógio. Já não era uma e quarenta da tarde. Era noite, e eu estava atrasado para o jantar. Iria sobretudo pela companhia.

Comeria pouco. Cruzei com duas moças que desciam rindo as escadas. Uma delas trazia nas mãos um perfume que eu lhe havia presenteado. Sorriu para mim.

O que vi então foi a cabeça de JK. Meus olhos pesavam. Doíam com a claridade. Eu acordava na praça dos Três Poderes.

47
A realidade era um lugar desagradável

Se vocês tiveram paciência para me ouvir até agora, não precisam de explicação para crer que consegui o improvável. Afinal, o improvável é parte da vida. Olhei-me num espelho oval, com moldura de prata, que trazia no bolso. Ele não me fazia elogios excessivos nem me desaprovava. Eu não me via mal. Parecia-me comigo mesmo, embora mais moço. O colarinho tinha imperfeições, mas, se eu não estava representando o país, muito menos uma alfaiataria. Poderia desfrutar do prazer de viver em boa saúde e finalmente livre.

Eu tinha corpo. Tão imperfeito quanto o espírito, mas corpo. Corpo, finalmente. Corpo que eu podia sentir. Que não era mero escravo do espírito. Tinha seus órgãos, seus gostos, suas necessidades e suas vontades próprias. Que estranho que eu ainda me chamasse Aires.

O corpo e o espírito que levavam meu nome estavam cheios de energia, indiferentes à chuva que encharcava meu chapéu e meu terno de casimira. Chuva do caju, a primeira e um tanto prematura depois de uma longa estiagem. Nada podia me deter, nem as rédeas do cocheiro, já que não havia carros puxados a cavalo, nem minha dor de joelho, que havia voltado. Tudo tinha limites, e os de minha paciência eram mais fáceis de estabelecer do que os negociados pelo barão. Eu passava a compreender que a grande ação exigia decisão apaixonada, não importava o tamanho da dificuldade e a incerteza do resultado. Voltava com índole nova. O peso do tempo? Eu já não sentia. Ele não havia me amassado. Tinha até me aplainado rugas.

Olhei à minha volta. Havia muitas antas, mas nenhuma que eu reconhecesse como minha velha amiga. Com a roupa molhada, caminhei da praça dos Três Poderes à rodoviária, vendo antas em todo o caminho. Lá tomei um ônibus na direção sul. De pé, sentia no rosto um bafo quente e via desfilar pelas janelas carros, prédios e antas. O cobrador me fez um sinal. Eu tinha respeitabilidade, quarenta anos e 2 mil-réis, que ele não aceitou.

Notando meu embaraço, uma senhora de bolsa a tiracolo pagou por mim. Imitei o dito de um rapaz na tarde em que fugi do Itamaraty: "Deus lhe pague, minha senhora." Quando eu descia numa das primeiras paradas do Eixinho, na altura da 205 Sul, ela retribuiu: "Vá com Deus." Agradeci com um aceno de cabeça, ao lamentar o comércio de gentilezas à custa de Deus e desconfiar que Ele talvez não quisesse me acompanhar.

Fui ao apartamento de Cadu, no bloco E da 205. Havia saído, me informou o porteiro.

HOMEM DE PAPEL

O Eixinho tinha cheiro novo. Cheiro de poluição misturado ao da chuva, que havia deixado um brilho no calçamento. Voltei a ouvir o barulho constante dos carros. Caminhei por uma das passagens de pedestre sob o Eixão. O cheiro forte era de mijo. Talvez o fedor já existisse antes, o meu olfato é que não estava aguçado como eu supunha.

Olhei a vida, dentro e em torno de mim. Ela podia ser feia, cruel e cheia de ameaças, principalmente a da morte. Era real, e a realidade era um lugar desagradável.

Nem bem saí da passagem de pedestre, revi minha impressão sobre a realidade, que podia ser igualmente agradável. Era o único lugar verdadeiro e onde eu poderia encontrar Leonor.

Numa aleia da 104 Sul, eu conseguia extrair alegria das folhas mortas e rendadas, de uma abelha que me perseguia, de uma fresta de luz que se abria no cinza do céu, de um casal de namorados de mãos dadas ou uma senhora que levava a passear na coleira uma antinha domesticada. Até as coisas banais eram bonitas.

Talvez fosse o fato de ter trocado a ficção por algo concreto que fazia com que me enamorasse dos prédios modestos da entrequadra. Cruzei com um grupo de jovens barulhentos, garotas e rapazes que iam ou vinham da escola, cenas que me pareceram incomuns, não porque fossem incomuns, mas porque eu havia mudado.

Antas pastavam, incorporadas à paisagem.

Numa entrequadra olhei as vitrines, uma de violões, outra de santos e orixás. No fundo de uma ótica uma jovem de cabelinho curto experimentava um par de óculos. Entrei numa papelaria. Não queria comprar nada, apenas examinar os tipos de papel na prateleira. Uma japonesa exibia uma variedade de mangas na calçada de sua frutaria. Na porta da farmácia, painéis gigantes mostravam uma moça nua passando creme nas coxas. Na floricultura separei lírios e flores brancas para levar para Leonor, mas ali tampouco aceitaram meus mil-réis.

Com o tempo eu exploraria melhor a cidade. Iria à quadra das farmácias, à das lâmpadas, à dos alfinetes e até à das funerárias, cuja utilidade para mim agora se tornava patente. Esperava não precisar revisitar o cemitério para escolher minha sepultura.

Passei por uma banca de jornal da 108 Sul onde havia estado com Flor. Em vez de discussão, agora havia água de coco, que me matou a sede secular, eu sentado à mesa de alumínio numa cadeira molhada. Saí apressado por entre as árvores sem pagar.

Fui divagando sobre Leonor. Não me dei conta do sinal vermelho no centro de uma entrequadra. Um carro freou e freou minha divagação.

Segui caminho por mais uma aleia, onde pássaros de gritinhos esganiçados, não sei se por susto da visão de um casal de antas, interromperam o breve silêncio. Um canário. Um sabiá. E uma curicaca. Esta desfilou a meu lado. Exibia a elegância de seu bico fino e comprido, pescoço amarelo e pernas vermelhas.

Mais adiante, o Beirute já começava a servir o almoço. Posso chamar de aventura comer? O garçom não estranhou minha roupa, nem que estivesse molhada.

HOMEM DE PAPEL

Pedi um misto árabe, com lentilha, dois charutos de folha de uva e kafta. Aproveitei a chegada de um grupo de pessoas para sair pela parte de trás do restaurante.

Atravessei o Eixão por uma passagem de pedestre até a 209. Desandei caminho por poucos blocos e muitos quilômetros, ouvindo o ciciar das cigarras. As mangueiras haviam mantido seu verde na estiagem. Já brotavam frutas num pé de amora. Um mamoeiro empertigado acenou seus galhos para mim. Numa ponta de quadra, dois casais conversavam em torno de um carrinho de comida. A fumaça veio até mim e me trouxe cheiro de frango assado.

Um pequinês latia para uma anta, que não se incomodava.

Cadu não havia chegado, mas eu sabia que após o almoço ele tinha o hábito de caminhar pelo gramado entre as árvores no meio da quadra.

Ali o surpreendi. Contente, convidou-me para subir a seu apartamento. Nosso colóquio se esticou pela tarde.

Contei sobre meu encontro com antas ao longo do caminho.

"A anta que estão querendo eleger está hospitalizada. Os ferimentos foram graves", ele me informou.

"Acho que os tiros visavam a mim."

"Está no HRAN, o hospital da Asa Norte."

Comentei meus planos de buscar emprego.

"Com seu português castiço, podia ser revisor. Ou fazer traduções de uma das várias línguas que domina."

"Tenho corpo novo, mas linguagem antiga."

Cego, Cadu não notou minha roupa.

"Vou dormir ao ar livre."

"Não tem onde dormir?"

"Esse é um dos estorvos da realidade. É preciso ter onde morar."

"Fique aqui por uns dias."

Falou-me de uma foto que havia tirado de mim, na qual, segundo sua estagiária, eu não aparecia.

"Entendo a razão. Faltava-me substância."

"Deixe-me fazer seu retrato atual."

Posei para ele ao lado da janela, para que entrasse luz natural sobre minha face esquerda.

"Vou lhe enviar. Ou você não tem como receber?"

"Ainda não."

"Peço à minha estagiária para imprimir."

Ofereceu-me um digestivo. Optei por um conhaque.

"Aceita um charuto?"

"Ah, que prazer poder voltar a fumar."

48
Pouco adiantava falar de meu paletó surrado

"Há pouco voltei à minha casa do Catete", contei-lhe no meio da longa conversa. "Ainda guardava na memória o armário envidraçado onde havia metido as relíquias de minha vida antiga, meus retratos, um encaixilhado com colegas de profissão, conhecidos do corpo diplomático, os presentes que havia recebido mundo afora, condecorações, medalhas e medalhões, diplomas, placas, além do principal: um pente, um leque, uma mantilha, uma fita, uma luva…"

"São os melhores presentes."

"Qual não foi minha surpresa quando encontrei tudo preservado."

"Que maravilha."

"Encontrei também a mala das cartas, catalogadas por letras, cidades, línguas e sexos. Já escrevi sobre isso, com quinze ou vinte eu encheria capítulos de livros. Ainda guardava bilhetes assinados por iniciais secretas, que eu traduzia com saudades. Coisas de outro século."

"No século XXI você não faria o mesmo com mensagens de WhatsApp. Quanto a mim, só colecionei fotos. Estou escrevendo um romance que pretendo intitular *O livro das emoções*. Recorro à memória para reconstituir em palavras as fotos que me causaram emoção. Olhe a parede aí atrás."

Eu já tinha notado o painel de triângulos que mostrava recortes do corpo feminino. Não entraria naquela competição, mas, para ser simpático, falei de duas ou três mulheres que tive e que não tive.

"Sobre uma amiga suíça, atriz respeitada e de prestígio que encontrei em Paris, escrevi na parte não publicada por M. de A. de minhas memórias."

"Vamos lá. Me conte os detalhes."

"Não é o caso. Nada que você não possa imaginar. Uma história que começou no restaurante Le Grand Véfour com um gesto sutil de um de meus pés sobre os seus. Quando terminou, não ouvimos clamor algum, mas eu estava pronto para enfrentar outra queda da Bastilha."

Poderia dizer muito mais, porém preferi trocar a descrição da pele da atriz pelo relato de meu desejo frustrado por Fidélia.

"A minha Fidélia", Cadu confessou, "é a estagiária que organiza minhas fotos. Mas nunca fiz ilusões. Tem namorado firme. Vai se casar."

Depois quis saber:

"Quando voltou ao passado não encontrou a sua Fidélia?"

"Mesmo que tivesse, e ela me correspondesse, não teria me garantido a felicidade. O que quero é localizar Leonor."

"Fugiu de você com o livro, não é?"

"Não por isso. Não dependo mais dele."

"Se precisar, pode usar meu celular ou meu computador."

Meus perfis não haviam desaparecido. Daí os comentários, os novos seguidores, pedidos de amizade e até um memorial feito por quem supunha minha morte.

Numa busca no Google sobre as antas, encontrei um vídeo sobre sua chegada a Brasília, que vocês ainda podem ver no link <www.antas/antas-na-praça-155667>. Fiz-me a promessa de visitar minha velha amiga anta.

Mas a prioridade era Leonor. Enviei-lhe uma mensagem.

Pensei em como eu havia perdido Natividade. Eu conversava com aquela minha namorada platônica embaixo de uma árvore, o vento batia, soprado do mar, sobre suas várias saias, quando meu coração não batia com a força que a paixão exige. Não era general a ponto de lutar por uma paixão. Ou talvez vocês me digam que não era paixão aquela inclinação de amor incompatível com a violência. Bati em retirada quando não fui correspondido.

Gostava daquela moça como quem gosta de uma joia rara e preciosa. Jamais como quem empunha armas de sedução e de conquista. Meu empenho se mostrava breve. Não por frouxidão ou frieza. Gostava de mulheres, estejam certos disso. Mas, ao sentir uma rejeição, não era homem de desprender esforço para persuadi--las. Repito, não era general, era diplomata.

Havia perdido a namorada e ganhado uma amiga. Amiga para sempre. Perdi a namorada para um senhor bem-posto na vida. Não sei se ele mereceria entrar nesta história. Não porque desgostasse dele; porque não me lembro de nada que me tenha dito de fundamental e não quero estender este relato desnecessariamente. Entrará, portanto, nesta história apenas se eu me recordar de algum comentário satírico de Dona Cesária sobre seu mau gosto disfarçado em gestos finos ou sua habilidade para ganhar dinheiro rápido como Hugo.

Quando Leonor respondeu, convidei-a para jantar. Que ela escolhesse o lugar.

"O senhor pode comer?"

Diante de minha determinação, sugeriu que nos encontrássemos no restaurante na noite do dia seguinte.

Sentia-me cansado.

"Há décadas não durmo", confessei a Cadu.

Levou-me ao quarto de hóspedes, de cama feita.

"Esse remédio faz efeito em meia hora", avisou-me.

Era inverno. Eu estava num país estrangeiro, talvez a Holanda. A porta alta, de madeira esculpida, se abriu. Por ela entraram Leonor, Flor e Fidélia, vestidas de longos casacos de pele. Do alto da escada, observei a cena. Penduraram seus casacos nos cabides. Um mestre de cerimônias as anunciou. Ouvi um toque de corneta. Subiram a escada nuas. Recebi-as com um respeitoso cumprimento de cabeça. Apenas Leonor usava batom e ruge. Sentou-se numa cadeira ao lado de uma mesa coberta de livros e cruzou as pernas. "Os livros são para encadernar, ao custo de dez dólares", disse. Abri a car-

HOMEM DE PAPEL 327

teira para pagar. Todas as notas de dez e vinte eram de cruzados. Finalmente encontrei dez francos suíços. "Sete são suficientes", Leonor me informou. Flor se aproximou. Usava máscara. Apontou para a fachada de um restaurante em frente. "Fazem uma excelente salada", disse.

Era meu segundo sonho depois de décadas. Um entre muitos que passei a ter.

Levei tempo para reconhecer onde estava. Ouvi ao pé de minha janela: "pamonha, pamoinha!"

Abri a janela. Apenas enxerguei antas, várias, comendo a grama ainda seca.

Nunca esqueci o dia em que voltei ao Rio após trinta e tantos anos de serviço aos Negócios Estrangeiros. Isso nos idos de 1887. Tinha voltado com vontade de viver no Brasil o resto de meus dias. Sentia-me cansado de outras terras, como agora me cansava de ficção e prateleiras.

Naquele 9 de janeiro de 1887, um vendedor de vassouras deu sabor à minha chegada, a meu bairro do Catete e à minha língua. Agora, um goiano fanho ao pé de minha janela do bloco E da 205 Sul anunciava: "pamonha, pamoinha!" Se não houvesse outra razão, esta era suficiente para que me reconciliasse com minha nova condição no país, mesmo que o país não fosse o Rio.

"Pamonha, pamonha, pamoinha!", ouvi agora junto com o alarido das crianças. Olhei novamente pela janela. Um jovem vociferava a outro: "Vá se foder. Tomar no cu. Eu sei que você fez setenta reais. Cadê minha parte?"

Tantos anos enfurnado em livro, sentia-me alheio a

meu entorno. Mas tudo mudava quando ouvia o vendedor de pamonha, as crianças e estes jovens.

Nos dois casos, encontrei vida nova e original na língua portuguesa do Brasil. Apesar do calão, se já no meu regresso do século XIX quis morrer com ela nos ouvidos, hoje com maior razão. Aqui estava para sempre e aqui morreria. Afinal eu já não era personagem escondido num livro embaixo de um sovaco, nem aparição. Tinha matéria. Era mortal.

"Olha a pamonha!", repetia o vendedor.

A voz fanha continuava a entrar pela janela. Vesti-me rapidamente, abri a porta da cozinha e desci pelas escadas. O porteiro me olhou com estranheza.

Quando voltei, cabisbaixo, Cadu me chamou à sala.

"Deixei você dormir. Começava a me preocupar."

Sentou-se numa poltrona, tendo ao lado uma jovem.

"Você saiu?"

"Tentei comprar pamonha e me dei conta de que só tenho meus mil réis."

"Laura, muito prazer", disse a jovem.

"Ela já imprimiu sua foto. Sente-se aqui."

Sentei-me a seu lado, enquanto Laura dirigia-se a uma mapoteca.

De pé, à nossa frente, me entregou a fotografia.

"Ficou ótima", eu lhe disse, pois de pouco adiantava falar de meu paletó surrado.

Quando Laura partiu, Cadu comentou:

"Estava mesmo para lhe perguntar se tem dinheiro."

"Vou tentar conseguir", respondi, sabendo que não conseguiria.

HOMEM DE PAPEL

"Isso deve dar para pagar a conta do restaurante."

Apresentou-me quatro notas de cinquenta.

"Só se for empréstimo. Prometo lhe pagar."

49
Talvez eu conseguisse ser general

Caminhando para o restaurante, eu me sentia mais vivo do que nunca. As árvores silvavam e me suspiravam segredos. Os prédios também me falavam como nunca. A noite descia sobre eles e me dava as boas-vindas com suas capas de sombra e mistério. Crianças corriam embaixo de um bloco tangendo uma anta. Uma moça, à frente, também corria, apertada em sua roupa preta de ginástica, sem poupar suas costas de meu olhar indiscreto.

Lembrou-me o dia em que Leonor me deu as costas e saiu pela porta do sebo, o Sebinho da 406 Norte. O rapaz magro de bermudas coloridas e rabo de cavalo com quem eu já havia conversado e que tempos depois vim a conhecer como repórter comentou suas qualidades:

"É uma professora argentina, especialista em literatura brasileira. Muito talentosa."

Mais do que ninguém eu sabia por experiência própria de seu conhecimento de literatura brasileira, mas naquela ocasião não eram seus múltiplos talentos que me chamavam atenção, pois não pendiam das pontas de seu vestido rosa.

Que frustração vê-la fugir. Concordaríamos, eu e o magricela, em algo mais imediato que ele não ousou dizer. Compostura e dissimulação também são virtudes, que desviam a atenção das formas do corpo para as qualidades do intelecto. Por mais que custe revelar a verdade, e não custa nada, sobretudo não a vocês, aqui vai: "Grande talento!", dissemos ao mesmo tempo.

Naquele dia pensei em perguntar a Leonor se outros também apreciavam seu talento, que no século em que nasci não seria tão explícito. Claro, fiquei com a pergunta dentro de mim. Seria indelicado levar o pensamento às últimas consequências.

Desta vez não bateria em retirada como fiz com Natividade. Talvez eu conseguisse ser general. Nada menos do que a conquista! A vitória! Enchi-me de coragem. Um general não deveria recuar só porque um garoto inexperiente lhe apontou uma arma. Nem Leonor era Fidélia, nem Daniel era Tristão.

General, não. Almirante, para que eu a levasse mundo afora, navegando. Um velho amigo havia me dito que uma das vantagens da escolha profissional que eu havia feito era a de cortejar belas damas. Fiz o que pude e muitas vezes não pude. Tinha os limites de meu tempo.

Elevei o cinto e minha expectativa. O garçom me conduziu ao fundo do restaurante vazio, iluminado à luz de velas, onde avistei Leonor à mesa.

HOMEM DE PAPEL

Levantou-se. Pérolas brilhavam nas suas orelhas. O vestido vermelho de alças e o leve decote combinavam com aquela noite. Seus olhos luziam para mim.

Sentados à mesa, depois que exprimimos nossas alegrias recíprocas, ela me disse:

"O livro está aqui comigo. Pode desaparecer nele quando quiser."

"Nunca mais. Estou vivo, de carne e osso."

"Vivo para os leitores, o senhor quer dizer."

"Não. Desta vez eu saí do livro para valer."

"Qual a vantagem? Saiu pra quê?"

O garçom se aproximou.

"Pedimos um vinho?", perguntei a Leonor.

"Posso lhe oferecer uma cachaça de aperitivo?"

Ainda não havia provado. E aprovei, tão logo tomado o primeiro gole de uma Salinas.

"Exijo que me pague."

Franzi a testa, interrogando-a.

"Em palavras."

"Quantas?"

"Às vezes uma basta."

"Obrigado."

"Essa não vale."

Pedi peixe. Ela, pasta. Deixei que escolhesse um vinho argentino.

Leonor não acreditava no que via, eu podia realmente beber, comer.

Fizemos planos para, mais tarde, assistir a um show no Clube do Choro.

"O senhor remoçou."

O elogio não fazia desaparecer a dor no joelho.

"Pelo menos não me chame de senhor."

"Acho estranho chamar o senhor de você."

"Não, não ache."

"Você sente quando o belisco?", quis saber, sem me beliscar.

"Ainda não experimentei essa sensação."

"Então você não passa de holografia."

Não neguei, porque desconhecia a palavra.

Ela me beliscou com força no braço por cima da manga do paletó.

Minha expressão não deixou dúvida sobre a dor que senti.

"Sente cócegas?", perguntou.

Suspiros e risos seriam assunto para minutos que prefiro pular. Passemos aos pratos e à minha comprovação de que ela pela primeira vez via em mim mais do que um personagem de ficção.

Degustando o vinho, meu paladar havia se reativado. Durante todo o jantar, eu não tinha audição nem visão para a conversa sobre as aventuras de nosso passado. Meu pensamento distraído ecoava a frase "seja general, aliás, almirante".

"Você falou com Flor?", me perguntou.

"Não, não a procurei."

"Devia. Ela está superpreocupada com você."

"Ameaçou me queimar. Depois quis me jogar no lixo."

"Comprou uma enorme briga com o irmão, Hugo, por sua causa. Acusou-o de ter sido o autor intelectual do crime. É a única coisa que ele tem de intelectual, ela me disse. Na cabeça dela, crime de homicídio. Acha que você morreu."

"Tenho então de lhe fazer uma visita."

"Vamos aos doces?"

Eu não tinha perdido o apetite... E não digo apenas para o quindim que o garçom trouxe num carrinho.

Quando pedi a conta, o garçom me disse que estava paga.

"Como assim?"

"Eu sabia que você não ia permitir."

"Não é justo."

"Me deixe ter esse prazer."

"A próxima..."

"Combinado."

Sentados no banco de trás do carro que Leonor havia chamado, a sandice comandava a cena, fantasiada de razão, e deceparia minha cabeça se eu não obedecesse. O fantasma de Quincas Borba olhava de cima.

"Desculpe-me por dizê-lo e não tenho interesse outro que não ser sincero: você tem olhos lindos", declarei.

Faria mais elogios, aos brincos, às alças do vestido, ao decote, ao corpo até sem vestido, se não parecesse que o interesse ultrapassava os limites da decência. Contive minhas palavras, mas dos humanos tudo se pode esperar, desde a bomba atômica até um beijo roubado.

Aproximei meu rosto para o beijo. Confiaria que, com meu novo perfil, não seria considerado um velho sem escrúpulos tentando seduzir uma jovem viúva. Ali mesmo a abraçaria com um abraço tão longo que tomaria o resto desta história.

Com o movimento que ela fez ao se desviar de meu beijo, nossos lábios se tocaram.

"Aires, você não está em Caracas."

Fiquei atônito, não porque ela soubesse de Carmen.

"Você parece até que já não é o mesmo."

"Não sou o mesmo."

"Não devia ter saído do livro."

Achei que fazia parte do jogo. Pular os obstáculos somente faria aumentar meu prazer. Era com certeza por pudor que ela mergulhava seu carinho num mar escuro, porém não me faltava coragem de trazê-lo à tona.

Estava mordida, como se dizia antigamente, foi o que vi nos seus olhos. Não recusaria meu abraço. Eu a abracei e a beijei no rosto, sentindo seu perfume.

"Isso é assédio", ela me disse.

Eu sabia do que se tratava, mas não poderia imaginar que meu gesto de almirante pudesse ser considerado cerco militar. Nem era Leonor de nenhuma forma minha funcionária, empregada ou subordinada. Ao contrário, eu é que seria dela, ela sempre a me estudar, examinar, mais talentosa do que eu. Também mais rica, detentora de pesos e euros, quando eu nada mais podia mostrar que reais emprestados.

Pediu ao motorista que parasse.

"Saia do carro. Já", me ordenou.

Regressei a pé ao apartamento de Cadu, ruminando minha desgraça, sem olhar para as árvores ou para os prédios, apenas para alguma anta de passagem e para o chão áspero e fraturado. Se Fidélia tinha visto em mim um velho sábio que poderia aconselhá-la, o interesse de Leonor por mim se mostrava não mais do que acadêmico.

Uma e outra tinham admiração por mim, é certo. Mas o amor não se nutre só de admiração. Embora tendo regressado ao presente, eu era retrógrado e por isso não conseguia acompanhar Leonor em seu tempo.

Senti culpa de não sentir culpa por apreciar sem pudor os talentos de Leonor.

50
Difícil provar sem o cadáver

Era um sábado. Passando pela cozinha, deixei duas das quatro notas de cinquenta. Tomei um rápido café e desci.

Olhei o jardim de um bloco próximo. Estava verde, verde-claro, e contrastava com a secura do gramado em frente, que não havia reagido à primeira chuva.

Perto da 213 Sul, reconheci a senda cimentada que Flor percorria ao se exercitar. Caminhei ouvindo pedaços de frases. Duas mocinhas sentadas num banco: "ele me traía. Um dia em que falava no celular…"

Orquídeas amarelas saíam de um tronco de árvore. No playground, crianças faziam um círculo em torno de três antas.

Chegando ao prédio de Flor, o porteiro demonstrou satisfação ao me ver.

Eu não lhes queria contar um melodrama, mas o que fazer se o melodrama é real?

"Que alívio ver o senhor. Temi que tivesse desaparecido para sempre; que tivesse mesmo morrido. O que acontaceu?", Flor perguntou, reavendo sua delicadeza e sua voz meiga, ao me fazer entrar no apartamento.

O desalento que eu via no seu rosto era atenuado pela elegância de sempre, em seu vestido verde e no colar de sementes bem escolhidas. De olhos vermelhos, havia chorado.

"Gabriela, este é o conselheiro Aires."

A moça, que eu já conhecia, agora trazia curtos seus cabelos castanhos. Segurava papéis e um xale.

"Eu já estava de partida."

Depois que Gabriela se despediu, Flor se justificou:

"Desde que leu o conto que lhe enviei, suplicava por esta visita. Masoquismo meu recebê-la."

"Espero que a personagem não seja eu", Gabriela lhe havia dito. "Reconheço que estou errada, me desculpo, mas juro, não houve nada do que você está pensando."

Então chorou. Seria choro verdadeiro? Flor preferiu fingir acreditar e chorou junto.

"Estou fragilizada, conselheiro. Não preciso de muito para chorar."

Flor envolveu seus braços em meu pescoço:

"Me salve, se puder, conselheiro."

Chorou sobre mim. Não vou colocar aqui cada gota de lágrima que caiu sobre o ombro de meu paletó, menos ainda os lenços de papel que ficaram encharcados.

Se as ideias tivessem me vindo de maneira clara naquela hora, eu lhe teria dito que talvez fosse mágoa o que ela sentia, mágoa que havia escondido de si mesma, racionalizando, mostrando-se distante de seus sentimentos genuínos.

HOMEM DE PAPEL

Continuei calado diante da conselheira, da mulher, da amante, da mãe, da irmã, que eram todas a mesma.

Sentei-me a seu lado no sofá do escritório, de costas para a janela e de frente para a estante da qual não sentia saudades, apesar da boa companhia de Proust, Mann, Machado, Graciliano e Clarice, todos ainda ali. Reconheci a peça para piano de Schumann que saía de um pequeno alto-falante sem fio numa das prateleiras.

"Me desculpe, conselheiro. O senhor me desculpa?"

Havia permanecido de meu passado uma característica indelével: a de perdoar.

"Querem me destruir."

"Quem?"

"Chegou a Cássio um arquivo com uma foto da noite fatídica em Pirenópolis. Ainda não vi."

"Então, Reginaldo…"

"Sacana. Filho da puta. Alegou que não queria nada de mau ao guardar a foto. Diz que foi hackeada. Quem também está puto da vida comigo é meu irmão Hugo."

"Eu soube. A senhora o acusou de homicídio."

"Pois é. Difícil provar sem o cadáver do senhor. Temos de ver o que fazer. Me conte, o que aconteceu?"

"Longa história."

"Não sei se o senhor sabe, acho que para se safar da acusação Hugo providenciou a hospitalização da anta. Estou preocupada com Daniel. Agora está havendo uma grande manifestação."

"Que manifestação?"

"Contra e a favor dela, em frente ao hospital."

"É para lá que vou. Deu-me vontade de fazer uma visita à anta. Provavelmente fui o motivo dos tiros que recebeu. Não custa emprestar-lhe solidariedade neste momento difícil."

"Tome cuidado, conselheiro."

51
Recusaria as algemas, mesmo se lindas

Caminhei em direção ao Setor Hospitalar Norte. A última coisa em que queria pensar era em política, aquele verme que carcomia as entranhas da imaginação, deformava a arte e borrava as belezas do mundo. Mas como me desviar da política se no caminho via as antas e suas sombras? Se me dirigia à anta-mor?

Eu não era apenas uma ideia, uma história ou vaga intenção. Empreendia uma ação necessária. Corria sangue nas minhas veias.

No caminho, quando me aproximava do Liberty Mall, a cena a que assisti se assemelhava a outra, muito antiga. A cor da pele do jovem espancado era igual. A violência da polícia, maior.

Continuo com horror a multidão, e ali havia um formigueiro de gente. Cinco policiais cercaram o suposto bandido, que esperneava, bradava contra eles e, para se defender, tentou disparar seu revólver. Não me pareceu que fosse de periculosidade semelhante à dos assaltantes que eu havia visto pela televisão. Era um rapaz frágil, com olhar de súplica. Foi imobilizado e jogado no chão com força. Foram-lhe aplicados chutes certeiros. Enquanto parte da multidão se afastava, temendo bala perdida, outra torcia a favor ou contra a polícia ou o suposto bandido. Alguns filmavam com seus celulares, o que levou à reação brutal de um dos policiais.

"O que ele fez?", perguntei, ainda que soubesse que disparar o revólver seria razão suficiente para a prisão.

O policial não me respondeu.

"Não vou", disse o preso com voz de choro.

"Não vá", apoiaram vários dos presentes.

Nesse momento foi empurrado para o fundo do camburão.

"Foi preso porque é um coitado. Ladrões grandes sempre se safam", disse uma senhora a meu lado.

Pensei em seguir o camburão, esperando que a multidão também o fizesse. Mas não. O camburão partiu veloz, e cada um tomou seu caminho, que, em vários casos, era o mesmo que o meu.

Sempre havia existido um instinto salutar de resistência à autoridade. Eu já disse, o homem, logo que criado, desobedeceu ao Criador. Esta é a norma, regra do mundo. Que não possa protestar é a exceção ditatorial, que nem Deus criador quis impor. Ele deu ao homem e à mulher desobedientes nada menos do que o paraíso. Mas nem o paraíso conseguia comprar o gosto de ser do contra. A liberdade e a desobediência estavam na origem. Não reivindico essas ideias. Não são minhas, apenas as colho entre tantas. Às vezes é necessária a desobediência para fazer com que a lei seja a que deve ser.

Digo a vocês, obedeçam sempre, se quiserem. Façam como a planta que se inclina ao sol e se adapta à posição do vento. E se não quiserem... Que não queiram abençoar a força, a violência, aceitar o abuso ou a lei injusta.

Quando me aproximei do Hospital Regional da Asa Norte, primeiro deparei-me com uma barreira de policiais. Tentei o que havia feito antes, quando consegui furar a barreira para entrar na praça dos Três Poderes.

"Sou o conselheiro Aires e quero fazer uma visita à anta."

Um dos policiais me revistou e me deixou passar. Atravessei a aglomeração com dificuldade. Havia dois lados, como ocorrido na Esplanada dos Ministérios. Mas estas manifestações eram menores e sem muro ao meio. Ouvi vários impropérios entre os dois lados.

Um senhor me pareceu familiar. Num primeiro momento eu não soube quem era. Vi que me tinha simpatia. Não sei se chegou a me reconhecer. Afinal, eu havia rejuvenescido. Quando li a placa que trazia "matar as antas e doar a carne", dei-me conta de que era o rapaz alto, encorpado, de olhos grandes e fala enérgica que eu havia visto no encontro organizado por Daniel na praça dos Três Poderes.

Nesse momento começaram as agressões físicas entre os dois lados. Meu conhecido me abandonou e também à placa. Para fugir da briga, e ao notar a dispersão de uma parte dos manifestantes, aproveitei para avançar em direção à porta. Quando me aproximei, ouvi barulhos de vidros quebrados, e um magote de gente entrou na recepção do hospital. Tentei voltar e não consegui. Quando fui empurrado para dentro, um policial de corpo volumoso e cabelos oxigenados me interceptou:

"Documentos."

"Sou o conselheiro Aires. Aires com ípsilon, pois acabo de chegar do século XIX. Gostaria que me fosse permitida uma visita à anta."

"Levante os braços."

Senti o impacto do murro, que me desequilibrou.

"Documentos", repetiu.

"Não tenho."

"Me acompanhe."

Fui levado com outros manifestantes.

Não tardou para chegarem ambulâncias e reforços policiais. Podendo, eu recusaria as algemas, mesmo se lindas. Dois policiais me demonstraram que não pude.

O delegado de polícia lavrou o auto de minha prisão em flagrante. Preso sem tornozeleira eletrônica, nenhum glamour, portanto.

Vou abreviar a história longa. Fui preso por crime contra o patrimônio público e por ser um dos líderes da manifestação que tinha como objetivo o assassinato da anta e a doação de sua carne. O juiz acatou a evidência de uma fotografia minha ao lado de uma placa que defendia o assassinato. Os manifestantes, entre os quais eu, haviam não apenas destruído a fachada e a recepção do hospital, mas também uma viatura policial. Havia perigo evidente como resultado desses atos. Eu deveria ser enquadrado no artigo 163 do Código Penal, parágrafo único, por dano qualificado ao patrimônio público. Eu havia adentrado sem autorização a área de recepção do hospital, e os atos praticados dentro do hospital poderiam ter causado lesão à vida, à integridade física e ao patrimônio de pessoas indeterminadas.

Eu poderia pegar pelo menos seis meses de detenção, comprovada, como foi, a periculosidade da ação, não podendo ser aplicado o princípio da insignificância. Tinha havido o dolo específico de destruir, inutilizar ou deteriorar o patrimônio público. Os bens jurídicos estavam tutelados pelo artigo pertinente do Código Penal. Tinha havido de minha parte o *animus nocendi*, com agravo regimental.

Somados a esses, foram-me imputados crimes contra a fé pública, de falsa identidade, conforme o artigo 307 do Código Penal, e de falsidade ideológica, previsto no artigo 299. Eu havia feito declaração falsa, verbalmente e depois por escrito, omitindo ou alterando a verdade sobre fato juridicamente relevante. Havia criado página de terceiro na internet e procurava passar por um conselheiro nascido no século XIX.

Além disso, num inquérito que seria conduzido pelo Ministério Público Militar, eu poderia vir a ser enquadrado na Lei de Segurança Nacional por ameaçar o Estado de direito. Tinha invadido o prédio público com o objetivo de subtrair a vida de uma possível candidata a presidente. Havia participado de protesto antidemocrático, de subversão da ordem política e social, ao defender o fechamento do Congresso para impedir que uma de suas comissões discutisse a candidatura da anta. Os manifestantes, entre os quais eu me incluía, haviam atentado contra a honra de um dos poderes da União.

Um advogado contratado por Cadu entrou com um *habeas corpus*, prontamente negado. Impetrou recurso com pedido de liminar. Indeferido. A excepcionalidade de meu comportamento não tinha o condão de justificar instauração de incidente de insanidade mental.

Os esclarecimentos adicionais ao processo agravaram minha situação. Estranha, toda a minha história.

Não era grande novidade estar preso. Eu havia estado sempre preso a um livro, e, mais amplamente, o mundo era uma colônia penal onde a humanidade pagava um preço por seus pecados. Somos todos prisioneiros, pensei comigo. Subimos pelas paredes de nossas celas, observamos o que é possível pelas brechas de suas janelas e aproveitamos o pouco de claridade que entra por seus pátios.

Não vou detalhar os infortúnios da minha chegada à Papuda. Por não apresentar diploma, não tive direito aos privilégios de quem tinha curso superior.

52
Já fui capaz de atravessar paredes

A prisão nos igualava a todos, desde inocentes a criminosos de diferentes graus. Houve a coincidência de encontrar no banho de sol meu vizinho de cela, um rapaz que eu conhecia de rosto e de canivete, o mesmo jovem troncudo, de voz e bigode finos, olhar paranoico, que tinha tentado roubar meu celular na Esplanada dos Ministérios. Havia mudado o cabelo, agora sem brilhantina.

Na terceira vez em que nos encontramos, parecíamos amigos íntimos.

"Pode me chamar de Balofo."

Era membro do Sindicato Distrito Federal. Havia entrado para a gangue por acaso e por roubar celulares. A cerimônia de admissão tinha consistido em cheirar crack. No seu caso, o dispensaram de matar um inimigo.

"Aqui o senhor vai encontrar gente famosa."

Imaginei políticos e empresários.

"A justiça aceitou a transferência de líderes de facções de Goiás, do Rio e até do Nordeste. Gente que comanda tráfico de drogas, assassinatos e ataques a caixas eletrônicos. Você vai conhecer o Agulha. Fugiu mais de uma vez. Cava túneis mínimos. Passa por qualquer brecha."

"Já fui capaz de atravessar paredes", me gabei.

"Não duvido. Você me deu medo naquele dia. Como conseguiu, cara? Eu enfiava a faca, e nada. Aqui não tem toda essa segurança. Um dia a gente foge. Os guardas usam escopetas calibre 12. Sucateadas. Qualquer um tem acesso a arma melhor."

A atenção com que eu o ouvia o encorajava a me fazer confidências.

"Um amigo meu, quando recebe visitas íntimas, manda ordens embrulhadas como balas num plástico filme que a mulher traz. Depois ela mete na boceta. As correspondências secretas, por códigos, entregues em mãos."

Imaginei um sistema mais sofisticado do que o do serviço exterior.

"Todos os integrantes com codinome. Também no parlatório dá pra passar mensagens pelos advogados."

"Organizados", eu disse.

"Cara, tem que ter investimento estratégico. Em estrutura, conselho, logística, entretenimento, serviços públicos, política. Lavar o dinheiro através de empresas, até do estrangeiro."

Apresentou-me a outro assaltante de Brasília, o Fefé. Será que eu também já conhecia aquela figura esquálida, de olhos grandes que saltavam do rosto sisudo? Procurei reduzir a distância que sua frieza me impunha:

"Você não fez um assalto perto da via N1 Leste? Estávamos num carro, uma senhora e um senhor, um livro no banco de trás. Vocês eram três. Enquanto os outros foram a uma agência do Banco do Brasil, você ficou no carro folheando o livro."

Não tinha noção do que eu falava.

Ele e Balofo me davam detalhes do plano de fuga quando se aproximou um tal Luizito, de tatuagem e maldade aparentes. Logo nos dispersamos. Balofo veio a me dizer que Luizito era um exemplo de coragem. Eu sabia que não raro a coragem vinha junto da parvoíce. Não foi difícil descobrir que ele era ainda mais parvo do que corajoso.

No dia seguinte alguns dos presos foram levados não sabíamos para onde.

"Parece que para prisão de segurança máxima. Todo cuidado é pouco", disse Balofo. "Pode ter a ver com nosso plano de fuga."

Um agente penitenciário me deu uma boa notícia:

"O diretor autorizou duas visitas para o senhor."

Imaginei que uma seria de Cadu ou do advogado, para os detalhes da defesa.

Fui chamado ao parlatório. Era Flor. Queria saber como eu estava. Contou-me as dificuldades de contribuir para minha defesa e para a acusação de Hugo. Depois me senti como um psicanalista diante da cliente.

"O chantagista ameaça jogar a foto nas redes. Foto horrível. Sugere coisa que não aconteceu. Eu com os dois. Zeus, também chantageado, me mandou mensagens. Não vou responder. Voltou com Lili. Por ele só sinto desprezo. E é um alívio. Encontros estúpidos com um babaca."

Olhou para o chão, como se ali buscasse saída para seu drama.

"Confessei a Cássio o que se passou e não se passou. Acreditou só na primeira parte. E então me disse, não posso esperar mais nada de você nem do futuro. Até o passado vou ter de repensar."

Viver no futuro e no passado era um dos significados da prudência; e o futuro, como o passado, era longo. Estava sempre se reinventando. Foi o que pensei, e engoli meu pensamento, que não tinha futuro.

"Cássio está puto da vida com Zeus. Se puder, mata o canalha e me mata também. Nossa relação já ia ladeira abaixo, como o senhor sabe. O que restava, pus a perder. Agora somos inimigos contíguos. Existe a tal felicidade, conselheiro? A infelicidade, sei que existe."

De cabelo despenteado e sem maquiagem, ela era a mulher ao natural, com sua beleza crua.

"Dediquei minha vida a um país justo e respeitado. O que recebo em troca por causa de um passo em falso? Vou procurar um emprego. Qualquer coisa. Falei uma vez ao senhor de um salto que deveria dar."

"Apesar dos percalços, a senhora já tem o melhor emprego."

"Fui chamada à sala do secretário de administração."

"A história chegou até ele?"

"Não por isso. Porque escrevi um artigo sobre o absurdo do momento atual. Sobre meu medo do que pode acontecer se a campanha a favor da anta continuar.

Como cidadã, tenho opinião. Não posso fugir à responsabilidade. Ele alega que, para os aspectos de política externa, eu deveria ter pedido autorização ao secretário-geral."

"Quero ler."

"Deixei para o senhor alguns livros, jornais e revistas. O artigo está num dos jornais."

53
Sonhei com jacaré

Caminhando com Balofo no pátio interno onde tomávamos sol, se não me engano numa quinta-feira, recitei:

Oh! Grandes e gravíssimos perigos,
Oh! Caminho da vida nunca certo,
Que, aonde a gente põe sua esperança,
Tenha a vida tão pouca segurança!

Comprovei meu sucesso. Formava-se uma roda em torno de mim. Então continuei:

No mar, tanta tormenta e tanto dano,
Tantas vezes a morte apercebida;
Na terra, tanta guerra, tanto engano,
Tanta necessidade aborrecida!
Onde pode acolher-se um fraco humano,
Onde terá segura a curta vida,
Que não se arme e se indigne o Céu sereno
Contra um bicho da terra tão pequeno?

"Do caralho, meu", disse Fefé.

Outros também se pronunciaram, entre eles Luizito: "O bicho é fera."

O grupo se dispersou e continuei caminhando com Balofo.

"Tá com medo, cara?", me perguntou.

"Sonhei com jacaré, um dos símbolos da morte na mitologia grega."

"Achei que ia dizer que sonhou com anta."

"Com elas eu sonho acordado."

"Pois jogue no quinze. Conhece o jogo do bicho, né?"

"Só jogo de cartas."

"Posso mandar jogar por você. Como foi o sonho?"

"Era de noite e tinha chovido. Caminhávamos, um de meus assessores e eu, nas ruas alagadas."

"Bom, jacaré na água pode significar traição, perigo e também sorte."

"Meu assessor entrou numa casa branca. Fiquei aguardando fora. Os jacarés chegavam. Hesitei sobre o que fazer. Um deles me olhava fixo."

"Se o jacaré é manso, é preciso ter paciência."

"Ao me mover, um fugiu de mim."

"Se ele foge é porque você quer desistir. Não faça isso, cara."

"Meu assessor demorava. Então entrei na casa. Contei a ele sobre os jacarés. 'Quer que eu prepare um relatório?', me perguntou. Recomendei que ele fosse preciso no relatório, duvidando se os bichos deveriam ser descritos como jacarés ou como lagartos grandes."

"Quanto maior o jacaré, maior a sorte."

"Acordei assombrado quando percebia que pisava na boca aberta de um jacaré."

"Você mata o bicho?"

"Não."

"Então não corre esse perigo todo."

"Algum dos jacarés está comendo?"

"Também não."

"Fique tranquilo. Não vai morrer tão cedo. Agora, esse último jacaré me parece que atacou você. Isso significa medo. Mas fique na sua. A vitória é certa. Os jacarés são verdes ou castanhos?"

"Verdes."

"Então é muita sorte mesmo. Pode confiar. Se fosse castanho tinha de mudar de tática."

Tão logo voltei à cela, fui chamado pelo diretor da penitenciária. Por acaso desconfiava que eu fizesse parte do conluio?

"Sente aí."

O rosto esboçava um sorriso irônico.

"Como o senhor está sendo tratado?"

"A sopa é péssima", respondi sem disfarçar a irreverência.

Manteve a calma, presumi que para demonstrar superioridade. Era um palito de gente e havia engolido um guarda-chuva. Vestia um colete verde à prova de bala. Gestos educados e um olhar de curiosidade por trás dos óculos de armação redonda foram suficientes para desarmar meu preconceito. Nunca me deixo tiranizar por primeiras impressões.

Gostava de conversar, foi o que comprovei.

Tinham lhe dito que eu declamava versos, supunha que eu fosse poeta e perguntou se eu queria participar de um slam.

"Sou péssimo de rimas."

"Também tenho minhas leituras, conselheiro."

Surpreendi-me que me chamasse de conselheiro.

"Tenho uma pergunta para fazer ao senhor. A ema não seria melhor candidata? Já conhece bem o palácio...", disse, ainda com ironia nos olhos. "O senhor sabe, a anta está dividindo o país."

Eu não sabia a que ponto.

"Se o senhor está me responsabilizando por essa anta, está enganado. O senhor devia se preocupar com os que provocaram a invasão desses bichos. O maior culpado é também o culpado por eu estar aqui."

Sem me contestar, falou-me de ódios políticos citando partidos — sociais, democráticos, republicanos, populares ou não sei mais o quê — e movimentos, frentes ou alianças.

Faltava-me capacidade de compreender para além de liberais e conservadores.

"Rivalidade sem modos", ele continuou. "Animosidade incompreensível até pra mim, que estou acostumado a brigas mortais."

A política do ódio não me era estranha.

"O senhor viu as últimas pesquisas sobre o grau de aceitação da anta?"

"Não vi nem quero ver."

"Muitos dizem que falta alternativa. Votam num desconhecido e, se não for gente, melhor. Nos conhecidos é que não votam, porque conhecem. Acham que estão todos corrompidos pelo sistema."

As palavras eram firmes, porém expressas com a mesma calma com que ele havia me recebido.

"O senhor não tem mesmo nenhum documento pra provar quem é?"

"Não preciso."

"Seria bom. Se não, como comprovar os bons antecedentes que podem ajudar o senhor a se defender em liberdade?"

"Quem tem cultura sabe quem sou."

"Para um juiz não basta. Pense nisso. Autorizei duas visitas ao senhor. A primeira acho que já recebeu."

A segunda, agora eu tinha certeza, devia ser de Cadu ou do advogado.

54
A crueldade é tipicamente humana

"Desisti de acusar você de assédio", Leonor me disse no parlatório, com o livro nas mãos. "Não porque tenha revisto minha posição. Só porque está preso injustamente."

"Hugo é que deveria estar preso por tentar me matar."

"Mesmo que fosse condenado por tentativa de homicídio, podia apelar em liberdade à segunda, terceira instâncias, até mesmo ao Supremo. Nunca vai ser preso."

"Alguém atirou em mim. Há testemunhas, não só a sua."

"Uma questão para a justiça é saber quem é você. Se é o mesmo que esteve no Itamaraty e na praça dos Três Poderes. Por sugestão de Flor, tentaram chamar para depor o ministro-conselheiro que se sentou a seu lado num almoço. Ele se recusou. Alegou privilégios e imunidades. Nem Miguel nem Daniel acham que vocês são a mesma pessoa. Eu quis me apresentar como especialista. Conheço você como ninguém. Sei que os dois são o mesmo. Mas o seu advogado me desencorajou."

Desencorajado fiquei eu.

"Em resumo, há dois problemas. O velho que aparecia com a anta desapareceu. E não há documentos para provar que você é ele."

"Minhas memórias, o livro…"

"Como personagem de ficção você acabou."

Sua expressão não era de crítica.

"Isso é ruim ou bom?"

"Para mim é péssimo. Depois de dois livros publicados sobre você, não me sinto à vontade para falar deles. São falsos. Quem vai acreditar se eu contar toda essa experiência? Por outro lado, é bom destrinchar este seu outro lado."

"Se como personagem de ficção meu futuro já era ruim, como parte da humanidade real é muito pior."

"Não seja pessimista."

"Não me chame de pessimista por observar o que se passou nesses séculos de horrores, guerras, miséria, fome e governantes insensatos."

"Você perdeu a crença na humanidade?"

"Nunca tive. A natureza humana não tem grandes variações. Está voltada para seus interesses e prazeres imediatos."

"Você tem de reconhecer os progressos. Por exemplo, da medicina."

"Entre tantos remédios novos, onde está um só para curar a insensatez e a maldade humanas? A dor e a agonia são comuns aos humanos e aos animais selvagens. Mas a crueldade é tipicamente humana. O homem não criou Deus segundo sua própria imagem. Criou o dia-

HOMEM DE PAPEL 363

bo, que ameaça e sustenta o mundo. A ordem natural é a desordem, o caos. Não, não confio nem tenho fé na humanidade."

"Mas Deus é brasileiro", ela disse em tom jocoso.

"Deve ser sádico ou está de brincadeira."

"Não fale assim, Aires."

Não era minha intenção assustá-la.

"Apesar disso, sua presença aqui me faz crer que valeu a pena transformar um sonho em realidade", lhe disse e aproveitei para comentar a novidade dos sonhos que havia passado a ter.

"Quero saber. Me conte pelo menos um."

"Sonhei com você."

Ela alargou os olhos com interesse.

"Este, então, tem de contar."

Em mais de um sonho ela aparecia. Escolhi um em que eu não era militar nem diplomata.

"Eu saía de um hotel em Buenos Aires. Atravessei uma rua larga de fachadas francesas. Depois que entrei por uma ruela de pedestre e sem calçadas, de casas pobres, me deparei com uma família: um velho, um casal de meia-idade, jovens que riam e crianças que jogavam com peças coloridas sobre o calçamento. Um cachorro minúsculo me atacou."

"Não era um sonho comigo?"

"Não acabei. Cheguei a um terraço amplo, frequentado por bandidos, alguns que conheci aqui. Andavam de um lado a outro de maneira suspeita. Daniel veio a meu encontro. Decidi voltar, fugindo dele. Corri por uma passagem estreita entre as árvores. Daniel agora vinha da direção contrária numa estrada de barro. Ele chamava você. Pulei, fiquei na frente dele..."

"Pelo visto Daniel não sai de sua cabeça."

"E da sua, ele sai?"

"Sonho muito louco, Aires. Se tem significado, só você vai entender. Mas sonho é assim mesmo, começa com uma pessoa e termina com outra. Um lugar se transforma noutro."

"E Daniel?"

"Não quero falar disso. Tive de romper com ele. Relação complicada. Essa diferença de idade... É um garoto imaturo. Imagine, recebeu um convite para assessorar a campanha contra a anta. Quer fazer carreira política como o tio Miguel."

Assunto que não me interessava. Preferi não contar o resto do sonho, onde ela de fato aparecia.

"Aires, o diretor da prisão tem simpatia por você. Disse que me autoriza excepcionalmente uma visita íntima, se você quiser. É só fazer o cadastro."

Não entendi de imediato.

"Você sabe, não estou sugerindo que aconteça nada demais entre nós. Nem quero. Mas numa visita íntima podemos ficar juntos, mais relaxados, conversar à vontade."

Claro que eu queria.

"Para isso eu teria de ser considerada sua companheira. E a única."

Temi acreditar, porque minha crença poderia se transformar em decepção. Afinal, como corresponder à expectativa de Leonor? Eu havia ganhado consistência carnal e ao mesmo tempo me tornado um ser insípido, sem brilho ou imaginação. Sua dedicação a mim não poderia durar.

Bom, talvez não durasse. Mas meu coração se acelerou, passou na frente de meu pensamento e me convenceu de que cada minuto com Leonor significava um minuto a menos de tédio.

55
Quem são as antas?

O diretor da penitenciária me concedeu o privilégio de ver televisão, exclusivamente para assistir a uma discussão na Câmara dos Deputados e a um painel sobre a campanha da anta. Queria que eu comentasse com ele os acontecimentos.

A televisão foi sintonizada na TV Câmara. Li uma legenda: "Audiência pública da Comissão Especial."

A anta estava posta numa cadeira do lado esquerdo da mesa da presidência.

"Devemos proceder à audiência das várias correntes de opinião", disse o presidente. "O nosso convidado, o senhor vereador Tony Silva, disporá de vinte minutos para expor seus pontos de vista. Não pode ser aparteado. Depois seguirei a lista dos inscritos. Poderão interpelar o expositor unicamente sobre o assunto em pauta. Cada um tem três minutos. Peço que Vossa Senhoria, senhor Tony Silva, se limite ao tema proposto. Desta reunião lavrar-se-á uma ata. Com a palavra agora..."

"Senhor presidente, como proponente desta audiência, peço vênia para fazer a apresentação do convidado", interrompeu o deputado Martiniano.

"Um minuto, deputado. Chegará a vez de Vossa Excelência. Vossa Excelência é o sétimo inscrito. Concedo a palavra a nosso convidado, o vereador Tony Silva."

"Questão de ordem, Excelência", disse Miguel.

"Pois não, nobre deputado."

"Creio que devemos ter uma discussão preliminar, nem sequer sobre a matéria. Sobre a pertinência da matéria. Não me parece, senhor presidente, que a matéria da iniciativa popular seja pertinente. O que cabe é discutir as razões para a invasão do Distrito Federal pelas antas."

"Acontece, nobre deputado", disse o presidente, "que já houve uma decisão da Comissão de convocar a audiência sobre o tema. Podemos discutir, se quiserem, a matéria da iniciativa popular. Aqueles que estiverem de acordo em discutir esta matéria permaneçam sentados."

O presidente aguardou alguns segundos e afirmou:

"Em discussão. Para discutir a matéria, concedo a palavra a nosso convidado, que terá vinte minutos para sua exposição."

"Senhor presidente, eu posso falar depois do deputado Martiniano ou sou a última?", perguntou a deputada Francisquinha de Jesus.

"Vossa Excelência é a última."

"Mas, senhor presidente, eu era a oitava."

HOMEM DE PAPEL

"Não, não era, nobre deputada. Fique tranquila. Chegando a vez, Vossa Excelência terá direito à palavra. Com a palavra o convidado."

"Pela ordem, senhor presidente."

"Com a palavra, pela ordem, o nobre deputado Miguel Neto."

"Se Vossa Excelência me permite, senhor presidente, sugiro que Vossa Excelência ponha primeiro em votação a urgência de se tratar desta matéria, sem compromisso com o mérito."

"Obrigado pela sugestão, nobre deputado. Mas, como eu dizia, já houve a decisão de convocar a audiência sobre um assunto específico. Não havendo outros comentários e sem mais delongas, passo a palavra a nosso convidado."

"Senhor presidente, obrigado por me franquear a palavra. Não preciso dos vinte minutos. Senhoras deputadas e senhores deputados, quero expressar meu prazer com a oportunidade de iniciar a discussão de uma matéria de alta relevância para os rumos de nosso país. Senhor presidente, agradeço-lhe por permitir que esteja aqui aquela que um projeto de lei de iniciativa popular pretende que seja candidata. Estão enganados os que encaram a apresentação desta candidatura como piada. Farei circular entre Vossas Excelências, além de pedir ao excelentíssimo presidente que anexe à ata desta reunião, uma interpretação do Decreto nº 11.214 combinado com o Decreto nº 4.323 e o parágrafo terceiro da portaria de 10 de março do ano em curso, além dos dispositivos pertinentes do Código Eleitoral. Se necessário, que o Congresso emende a Constituição. Temos de nos atualizar. Bastavam cinco estados para formalizar esta iniciativa. Já são catorze. Em todos eles o projeto foi subscrito com percentuais maiores do que o exigido pela Constituição. A exigência, como sabem Vossas Excelências, é de 0,3% dos eleitores de cada um desses estados. E no total do país já foram ultrapassados 2% do eleitorado. Que é o dobro do exigido. Finalmente, peço, Excelência, que registre no programa *A Voz do Brasil* estas minhas palavras."

"Pela ordem dos inscritos, tem a palavra o deputado Barros Sobrinho."

"Bom dia, presidente. Bom dia, nobres colegas deputadas e deputados. Agradeço a Vossa Excelência, senhor presidente, pela deferência em me ceder este espaço logo no início dos trabalhos. O nosso convidado, o nobre vereador, tem toda a razão de ser um entusiasta desta candidatura. O país precisa de um bicho que semeie ao cagar e não que cague sem semear. Um bicho pai-d'égua! Quem se oporia, nobres deputadas e deputados? Só quem achasse que os humanos são superiores a outros animais. Somos todos iguais. E, se somos iguais, deixemos que a anta faça a inscrição, que se candidate sem a ajuda de ninguém. Que ela fale, se expresse, mostre e defenda seu programa de governo."

Nesse momento a anta assobiou.

Ouvi risos.

HOMEM DE PAPEL

Ele continuou: "Não duvidem. Nobres deputadas e deputados, Vossas Excelências vão se surpreender. Esta anta é capaz de falar. Se fala, deem a palavra a ela. E se ela não quiser falar, fique calada. Não devemos obrigá-la a fazer o que não obrigamos a outros candidatos. Pois o candidato pode ficar calado, não é mesmo? Ou pode falar feito uma anta, ninguém proíbe. Como uma anta, quero dizer, com sabedoria. Ou também pode falar as maiores asneiras e burrices, se não está infringindo a Constituição. O candidato poderá ser votado precisamente pelas asneiras e burrices que diz. Ou por ter ficado calado. Por exemplo, a Constituição não impede que um mudo seja presidente, não é verdade? E se a anta, contrariando minhas expectativas, for uma imbecil? Respondo: a legislação não proíbe que imbecis governem. Pessoalmente não penso que seja o caso desta anta. Ela aprende fácil. Pode ocupar um cargo público e eletivo. Só opino, nobres colegas, que, já que vieram outras antas, e muitas, a presidente anta deveria aproveitar esta oportunidade ímpar para nomear antas para todos os ministérios. Não seria sem precedentes. De acordo com o historiador Suetônio, Calígula, se não tivesse sido assassinado, teria nomeado seu cavalo Incitatus para uma alta função pública. O animal teria sido cônsul e senador. Aqui mesmo, no Brasil, conseguimos eleger um cacareco, embora tenha sido no âmbito estadual e ele não tenha podido tomar posse. Porém, mais revelador que isso, já temos animais ocupando os ministérios, este é o precedente principal. Não faltam burros, azêmolas... E haverá um aspecto salutar para a transparência: saber exatamente quem são as antas e que cargos ocupam. Quem são as antas, nobres deputados? Não sei se alguma delas ficará para a história, se alguma se distinguirá por sua especial inteligência ou se são todas iguais. Por fim, tenho só mais um assunto para tratar. Uma dúvida de gramática, ortografia ou estilo. Se a anta for eleita, devemos chamá-la de presidente, presidenta ou presidanta, senhor presidente? Excelência, ao contrário do nobre convidado, peço que não coloque minha fala sobre esta situação surrealista na *Voz do Brasil*."

"Peço a palavra por uma questão de ordem, senhor presidente."

"Vossa Excelência está na lista de inscritos, nobre deputada Virgília de Assis, mas não chegou ainda a sua vez."

"A questão de ordem é urgente, senhor presidente."

"Peço a Vossa Excelência que seja breve."

"Senhor presidente, nobres pares desta casa, houve agora mesmo duas declarações das quais temos de tomar conhecimento imediato. Sugiro que interrompamos nossos trabalhos para que cada um de nós possa avaliar a reação que deve sair desta casa. Minha opinião é que devemos repudiar a declaração do ministro da Justiça de que, se passar essa reforma no Congresso e o Supremo aceitá-la, o presidente pode chamar os militares com base na combinação dos artigos 34, 136,

HOMEM DE PAPEL

137 e 142 da Constituição. Ora, os militares não são poder moderador. Seu papel é garantir os poderes constitucionais, conforme o artigo 142, e a independência entre eles. Também repudio a declaração do ministro da Defesa chamando a Câmara à responsabilidade, como se fôssemos irresponsáveis. Repito, sugiro a interrupção dos trabalhos, ainda que seja por poucos minutos."

56
Ao vírus do amor ninguém é imune

A luz era pouca. Vinha de um corredor estreito e de uma janela alta, cortada por grades de ferro. Os rumores de fora, carros, campainhas, alarmes estridentes, roncos de aviões, nada disso vivia para mim. Aviões? Sobretudo não eles. Eu não sabia a hora. Meu relógio de parede, amigo antigo, batia tanto quanto meu coração, mas pouco me dizia. Falava com mais de um século de atraso, só na lembrança e na imaginação. Seu pêndulo imponente balançava de uma ponta a outra da parede, sempre fúnebre a cada badalada. Mais fúnebre do que nunca, porque eram badaladas não respondidas pelo mar do Rio de Janeiro nem pela mangueira da janela do apartamento de Flor. Não adiantava ter substituído o relógio de parede pelo celular, que me haviam confiscado. Que horas seriam? O desespero me definia. Eu temia menos a morte do que ficar para sempre privado de qualquer companhia.

Leonor entrou para a primeira de duas visitas íntimas.

"Estou confuso, sem saber o que é sonho, ficção ou realidade", eu lhe disse.

Meu sonho não era sonhar e sim acordar de um sonho.

"Você precisa de repouso. Parece abatido. Pare de duvidar e de filosofar. Viva intensamente a sua realidade. Ou irrealidade."

"Como? Se continuo aqui?"

"Com coisas simples. Conversando, por exemplo, como vamos fazer."

Leonor tomou a iniciativa de reclinar a cabeça sobre meu colo.

"Para conversar", ela disse.

Falou sobre Flor e sua separação de Cássio.

Aqui eu poderia desfiar todo um romance. O sentido do amor muda com o passar dos anos, na maturidade não é tão claro quanto na juventude. Não digo que o amor seja para sempre; nem o contrário. As relações íntimas são complexas. O romance entre Flor e Cássio havia tido vários capítulos, de aceitação e conhecimento mútuo, de disputa, ciúme e acomodação.

Leonor deu detalhes do desdobramento do caso da foto hackeada.

"Cássio não cedeu ao chantagista e envolveu a polícia. Já Zeus só ficou mais famoso. Se fosse candidato a deputado distrital, não duvido que se elegesse."

Daniel, despedido da assessoria da campanha contra a anta.

Miguel, depois da morte da mulher, padecendo um câncer de pâncreas e com poucas chances de ser reeleito.

Tanta dedicação para tanto desastre!

HOMEM DE PAPEL

Repousei minha mão sobre seus cabelos. Mas não cairia na bobagem de ser general nem almirante.

"Você era tão bonito e de época tão distante... Pena que existia pra pouca gente."

"Bonita é a juventude, de todas as épocas. E você está enganada: existia para muita gente."

"Pra cada vez menos gente, temos de reconhecer. Naquele livro somente pra mim e Flor."

Eu não sabia se devia me alegrar ou me entristecer.

O desejo, como deve acontecer com os desejos, cresceu sem qualquer estímulo racional. Com um misto de inquietação e contentamento, eu, que havia pensado ter-me liberado da tirania do instinto sexual, estava cheio de vontades.

"O que você sente por mim?", perguntei.

"Quem? Eu?"

A resposta era curta e obscura, talvez correta, como seria de esperar de uma professora que me conhecia bem. Mas eu tinha de prosseguir.

"Grudou-se a mim. Leu-me dezenas de vezes."

"Isso confesso que sim."

Eu disse que era imune a vírus. Porém ao vírus do amor ninguém é imune, nem jovens nem velhos, nem personagem saído do papel. Digo a vocês, ouvintes e espectadores dos meus pecados, repetindo o que já escrevia nas minhas memórias, que se amava em 1871 não menos que em 1901, como veio a se amar — acrescento — em 1922 e, claro, em pleno século XXI. E não falo de amores artificiais, eternos ou fugazes, produzidos por pílulas imaginadas em filmes futuristas.

Sim, eu amava aqueles olhos, aqueles lábios, isso reconheço, e não era tudo. Por quanto tempo? Não era difícil declarar amor, nem acreditar nele. Difícil era persistir no amor e sentir que fosse satisfatório para os dois. E se o amor durasse, será que a felicidade que eu encontrava naquele momento logo desvaneceria? A felicidade era quimera disfarçada de esperança e de alegria.

Como era bom às vezes viver plenamente hoje as promessas de um dia seguinte. Tratei de apressar o futuro que, neste caso, era apenas o passado. Leonor poderia ser para mim uma Fidélia viável e moderna, sem Tristão nem preconceito. Sobretudo, não havia partido para Lisboa, estava a meu lado. Eu aceitaria um desafio lançado lá atrás por minha irmã, mesmo que Rita não estivesse ali para me fazer cobranças. Poderia me casar com Leonor.

Como preâmbulo contei-lhe do plano para escapar da prisão.

"O melhor para você é voltar a entrar no livro, que está bem preservado comigo. Reaver sua verdadeira natureza. Também penso que seria melhor para mim. Voltaria a ser a estudiosa de você. E depois de tudo o que aconteceu, conhecendo-o muito mais. Eu te amo e te amarei sempre."

Talvez ela tivesse razão. Com humildade, eu deveria me recolher às minhas origens. Não seria tão mau assim voltar ao começo. Eu aceitaria dar ao conjunto dos cadernos — e não apenas ao último — um título que uma vez havia sido sugerido: *Ab ovo*.

Depois que Leonor partiu, tentei interpretar meu sonho daquela manhã e não consegui. Espreguicei os braços e aproveitei para espreguiçar também a mente, dividida em patamares. No andar de baixo, interessava-se pelos livros e revistas que Flor me havia trazido. No de cima, divagava, ia às antas, a Dona Zenaide e a Leonor. No do meio, liguei a televisão.

Continuava a discussão na Comissão Especial da Câmara.

57
O princípio do excepcionalismo

"Obrigado, deputado", disse o presidente. "Em seguida falarão os deputados Miguel Neto, Martiniano, Ivanilde Queiroz, Rodrigo Meireles... E seguirei com a lista dos demais inscritos. Com a palavra o deputado Miguel Neto."

Notei que estava mais magro. Via-se frágil, consumido pela doença, mas sua voz era firme e clara:

"Senhor presidente, o deputado Barros Sobrinho afirmou que esta situação é surrealista. Não, nobre deputado. Não é só esta situação que é surrealista. Surrealista é nosso país. Eu poderia fazer como Vossa Excelência e levar na brincadeira esta matéria. Já chegamos à conclusão de que a anta não é burra. Mas são burros, sim, os que votariam nela. Senhor presidente, nobres colegas deputadas e deputados, me preocupa que o convidado e talvez outros aqui presentes julguem ser este um assunto de alta relevância. Nobres deputadas e deputados, esse projeto de lei não pode ser levado a sério. O deputado Martiniano e os parlamentares que pensam como ele estão abusando de nossa paciência. Da paciência de seus eleitores e de todos os brasileiros. Digamos que tudo o que o convidado disse fosse verdade. Que a matéria pudesse ser tramitada nesta casa. A interpretação esdrúxula que ele oferece seria no mínimo questão para o Supremo. E se, por uma absurdidade, houvesse base constitucional para se permitir essa candidatura? E se essa anta ganhasse a eleição? O que a comunidade internacional pensaria de nosso país? Para não falar que o presidente é o formulador da política externa e o chefe supremo das Forças Armadas. Vossas Excelências considerariam normal que uma anta formulasse nossa política externa e decidisse sobre a defesa nacional? Um absurdo querer normalizar o absurdo."

"Obrigado, nobre deputado. Com a palavra o deputado Martiniano."

"Obrigado, senhor presidente. Quero cumprimentá-lo, senhor presidente. Cumprimento todos os colegas líderes e todos os colegas parlamentares. Senhor presidente, peço a Vossa Excelência que me conceda fazer uso de meu tempo como líder que sou."

"Concedido, deputado, pelo tempo de liderança."

"Senhor presidente, quero felicitar esta comissão pela celeridade com que trata de um assunto que, data vênia do nobre deputado Miguel Neto, é, sim, de interesse público relevante. Fiz a proposta, senhor presidente, como bem sabe Vossa Excelência, a pedido de várias organizações da sociedade civil, entre elas o Movimento Pró-anta liderado pelo vereador Tony Silva, de Cocalzinho. Agradeço a Vossa Excelência ter expedido o con-

HOMEM DE PAPEL

vite a ele. E agradeço a presença dele. Nobres pares desta casa, desde já quero deixar claro que posso adotar o projeto de iniciativa popular que deu entrada nesta casa em tempo recorde. Se não fosse a iniciativa popular, eu mesmo teria sido autor desse projeto. Caro presidente, o deputado Miguel Neto nos pergunta o que a comunidade internacional pensaria do Brasil. Eu respondo: que somos diferentes. Especiais. A anta e seu movimento nacionalista, conservador, antimaterialista são exemplo e modelo para o resto do mundo. Seremos respeitados por sabermos defender o que é nosso. Os americanos não têm o princípio do excepcionalismo americano? Por que não podemos ter o nosso? Por que absurdo? Vejam a pesquisa de opinião. Trinta por cento dos brasileiros querem ser governados pela anta. E o deputado Miguel Neto acaba de ofendê-los, chamando-os de burros. Burro seria quem votasse em Vossa Excelência depois desse insulto inadmissível. Aquilo do cacareco era protesto, piada. Agora não. Queremos mudança radical. Liberdade pra valer. Para sermos governados por um animal tipicamente nacional. Vossas Excelências podem perguntar: governados? Sim, e de maneira democrática. A democracia não depende do presidente. Depende das instituições, que estão sólidas."

"Feito bosta ressecada?", gritou o deputado Barros Sobrinho.

"Peço a compreensão de todos. Devemos manter o decoro parlamentar", disse o presidente.

"O que quero dizer, senhor presidente, é que podem colocar uma anta na presidência e o país funcionar bem, com todas as liberdades asseguradas. Por enquanto só isso, senhor presidente. Se precisar, gostaria de voltar a tomar a palavra aproveitando o tempo de que ainda disponho."

"Obrigado, nobre deputado. Com a palavra a deputada Ivanilde Queiroz."

"Excelentíssimo senhor presidente, nobres colegas, o deputado Martiniano tem todo o direito de adotar o projeto e nós de considerá-lo descabido. Porém aproveito para fazer uma reflexão. Se esse absurdo passasse e houvesse uma anta na presidência, esta seria a oportunidade para que o parlamento passasse a ter uma função. Neste ponto seria positivo. Sempre fui parlamentarista. O parlamentarismo é o melhor sistema político do mundo. Não é, como já ouvi um colega dizer, o sistema do desgoverno ou do não governo, só porque em alguns países nunca se decide quem deve governar. Por que precisamos repetir as más experiências? Temos que tratar de nosso país, e aqui o parlamentarismo pode, sim, funcionar. Era o que eu tinha a dizer, senhor presidente."

"Seguindo a ordem dos inscritos, passo a palavra ao deputado por Minas Gerais, Rodrigo Meireles."

"Senhor presidente, quero tratar de um assunto correlato."

"Peço a compreensão do nobre deputado para se ater ao tema que nos ocupa."

"É importante o que tenho a dizer e serei breve, senhor presidente. Tomei conhecimento de um decreto do governador do Distrito Federal que proíbe a quem quer que seja se aproximar das antas armado. Isso contraria, a meu ver, a medida provisória aprovada por esta casa que facilita ainda mais a compra e o porte de armas. E quem tiver de usar a arma em legítima defesa faz o quê?"

"Obrigado, deputado. Com a palavra a deputada Virgília de Assis, do Rio Grande do Norte."

Reconheci-a. Era quem havia antes sugerido a interrupção dos trabalhos.

"Senhor presidente, sei que a questão é polêmica, mas podemos chegar a um entendimento. Com a colaboração dos nobres parlamentares que integram o nosso colegiado, sempre agi com responsabilidade com vistas ao aperfeiçoamento de nosso processo deliberativo. O que submeto aos nobres pares é algo simples: a criação de um grupo de trabalho para esclarecer questões no plano técnico e à luz da legislação. Grata, senhor presidente."

Colocada numa cadeira, segurada por seis homens, a anta esperneava.

"Obrigado, deputada. Com a palavra o deputado Everardo Figueiredo."

"Obrigado, senhor presidente. Cumprimento minhas caras e meus caros colegas. Excepcionalismo da idiotice, nobre deputado Martiniano? Já chega que personagens secundários, incultos, charlatões, só por terem o nome circulando nas redes sociais e dizerem impropérios, sejam capazes de influir em nomeações de lunáticos para ministérios. Não devemos ser complacentes com essa anormalidade que envenena tudo. Quanto à decisão do governador do Distrito Federal, que o estimado deputado Rodrigo Meireles desaprova, ele não fez mais do que a obrigação. Houve um ataque às antas ontem à noite. No mercado do Guará, um vendedor foi preso ao querer passar carne de anta por bovina. Já estou terminando, senhor presidente. Peço apenas a permissão de Vossa Excelência e dos demais membros deste distinguido colegiado para me dirigir diretamente a esta anta: quero que a senhora se pronuncie. Quer ser presidente da República?"

Nesse momento a anta cagou.

"Senhor presidente, peço vênia para tomar novamente a palavra, desta vez por uma questão de ordem."

"Concedida, nobre deputado Barros Sobrinho."

"Sugiro que se coletem esses dejetos ainda fresquinhos. Que se faça exame das fezes do animal. Assim a gente sabe por onde passou."

Os deputados começaram a tapar os narizes.

Temi que o fedor chegasse até mim e por isso mudei de canal.

58
É o que o povo quer

Primeiro achei que era um filme sobre antas. Logo a imagem foi cortada para um painel de discussões.

Uma professora universitária de rosto e óculos ovais, com pose de especialista, falava agitando mãos e revirando olhos.

"Parto dos estudos críticos animais e da teoria do ponto de vista animal para explicar por que a anta é um animal político. A uma perspectiva ética se justapõe uma dimensão epistemológica: existe uma vantagem heurística na utilização dos métodos e das ferramentas advindos das ciências humanas para iluminar as dinâmicas sociais do relacionamento dos humanos com os demais animais. No nosso caso particular, com as antas. Temos de aplicar a hermenêutica para restabelecer a verdade. Uma hermenêutica da facticidade. Em outras palavras, devemos levar em conta a concretude: a anta pode vir a desempenhar um papel político. A questão que nos ocupa desdobra-se do movimento animalista na antropologia.

Trata-se da passagem do enfoque simbólico para um enfoque agencial. Este é fruto da migração do imaginário da anta como suporte simbólico da sociedade nacional para o de sua participação ativa na dinâmica política. Entre os objetivos epistêmicos, as antas como sujeitos políticos devem se transformar em legítimos objetos de estudo. O trabalho científico deve levar em conta o ponto de vista da anta. Há quem defenda hoje o direito das máquinas. Com maior razão devemos expandir o direito dos animais. Uma espécie que oprima a outra não pode ser livre. Da perspectiva objetiva e neutra da ciência, não existe fronteira radical entre os humanos e os demais animais. Devemos aplicar esta premissa à noção de cidadania. A cidadania animal é, portanto, e com isso concluo, o tema contemporâneo por excelência e não apenas em nosso país. É necessária a abolição desses escravos dos homens. E para que não seja uma abolição apenas na forma, é preciso repensar e recontextualizar a condição animal, inserindo-a de maneira plena na pólis. É crime mostrar-se feliz diante dessa desigualdade entre os animais e quando se está escravizando o outro. Acabou a era do antropocentrismo. O centro do mundo não é o homem. Tampouco Gaia. Nosso país pode ser pioneiro na defesa política do zoocentrismo. Um zoocentrismo efetivo e não meramente fictício."

"A insatisfação é geral", disse uma senhora a seu lado, não sei se especialista em antas ou apenas uma simpatizante. "Não podemos nos conformar com o que está aí. Precisamos de uma completa renovação. Votar anta é votar novo. Isso que criticam deve ser visto como qualidades. Ausência de traço de intelectualidade é o que aproxima a anta da gente simples, da mulher e do homem comuns. Uma de suas principais características é, aliás, a simplicidade. Seus gestos e temperamento indolentes condizem com o caráter de nosso povo. A ausência de reações fleumáticas demonstra sua estabilidade emocional. Os fatos de não ter ocupado cargos, não fazer parte do sistema e não ser capaz de assinar documentos favorecem a desburocratização. O seu mutismo é antidemagógico. Tudo isso são qualidades, repito. E sobretudo o seguinte: é o que o povo quer. Os animais têm a faculdade de entender. Não tenhamos medo das antas, não. Elas podem governar durante alguns anos. Invadir Brasília. Ocupar todos os espaços. São selvagens, sim. E por que isso seria uma catástrofe como a mídia insinua? Depois voltam para a floresta e vamos deixá-las em paz."

Havia mais duas pessoas no painel. Talvez já tivessem falado.

Foram apresentadas várias entrevistas. Fixei-me em quem reconheci.

"Vamos seguir os procedimentos legais pertinentes", declarou o presidente da Comissão Especial da Câmara que discutia a iniciativa popular.

Um dos entrevistados foi Zeus. No link <youtu.be/ Z19Ax-uQ> é possível acessar o vídeo. Olhem como está bem penteado, com barba bem-feita, como tem pose de vitorioso, numa versão algo conservada da que tinha quando conheceu Flor. Foi apresentado como um diplomata experiente e pragmático, que havia se pronunciado corajosamente em apoio à anta. Por isso havia sido afastado de seu cargo.

"Sou patriota e a favor da ordem. Acima de tudo, devo ser fiel a meu compromisso moral. E a presença moral da anta é incontestável", afirmou.

Consultado sobre mim, foi enfático:

"Pedi que fizessem uma pesquisa. Nos assentamentos de funcionários do ministério não existe qualquer referência a esse senhor."

"Mas um professor de história do Instituto Rio Branco encontrou menção ao conselheiro José Marcondes Camargo, que ele afirma ser o mesmo que aparecia com a anta."

Não precisava ir longe nessa pesquisa, pensei, pois o nome constava de uma versão original de minhas memórias.

"Não posso afirmar porque não chegou a meu conhecimento."

"Uma funcionária do Itamaraty, uma conselheira, também revelou que o senhor concedeu uma audiência a ele."

Isso, sim, podia ser comprovado, falei com meus botões.

"Minha agenda é pública. Não há qualquer registro da presença desse senhor."

Fiz um farfalhar calado de gestos. Deixássemos à ciência ou à religião desenredar aquele meu encontro com Zeus.

Hugo apareceu nas imagens como empresário bem-sucedido, avesso a entrar diretamente na política e fundador, proprietário e diretor da rede de Escolas da Anta. Era entrevistado pelo mesmo repórter que eu havia conhecido no sebo e depois encontrado na praça dos Três Poderes, um rapaz jovem de rabo de cavalo.

"Se a anta não for eleita já no primeiro turno, é porque foi fraude. Basta ver o apoio do povo nas ruas", Hugo afirmou em resposta a uma pergunta.

"Mas o senhor acha normal a eleição de uma anta?"

"Claro. Sendo democraticamente eleita, terá legitimidade para governar."

"Dizem que o senhor foi quem provocou a vinda desses animais."

"Cadê as evidências? Mais uma fake news."

"O senhor foi também acusado de ser mandante de um crime. Tentou matar o velho que acompanhava a anta."

"Não tenho nada a ver com isso. Todo mundo sabe. O cara que atirou na anta foi preso. E eu, mandante de que crime? Eu seria o último interessado em matar uma anta, esse animal sagrado. Fui pioneiro em considerar as antas um símbolo, que uso na minha rede de escolas. Esta aí foi salva por mim. Podem verificar. E não houve outros feridos no local. Um absurdo alegar tentativa de homicídio de quem não existe."

"O velho apareceria nas imagens na praça."

"Um sujeito que nunca foi encontrado."

"O motorista diz que levou um envelope do senhor ao pistoleiro."

"Processei o desgraçado por calúnia e difamação. Vocês não podem me acusar de nada. Nunca conseguiram provar nada contra mim. Não há nada, absolutamente nada, contra mim, entendeu?", disse, exaltado, e fez um gesto para retirar o microfone do entrevistador. "Você é um safado. Não respeitou o combinado. Não autorizo esta entrevista."

E saiu do recinto abruptamente.

59
O brilho da televisão ofuscou meus pensamentos

Vendo aquele programa, minha consciência despertou, se espreguiçou, levantou-se e me disse sem piedade:

"Estou apenas cumprindo meu papel, Aires. Juntamente com minha amiga razão, devo aguçar seu sofrimento e sua miséria."

Andou com passos vagarosos de um lado para o outro e por fim protestou:

"Aires, o que você ainda quer da vida? Se conseguir fugir da prisão, o que fará? Que partido tomará?"

A consciência não gostava de viver na passividade, no imobilismo e na dúvida. Tentei lhe dar uma resposta, o que não consegui, porque o brilho da televisão ofuscou meus pensamentos.

O diretor da penitenciária, pelo visto, tampouco gostava de viver na dúvida. Chamou-me uma vez mais. Queria conhecer minha reação às notícias, ao que não me furtei:

"Tudo passará. Os acontecimentos do presente são magnificados porque estão próximos. Com o tempo, grandes acontecimentos do passado se tornam mínimos; até esquecidos. Não ficam para a história."

Uma das vantagens de ter sido por muito tempo relegado a depósitos por Flor era não errar nas avaliações do que ocorria no mundo. Quem julga as situações pelo termômetro do dia crê que o mundo vai desabar ou que um acontecimento desencadeia uma era feliz. Passam-se quinze anos, e a perspectiva é outra. O acontecimento pode ter sido esquecido. Naquela época, somente uma vez por década tive vontade de pôr a cabeça para fora e ler manchetes. "Vive bem quem sabe se esconder" é minha tradução da máxima de Ovídio, que seduzia Descartes e que creio já ter citado.

"A história é agora, meu caro conselheiro. O que acontecer vai definir todo o futuro. E se ganhar a anta? As consequências são infinitas."

Eu duvidava disso por ter vivido demais, mas preferia não me estender sobre a relatividade do tempo. As coisas se inclinariam numa direção ou noutra, fariam curvas, voltariam por novos caminhos, deixando rastros. Eu tinha assistido a muitos possíveis futuros. Haveria um movimento contrário mais adiante, uma síntese ainda mais à frente e sempre seria assim. Ainda creio que tudo é possível, e nada é inevitável.

Seria complicado explicar.

"Sempre que tentamos nos atualizar, o atual nos escapa. Não passa de um desejo de futuro", eu disse.

"Acontece que só conta o que é atual."

"Será? Tenho distanciamento para dizer que o presente é fugidio e o futuro muda. O que não muda é minha velha opinião de que nem tudo muda."

"Mudou tudo, o senhor é que pensa. Existe um abismo que não dá pra vencer."

"Nada mais parecido a um liberal do que um conservador, já dizia um senador que devo ter citado nas minhas memórias. Ele dava o exemplo da Liga Progressista, de Zacarias e outros conservadores que injetaram nas veias gotas do sangue das revoltas liberais. Assim avivaram as cores de suas próprias ideias. Isso deve ser tanto mais possível agora, quando conseguem, pelo que tenho ouvido, ser ao mesmo tempo conservadores e liberais."

"Não existe hoje nenhum Zacarias."

"Mas tomemos o exemplo de 68."

"Era diferente. Havia repressão e os jovens estavam angustiados. Queriam liberdade…"

"Eu ia falar da crise de 68 que fez cair de forma traumática o gabinete Zacarias e, com ele, a Liga Progressista. Coisas da guerra. E então vieram os radicais e daí a dois anos a criação do Partido Republicano."

"Que guerra?"

"Óbvio, a do Paraguai."

"conselheiro, o senhor está apaixonado por aquela moça que tem vindo aqui. Por isso essas distrações. Quem está falando em Zacarias? Não tira a cabeça do século XIX, uma época de miséria e escravidão…"

Mesmo sem conhecer a complexidade do panorama político que ele me havia descrito, arrisquei uma avaliação:

"Eu, por mim, percebo que os políticos de hoje só pensam em hoje, como os de amanhã pensarão em amanhã. Têm pressa por eleição, sem paciência para o futuro, que nasce distante demais. Quem tem poder quer manter ou ampliar o poder. E os políticos, para serem eleitos, sempre falarão em nome do povo. A reconciliação entre dois ou mais partidos inimigos, se é disso que se trata, não interessa a nenhum deles. Eles se alimentam uns dos outros, ou seja, da desavença. E isso quaisquer que sejam os propósitos e os princípios, se é que existem. No momento em que estiverem de acordo, vão perder seus seguidores. Já estes têm pelo menos de ganhar a discussão. E aplicam uma estratégia infalível: exagerar a posição do outro até fazê-la parecer inviável ou absurda. Moderação é vista como fraqueza. Seguir cegamente, como lealdade. E assim cria-se um sistema eficaz para a troca de um mal por outro."

"O senhor é cínico."

"Apenas velho. E li Tucídides, obrigação de qualquer diplomata ou militar."

"Não tem aparência de velho. Devo ser o único a acreditar no que o senhor conta. Que teve outras vidas. Que assistiu ao desfile de todo um século."

"Não significa que estive sempre alerta. Um colega meu, quando queria desaparecer, fechava o posto a chave e dormia a portas fechadas. É o que fiz de outra forma. Bastava me proteger embaixo da capa de um livro, às vezes encolhido num cantinho."

"Estou recebendo questionamentos do Ministério Público sobre supostos privilégios que concedo ao senhor. Um jornal também está me pedindo esclarecimentos. Por enquanto vou tomar só uma providência. Lamento ter de retirar a televisão."

60
Não ia lhes contar

Leonor vestida com um roupão sentou-se a meu lado na cama diante da janela enluarada. Olhou-me com ar de desprezo. Saí do quarto. No corredor em penumbra, encontrei duas portas. A da esquerda dava para um escritório sem saída, com uma parede cheia de livros e iluminado por luz artificial. Ao abrir a outra, despenquei num espaço infinito, céu intergaláctico. Caía em velocidade cada vez maior e tentava em vão me equilibrar como um pássaro. Via os cimos das montanhas lá embaixo, temeroso de me espatifar no choque com a Terra. De repente, estava no chão sem haver sentido o impacto. Entrei numa casa caiada e comprida, de um só piso. Enfermeiras e enfermeiros vestidos com suas batas brancas portavam máscaras de visores de plástico, as cabeças protegidas por capacetes igualmente brancos.

"Onde estou?", perguntei a uma das enfermeiras, de olhar sonso por trás do visor.

"No lugar dos mortos."

Fiz cara de espanto.

"Tem certeza de que eu também?"

Quem me respondeu foi o enfermeiro-chefe, a bata estufada sobre a barriga:

"Todos os que estamos aqui, inclusive o senhor, estamos mortos."

O que eu faria? Aceitaria ser jogado num depósito, no fundo de uma gaveta, num lixo, situações que eu já conhecia. Estar morto, não.

A enfermeira abraçou-me e, no momento em que ia retirar a máscara para me dar um beijo de Judas, abri os olhos.

Fazia calor. Leonor entrou para mais uma visita íntima, com um ar festivo realçado pelo vestido de padrões florais, trazendo com ela o livro.

Cumprimentamo-nos com beijinhos no rosto e depois ela me deu uma má notícia.

"Não sei se o advogado lhe disse, um juiz está para decidir se transforma sua prisão em flagrante em prisão preventiva."

"O advogado vem aqui mais tarde."

"Então vai lhe explicar melhor."

"Vi Zeus na televisão."

"Eu também. Usou muitas palavras, e com eloquência, para dizer quase nada. Mas aquele quase nada lhe rendeu dividendos. Está cotado para ministro da Defesa num provável governo da anta."

"Notícias de Rubinho?"

Leonor me repetiu a história da Floresta dos Sussurros que Flor já havia me contado e acrescentou peripécia recente:

HOMEM DE PAPEL 399

"O mais dramático é que aceitou que o bonitão subisse a seu apartamento. E aí foi um Deus nos acuda."

Como da vez anterior, deitou a cabeça no meu colo. Olhei-a nos olhos. Ela não me desviava a vista. Criei coragem:

"Na última vez você me disse que me amava e sempre ia me amar. De minha parte, fiz uma coisa extraordinária. Consegui sair de um livro para me encontrar, cara a cara, com você. Que maior prova de amor do que esta? Tenho de repetir uma pergunta: você me teria como namorado? Noivo? Marido?"

"E, na prática, o que seria de nós? Felizes para sempre, como numa ficção?"

"Não sei. Minha experiência nesse campo é malograda."

"Você tem sonhado comigo, e eu também sonhei com você, um sonho a cores. Você estava apaixonado por uma garota de dezoito anos, idade da sua filha. Passava um filme: você com a filha no colo. Estava angustiado por estar apaixonado."

"Mas eu nunca tive filhos."

"E daí? Sonho não é realidade."

Eu havia sonhado novamente com ela, mas melhor não lhe contar. Sonhado que eu era o que sou, personagem vivo, nada fictício. Estava apaixonado, não por uma garota de dezoito anos; por uma mulher talvez de quarenta, ela mesma, aquela argentina de nome Leonor. Flor havia se deitado a meu lado, gostava que eu deslizasse as mãos por seus ombros, e eu não sabia se Leonor percebia.

"Quero beijar você", Leonor me disse.

Tomado de surpresa, não soube como reagir.

"Acho que você beija bem!"

"Isso você não sabe."

Ela não podia estar se referindo a um beijo roubado, apressado e sem jeito.

"Sou especialista em você, esqueceu?"

Não sei se disse que tenho princípios morais. Porém, mesmo eu considerando a nova moral, creio que vocês não me recriminariam por me apaixonar, eu que não fui e não era homem de paixão, esse sentimento forte, repentino, adolescente e cego que se deixa entregar até a quem se odeia. Nem poderiam me acusar de cortejar uma mulher muito mais nova do que eu. Nunca havia perguntado a idade de Leonor, mas presumi que a minha havia se igualado à dela.

Uma mulher havia me dito, já não sei em que língua estrangeira, que as mulheres percebem quando a paixão é verdadeira, e eu estava certo de que poderia escutar o mesmo em língua portuguesa com sotaque argentino. Pensei muita coisa que não falei. Que Leonor falasse tudo.

Não falou com a boca, mas com os olhos, que mostraram ternura, e com o movimento das mãos, que me trouxe uma dúvida e logo uma certeza. Então rompi o silêncio:

"Ouso lhe dizer... Você é minha nova Fidélia. Mas não esqueço aquele verso..."

"Esqueça, Aires, esqueça. Vocês, antigos, são tão elegantes..."

Eu não tinha recitado o verso de Shelley, "I can give not what men call love", que ela sabia de cor. Cheguei a imaginar num primeiro momento que a resposta que evitou dar foi: "Que Shelley que nada, Aires, hoje em dia tem Viagra."

Eu deveria deixar de lado meus preconceitos; assumir minha mentalidade de hoje. Depois de observar como o cortejar havia se tornado leve e direto, às vezes produto de encontros virtuais, eu não deveria ter os escrúpulos de antigamente.

Que Shelley que nada! Me sentia bem, me sentia jovem, o que para mim era a mesma coisa. Tinha conseguido ter a idade de Leonor. Se Fidélia havia tido simpatia por mim quando eu era um velho incapaz de amar, imaginem vocês Leonor, que me mandava esquecer Shelley. Leonor não era casada, viúva, nem uma jovenzinha.

Tentei, eu, ser o jovenzinho. Falei de minha juventude, de Offenbach e da opereta. Contei minúcias que não interessarão a vocês. De um café que já não existe, na rua Uruguaiana, no Rio. De gente que brilhou e desapareceu.

Enfim, uma conversa mais longa do que este resumo.

Eu tentava interpretar o significado do que ela havia dito, que eu devia esquecer Shelley; saber se ela me consideraria atrevido por dar um segundo passo; se me chamaria de "peralta". Não, de "peralta" eu tinha certeza de que não, era termo em desuso.

Não ia repetir minha experiência com Fidélia. Devia evitar o erro de esconder meu desejo. De matar o prazer com a prudência e a contenção.

Aproximei meu rosto para um beijo, como havia feito na vez em que recusou. Agora ela não teria para onde me expulsar.

Senti o macio de sua pele, o gosto de seus lábios. Amolecido e afortunado, eu ingeria um óleo etéreo que me aquecia e derretia por dentro.

"Seu lábio ficou borrado, Aires."

Passou delicadamente um lenço.

"Quero outro", exigiu.

Foi beijo mais longo. Nossas línguas não queriam desgrudar-se.

"Assim eu desmaio. Fiquei molhada."

Continuei desconcertado.

"Quero levar esta experiência até o fim", ela disse, atrevida.

Hesitei. Estava desacostumado.

Leonor me pagaria durante minutos o sentimento que tive por ela meses a fio.

Era a primeira vez na minha longa vida que uma mulher que não fosse cortesã tomava comigo esse tipo de iniciativa.

O que aconteceu em seguida não vou lhes contar, mas cada um de vocês poderá imaginar, segundo sua experiência.

Aliás, não ia lhes contar porque estou envergonhado. Porém é melhor dizer tudo: não aconteceu tudo. Eu estava desabituado. Quando Leonor tentava me excitar, ouvimos tiros. Ela tremeu e me abraçou.

61
Parti sem ruído

Uma regra antiga, que reputei nova e creio novíssima, é que só se faz bem o que se faz com amor. Porém o contrário — como ficou provado — não é sempre verdadeiro: que o que se faz com amor sempre se faz bem.

A fuga planejada por meus colegas de prisão tinha sido frustrada. Levou a uma rebelião, a uma queima de colchões num pátio interno e a um incêndio. Já fora da cela, Leonor e eu tentávamos nos desviar das labaredas eu trazendo nas mãos o livro e ela o vestido.

A realidade apareceu nua. Não era realidade aumentada, hiper-realismo. Estava magra, carcomida. A verdade, esta não tinha vindo. Ainda assim ambas tinham força para me colocar face a face com o abismo, único deus.

Já disse que o Dia de Todos os Santos é seguido do dia de todos os mortos. Não sei se disse também que nada era definitivo na vida a não ser a morte. Ela estava sempre ali, atrás da porta, debaixo da cama, à nossa espreita. Mas melhor não ver. Deveríamos enganá-la enquanto possível. Agora teria de encará-la de frente.

Quem éramos nós, humanos, para sobreviver? Nós que, como espécie, existimos por menos tempo do que as antas e provavelmente viveremos menos do que elas?

Partiria sem ruído, a não ser o do fogo. Se tivesse sido possível, teria me desculpado com o diretor da prisão por não me despedir.

Para muitos, o mais significativo de minha vida teria sido o momento de minha morte e minhas últimas palavras.

Há dúvidas sobre quem estava presente. Vi Leonor, que corria em direção a uma porta no fundo do pátio. Numa fração de segundo, também Balofo, com expressão de horror.

E o que minha vã tentativa de falar poderia dizer? Ninguém ouviu nada. Os mais sensíveis, entre eles Balofo, foram sensíveis à forma incompreensível de meus olhos e de minha boca.

Seria consolo saber que os mortos governam os vivos? Estaria eu feliz que meu destino, cavaleiro de tantas ordens, em vez de mero pó de que fala a Bíblia, fosse a cinza? A vida, tão frágil, fugaz, alguém já disse ser negócio que não cobre o custo. Melhor não ter nascido.

Não vou falar da dor, a não ser a da alma. Cada molécula das cinzas seria testemunha de minha paixão por Leonor, da fé que eu havia depositado em minha luta por viver, de minha dedicação à arte e ao trabalho. Cada uma merecia um beijo e uma lágrima, embora fosse apenas uma molécula. Desapareceria minha memó-

HOMEM DE PAPEL

405

ria das folhas caídas do outono, das chuvas torrenciais de janeiro e dos céus azuis de julho. Talvez vocês não me entendam, porque não viveram tanto quanto eu.

Era uma vantagem não ouvir ruídos, não sentir o cheiro de poluição, não ter de enfrentar as agruras do cotidiano, enfim, me libertar do castigo de pensar na Escola da Anta. Estaria livre das redes sociais, dos celulares, de uma infinidade de siglas e, em resumo, desse lugar inóspito chamado mundo.

O mundo era apenas fogo e vento. Eu me apalpava e não me sentia. Se tinha alguma dúvida, agora comprovava que o homem não era mais do que sombra, poeira, fumaça que se dissipava no ar. Eu alcançaria a dignidade do nada.

Não julguei delírio quando apareceu à minha vista um senhor altivo, de bigodes brancos. Eu me havia de novo transformado em livro, um livro grande, de milhares de páginas, onde cabiam muito mais do que minhas memórias seculares. Num canto, imóvel, interroguei meu visitante sobre o futuro. Onde vamos chegar? Fique tranquilo, ele me disse, assumi o poder. Nenhum cargo público será ocupado sem minha anuência. Vou me infiltrar nas artérias mais recônditas da sociedade. Ninguém vai escapar a meu controle. Não tenho limites, sou infinito, criativo e serei sempre vitorioso. Não me canso de construir o mundo. Se falo bobagens, são bobagens compreensíveis, afirmadas com firmeza e demagogia. Até mesmo com ódio, flecha aguda e certeira. A ciência e a cultura são um empecilho ao conhecimento da verdade. Não preciso dos outros para saber o que fazer. Vejo minha imagem num espelho e ouço minha própria voz. Já não aceito que me calem. Tenho minhas plataformas na internet e milhões de seguidores. Meu nome é Ignorância, mas pode me chamar de Estupidez ou Idiotice, ouvi-o dizer, quando abriu seu manto. Notei suas várias camadas de roupa à medida que se desvestia: idiotice violenta, idiotice mansa, idiotice risonha, idiotice séria, idiotice autoritária... Quando estava para chegar à sua essência, a idiotice pura e nua, e antes que eu me derretesse por completo, acordei ofegante e já transformado noutra matéria.

Num lampejo julguei possível coroar minha vida e minha morte entre nebulosas num céu onde fizesse companhia eterna a alguma estrela perdida. Notei que eu tinha, sim, espírito, e ele tomou um elevador para o espaço exterior.

Não fui tão longe. Só depois é que soube que, ao sair da prisão, Leonor recorreu a Dona Zenaide.

"Nossos serviços espirituais estão aprimorados", disse a médium. "Usamos a mais alta tecnologia para encarnar e desencarnar."

Ela tinha um backup. Não me limitei a obedecer à primeira lei de todo ser, que é se conservar. Fui além, não por ser homem de papel, vocês sabem que eu já não era. Por mais que tentasse e mesmo com a ajuda de Dona Zenaide, não conseguiria voltar a entrar no livro, que havia sido o primeiro a incendiar-se. De qualquer forma, não sobreviveria em papel. Pelo menos não de maneira elegante. Não existia mais o papel de peso, marca Bath.

Não ia me envergonhar por não ter morrido. Criou-se uma força-tarefa a partir da qual pude me refazer. Dela participaram a própria Dona Zenaide; Leonor, que me conhecia em minúcia e a quem agradeci por admitir o inadmissível; Cadu, que havia assumido minha defesa; e Cássio, por quem aumentei minha consideração quando soube que criava os filhos órfãos de Constantina e Miguel. Flor veio se juntar àquele pequeno grupo, ouvindo-me dos confins do mundo.

"Vim parar aqui, conselheiro", a vi com boa aparência e bem-humorada numa tela jogando fumaça de seu cigarro. "Me deram a escolha de três postos de sacrifício. Se não aceitasse um, o sacrifício seria maior."

Ela tinha amado, não se sabe quem. Julguei que, pesando os prós e contras, fizesse um balanço negativo de seu único casamento firme, com os Negócios Estrangeiros. Afinal, não teria valido a pena que tivesse obtido êxito em acordos ou me carregado no colo tomando-me por um guru da diplomacia.

Julguei mal, pois sua ambição era maior:

"Conselheiro, não reclamo nem guardo mágoas desses tempos difíceis. Tenho paz de espírito e outros olhos para o futuro."

Tirou outra baforada do cigarro.

"O senhor vive nas nuvens, conselheiro. Comentei com Rubinho, e ele concordou comigo."

Até Rubinho, avistei, estava me assistindo de um barco na baía de Guanabara, que compartilhava com um amigo desde que havia sido expulso de casa pela mulher.

"Meu noivo", me apresentou.

Não era a primeira vez que Flor me acusava de viver nas nuvens. Agora estava mais do que certa. Era onde Cássio havia me salvado, e não me pareceu um lugar vazio como eu havia imaginado.

Daniel protestou contra o pai. Por que me salvar? Passou a me odiar, vendo-me como o introdutor da anta, como um rival ou como alguém que o olhava de cima. Quis-me virar a página. Tinha uma cara compenetrada. Parecia assumir a responsabilidade pelo futuro, que estava em suas mãos e nas de outros jovens a seu lado. Ah, os jovens...

O livro já não era exclusivo, nem de Flor, nem de Leonor, nem de ninguém. Etéreo e nefelibata, fiquei acessível a quem quisesse me baixar, o que excluiu Fidélia, que não conseguiria lidar com as novas tecnologias.

Dona Cesária queria falar mal de mim e, não encontrando faca que me enfiasse pelas costas, apenas riu, não sei se de mim ou de si mesma. Acenou lá do outro lado de nossa história. Estávamos em universos paralelos e nos entendíamos.

Pude dispensar Zeus de minha presença. Ele não aceitava meu devaneio, posição que respeito. Havia de restabelecer a ordem. Por ser conservador, preferiu sua fidelidade à versão original do livro. Nem sequer admitiu que pudesse haver outras.

Até que apareceram vocês, os poucos crentes na minha eternidade e interessados nesta história.

Se não fosse por uma de vocês, eu não teria sabido que Hugo cedeu uma de suas escolas à anta no final de sua gestação, que ao todo, segundo o zoólogo alemão Wolfgang Koch-Grünberg, havia durado treze ou catorze meses, contando o período anterior à chegada a Brasília.

O deputado Martiniano, convidado por Hugo a aproveitar a ocasião para fazer proselitismo eleitoral, havia proibido a presença de um veterinário. Por acaso se a anta estivesse no seu habitat, haveria veterinário para fazer o parto? Por que a interferência de veterinário num processo que deveria ser natural? Em vez de ajudar no nascimento, poderia provocar um acidente. Era contra o aborto e sempre pró-vida. Qualquer que fosse o animal, defendia o direito do embrião ou do feto. Na certa seus opositores queriam que fosse deixada a escolha com a anta.

Ela pariu uma só antinha, como é normal, pois as antas têm apenas um ou dois filhotes. Parecia uma melancia, com sua minitromba e cheia de pintinhas e listras brancas. Um macho. Uma das primeiras antinhas de uma nova geração de antas em Brasília. Era a perpetuação da espécie. Veio a meninada toda assistir à cena do filhote mamando nas tetas da mãe.

Se ser velho é ofício tedioso como sempre opinei, ponha tédio nisso quando o velho dribla a morte. Vocês me indagam se terá valido a pena. Que voltem a me perguntar em cem anos, se ainda viverem.

Sim, tive vidas, mortes e aqui sobrevivo, se vocês quiserem. Vocês pensam, logo existo. Como sabem, as coisas não existem em si; somente através de nossas percepções. E andam críticos a contender sobre romantismos e naturalismos!

Se tive começo, só teria fim se destruíssem não apenas a imaginação, mas também Dona Zenaide. Nesse caso eu deixaria a história pelo meio, uma história que nunca caminhou por uma estrada. Digamos que fosse um avião sem rota cheio de mistérios e com risco de cair. Para tornar a carga mais leve muitas vezes joguei fora frases, pensamentos e sonhos que não cabiam.

Noutras vezes troquei o avião por uma panela onde meti ingredientes sem saber que prato fazer. Quando não encontrei um, substituí por outro. Não era uma ideia que puxasse ideia, nem acontecimento que provocasse acontecimento. Fato que levasse a fato. Sonho que acordasse outro. Síntese que exigisse seu contrário. Insulto que cobrasse resposta. Era uma palavra que extraía outra do esquecimento para completar a frase; frase que se vestia com outra em busca de sentido ou se despia de seus apetrechos para revelar esplendor ou fúria.

Corri. Parei. Voltei. Dei saltos. O resultado é que não escapei. Aí estou gravado, dígito por dígito. Porém, chega. Não digo mais. Não quero me queixar, me explicar, nem me desculpar. Já perdoei demais. Agora peço que me perdoem.

Posfácio

"Olha, conselheiro... O senhor deve ficar no livro, é o que lhe digo. Nem Machado de Assis consegue permanecer como grande escritor sem a presença do senhor. Fique, conselheiro. O mundo lá fora, como está, não merece o senhor." São palavras de uma certa Dona Cesária, que o leitor vai encontrar bem cedo no livro que tem nas mãos. O mundo "lá fora" é o que vamos chamando de nosso, decerto aquele onde o mesmo leitor passa os seus dias; por oposição, lá dentro, o mundo é o do livro, e o livro é evidentemente *Memorial de Aires*. O problema do livro de João Almino fica assim posto por essa figura que já animava a obra de Machado com tanta maldade como graça: não tanto o problema de sair do livro, antes o de, saindo, ficar neste outro mundo, o que chamamos nosso. Nenhum mistério. De entrada se percebe que Aires está no livro e é o livro; e o livro, por sua vez, circula neste nosso mundo, presente e próximo, pela mão de Flor, que tem no mesmo conselheiro Aires o seu interlocutor favorito. (Flor, não

412 JOÃO ALMINO

Flora, advertência em atenção aos machadianos assíduos.) Num certo sentido, o empreendimento ficcional de João Almino ajeita-se bem à formulação que descrevia Dona Cesária: dá interesse a um reputado entediado e movimento a um confirmado defunto. Num primeiro movimento, a deslocação de Aires sugere que o romance o traz a este nosso mundo para o consertar, ao mundo, ou para que ele se conserte, o conselheiro. Quando o célebre verso de Shelley comparece — "I can give not what men call love" —, a sugestão é de algum intuito redescritivo, como se João Almino pretendesse, trazendo Aires ao nosso presente, restituir-lhe uma oportunidade de amor que negou a si mesmo no romance de Machado e, depois, uma oportunidade de empenho que lhe parecia negar a condição diplomática. A primeira possibilidade de *Homem de papel* é assim a metaficcional; Aires narrando-se de novo, mas para se inventar novo. Entretanto, num lance surpreendente se compreende que *Homem de papel* vai noutro sentido sem renunciar a esse primeiro. Ficar ou não ficar no mundo deste século, este mundo merecê-lo ou não, enquanto decisões e juízos atribuídos ao conselheiro Aires emergem no confronto com a brutalidade desse "mundo lá fora" e abrem o caminho para uma alegoria delirante e sarcástica da actual conjuntura política brasileira, incompatível tanto com a diplomacia como com o tédio da controvérsia famosamente caracterizadores de Aires. O contraste é grande, e enorme a distância da delicadeza melancólica à boçalidade em que Aires fica tentado a morar para sempre. Dona Cesária adverte que assim se prejudicaria a grandeza de Machado, que o mundo lá fora não merece o conselheiro: e eis a graça sem maldade nenhuma e a maldade sem graça nenhuma reunidas num só problema: ficar ou não ficar fora do livro. João Almino subverte Aires para o restituir ao original Aires de 1908: depois de ter transformado esse mesmo original em gerador de encontros e desencontros catalisados politicamente pelo aparecimento de uma anta. A discrepância entre os dois movimentos é suficientemente flagrante para operar uma lição de literatura: surpreendente e inteligente, remetendo ao passado sem perder a atração pelo presente, denunciando e do mesmo passo contemplando. E irónico, claro, divertidamente irónico, ou não fosse Aires o mais eminentemente personagem machadiano transportável para fora do livro e o mais eminentemente capaz de restaurar a necessidade de a ele regressar.

Abel Barros Baptista
Universidade Nova de Lisboa

Este livro foi composto na tipografia
GoudyOlSt BT, em corpo 12/16, e impresso
em papel off-white no Sistema Cameron da
Divisão Gráfica da Distribuidora Record.